존재의 날숨

조정화 수필집

존재의 날숨

곰곰나루

머리말

그냥 내 모습대로

*

나는 존재하면서 숨을 쉬고 산다. 내가 숨 쉬는 것을 날숨이라고 표현했다. 나는 날숨을 쉬면서 용감하게 살아가고 있다.

다른 사람이 내 외양을 바라볼 때는 정상인으로 보였을 것이다. 그러나 내 자신은 정상이 아니었다. 몸과 마음이 고장이 난 듯 숨쉬기가 곤란했다. 병원을 찾아 머릿속 검사도 해보고 약도 먹어봤다. 작게 쉬어지는 날숨으로만 생명이 유지되었다. 나는 내게 맡겨진 사명이 컸다. 내 생명이 없어지면 큰일날 환경이었다. 가정주부요, 어머니요, 아내였다.

어느 역할도 포기할 수 없었다.

부부는 검은머리 파뿌리 되도록 함께 살아야 하는데 반칙을 해버렸다. 반칙은 내가 한 것이 아니다. 나의 아담이 어느 날 갑자기 중병의 진단을 받았다. 쾌차하여 꼭 이 험한 세상을 잘 살 듯하다가 그의 육신이 무덤 속에 갇혀버린 것이다. 삶은 현실인데 벅찬 환경이 내게 밀려왔다. 걸음을 걸으면 깊은 구덩이 속에 빠지는 듯 휘청거렸다. 잠들 때마다 내 몸은 자꾸 토막나고 난도질을 당했다. 내 몸이 잘리며 아우성치는 것 같았다. 너무 괴롭고 아파서 견딜 수가 없었다.

친가의 어머니는 84세에 하늘나라로 가셨다. 어머니가 늙어 세상을 떠난 것인데 뭘 그렇게 슬퍼서 삼년 간 어머니 생각하면서 눈물을 철철 흘렸다. 차를 타고 가다가 창밖을 바라보면 이 좋은 세상을 떠난 어머니 생각으로 눈물이 흘러 얼굴을 덮쳤다.

그러나 남편하고는 차원이 달랐다. 부부는 일신이라더니 맞는 말이었다. 그가 산천의 무덤 속에 들어가 있으니 내 몸도 무덤 속에 있는 것이다. 나의 삶은 캄캄한 무덤 속에서의 삶이었다. 날숨을 쉬면서 살아야 한다는 의무로 오늘날까지 살았으니 경이롭다. 그렇게 세월은 흘러갔다. 수많은 날숨을 쉬면서 견뎌냈다. 용하게도 내게 닥친 고개고개를 넘으면서 삶을 이겨냈다.

그때 고2이던 막내아들은 대학 졸업, 대학원 졸업, 외국 바람도 쐬어 공부도 많이 하고 자신의 일자리를 잘 찾았다. 결혼하여 예쁜 아내와 초등생 아들과 열심히 잘 살아가고 있다. 그 위 아들 둘도 자신들의 공부를 잘 마무리하고 결혼하여 아들 딸 낳고 잘 살아가고 있다. 대학 졸업 직후 결혼하고 신혼여행 다녀온 며칠 뒤 아버지를 산속으로 보내드린 딸도 남편, 자녀들과 화목하게 살아가고 있다.

*

가끔 떠오르는 상념들을 별 생각 없이 글로 표현해 보았다. 그것들을 책으로 엮는다. 훌륭한 글들이 아닐 것이다. 좀 부담스럽기도 하다. 그러나 늘 그래왔듯 크게 두렵지는 않다. 나는 자체가 훌륭한 사람이 아니다. 그냥 촌아낙이다. 촌아낙 수준에 얼마나 그리 벅찬 글이 솟아올랐을까 싶다. 그냥 글쓰기를 좋아한다고 말하고 싶다.

이 시대에 옛날 사람이 돼버렸다. 첨단의 시대에 많이 어리숙한 사람으로 살고 있다. 달리기를 하다가 뒤떨어지듯 뭔가 뒤떨어진 사람이 됐다. 그래도 공부해서 뛰고 싶고 달리기 하고 싶은 욕망으로 채워져 있음을 고백한다.

*

내가 살아가는 모습은 발자국을 내면서 걸어가는 것과 다르지 않다. 나는 노래를 부르며 산다. 나는 혼자의 공간에서 노래를 잘 부른다. 삶은 흥겨운 세상이요 노래 부를 수 있는 놀이터이다. 온세상은 낮이면 밝은 태양빛 아래 온갖 만물들이 태양을 향해 손사래하며 생명의 노래를 부른다. 산천초목들은 바람과 함께 노래한다. 온갖 새들도 덩달아 노래 부른다. 개구리도 개골개골 노래한다.

나의 삶은 흥겨운 노래소리에 장단 맞추면서 살아가는 것이다. 내가 살아 있어서 만물이 흥겨운 상생의 활력 속에 생존해 있다. 많은 세월을 마중하고 보내면서 살아왔다. 많은 발자국들이 침잠되는데도 계속 발자국을 낸다. 이 수필들을 그렇게 썼다. 그렇게 쓴 것을 책으로 만들고 싶어서 용기를 냈다. 내 글은 세상 삶이 어렵다고 한숨을 쉬면서 좌절하고 슬퍼하는 글이 아니다. 어떤 과정의 어려움도 노래 부르며 흥겹게 살아가자고 스스로 다짐해온 글이다. 홀로서기로 자신에게 독려하는 글이다.

　남녀가 정답게 만나 가정을 이루고 자녀를 낳고 삶의 길을 힘차게 전진한다. 부부도 사랑으로 지낸 삶들이 이 세상에서 영구히 사는 삶이 아니어서 먼저 세상을 떠나는 반쪽이 있다. 내 핏줄을 이어받고 태어나고 성장하여 능력 있는 자녀들도 늘 어버이 곁에 있는 것은 아니다. 그러므로 자신의 삶을 발자국 내며 나 스스로 노래 부르며 흥겹고 힘차게 걸어가는 삶이 돼야 한다.

　글들은 조용히 있는 나에게 춤추는 나비 되어 내 주위를 맴돌며 도레미파 솔라시도 노래 부르듯 악보되어 내 시야를 황홀하게 한다. 나를 유혹하는 그 글들을 어쩔 수 없이 환영하고 함께한다. 술래가 되어 뭔가 그 글들을 잡아야 한다. 손으로 움켜잡기도 하고 복잡하게도 그물망을 이용하는 심정이 되어 글로 표현한다. 나비 되어 춤추는 글들을 문장으로 만들어야 한다. 그렇게 형성된 것들이 수필의 형식을 이루게 되었다. 어떨 때는 눈을 감고 술래잡기를 한다. 글들과 놀이를 하는 것이다.

　그렇게 상상하며 쓴 글들이다. 노래 부르며 쓴 글들이 사람들에게 들

기 좋은 곡이 되어야 되는데 참말로 자신 없기도 하지만 그렇다고 용기
마저 없는 것은 아니다. 그냥 내 모습대로 쓴 글들이다. 호박같이 둥글
둥글 쓴 글들이다. 호박은 찜통에 쪄서 맛있게 먹어야 단맛이 난다.
내 글도 푹 익히듯 세세히 살펴보면 재미난 구석도 있으리라 짐작해 본
다. 내 나머지의 삶을 더욱 힘찬 발자국 내며 글쓰기와 흥겹게 노래할
수 있도록 마지막 힘을 다할 것이다.

2020년 2월

조정화 쓰다

1 먹을 갈며

2 꿈꾸는 할머니

3 그건 안 되는 것이여

4 그리워서 가는 길

5 육체는 흙속에 묻힌다

1

먹을 갈며

그 기나긴 여정을 삶의 보람으로 여기면서 나에게 출렁대는 것들을 먹물 속에 침잠시키리라. 어느 형상을 이루는 작업으로 오늘도 먹을 갈며 새로움으로 거듭나기 위해서. – 「먹을 갈며」에서

먹을 갈며

—

먹을 갈며

　벼루에 먹을 갈다 보면 가슴속의 잡념들이 빠져나가는 것 같다. 사랑, 근심, 건강, 욕망 등 온갖 사념들이 자성을 시작한다. 먹물이 진해질수록 미묘한 묵향이 느껴지면서 마음이 편해진다. 그 묵향 속에 나를 거듭나게 하는 요소가 스며 있는 것만 같다. 먹물이 진해지듯 나에게도 가슴에 스며든 많은 것들이 있는 것 같다.

　인생을 살아가면서 무엇을 가장 중요하게 목표하면서 아끼고 살았는가 하고 지난날을 회상해 본다. 신앙이 절대적인 기독교 집안으로 시집

와서 남편과 자녀들을 위해서는 온 힘을 다했고, 선의 눈금을 성경말씀에 맞추고 열심히 산다고 살았다. 하지만 다시 한 번 생각해 본다. 나의 모습은 어떠한가. 인생의 연륜이 쌓이면서 늘 되풀이되는 자신의 생활을 돌아보게 된다.

나만 잘 산다고 잘 사는 인생이 아니다. 이웃과 사회가 평안하고 나라가 편안해야 한다. 이런 내 마음이 현실에 부딪치게 되면 나의 존재는 더욱 작아진다. 내가 갈고 있는 먹물은 내가 토해내는 상념과 어울려서 점점 더 까맣게 변해가는 것 같다. 가슴 아파하는 것들이 까만색으로 나타나는가. 이 액 속에 나는 왜 자꾸만 타들어가는 것일까. 가슴에 남은 재도 물에 녹아 새롭게 태어나는 것일까?

먹물은 글씨로 승화되기를 바란다. 새로운 생명체의 날개를 달고 부활해야 한다. 글자 속에 숨는 침묵과 가슴 사무치는 언어들의 대화가 글자로 변해 여러 형상을 보여준다. 어린 시절 친가의 모습이 떠오른다. 동화 속 장면 같다. 유교적 풍습의 가정에서 아버지는 늘 옛 고서를 읽으시고 성인들 이야기를 들려주셨다. 천자문과 명심보감을 아버지 앞에서 읽었다. 큰오빠는 아버지 곁에서 먹을 갈아 붓을 쥐고 한자를 많이 쓰고 계셨다.

큰오빠는 글씨를 잘 썼다. 내게 큰오빠는 나이 차이가 많이 나는 아득한 분이었다. 아버지에게 효도를 하면서 사는 것이 큰오빠의 인생관으로 대(大) 농가에서 일꾼과 농사를 지으며 아버지 곁을 떠나지 않고 살았다. 글도 읽고 시도 짓고 먹을 갈아 글씨도 쓰면서 때때로 아버지와 장기를 두었다. 지금 세대가 그 모습을 본다면 어떻게 받아들일까. 큰오빠는 장자가 아버지 곁을 떠나서 살면 안 된다는 생각을 가진 것 같았다. 큰오빠 부부는 부모에 효도하는 것을 인생의 낙으로 여기고 살면서 객지에서 공부하는 여러 동생들까지 뒷바라지했다.

이런 회상 속에 먹물은 점점 진액이 되어 더욱 까만색으로 변한다. 인생은 무상하다고 말씀하신 대로 묵향에 젖어 사시던 아버지가 살아계셨으면 백 살이 훨씬 넘는다. 효자 큰오빠도 너무 늙으셨다. 부모에게 효도하면 땅에서 복을 받는다는 성경말씀이 있다. 큰오빠의 삼남매 자녀들은 대학 이상의 공부를 하였지만 둘째아들이 고향 아버지 곁에서 농사를 지으며 산다.

먹물은 더욱 검정색으로 변해간다. 검정색의 의미는 어떤 깊은 뜻이 있을까 생각해 본다. 아주 멋있는 모습을 나타낼 때 검정색 옷이 필요하기도 한다. 또한 초상집에 갈 때에도 대개 검은색 옷을 입고 간다. 어두움을 나타낼 때도 검정색을 이용한다. 글씨를 쓸 때는 검정색으로 쓰면 가장 선명하게 나타난다. 검정색은 모든 것을 받아들이는 색 같다. 괴로움이라든지 절망, 좌절까지도 함께 포용하는 그런 색이 아닌가 싶다. 나는 먹물에 담긴 여러 의미를 생각하면서 먹을 갈고 새로움으로 태어나는 생명을 꿈꾼다. 태아가 엄마의 복중에서 지내다가 밝은 세상에 태어나듯 먹물도 어두운 먹물로 지내다 하얀 종이를 만나면 글씨나 그림으로 변화되어 값어치가 달라진다. 서예가이며 화가인 추사 김정희 선생과 인연이 되어서는 감동적인 글씨와 그림이 되었다. 한석봉 선생과 만나서는 명필로 변했다. 나와 함께 한 먹물은 내가 쏟아내 놓은 모습대로 빛깔을 나타내며 내 인격의 모양을 이루리라.

　내가 바라는 모양이 하루아침에 이루어지는 것은 아니고 십수 년의 인내를 견지할 때 이루어지는 것이다. 그 기나긴 여정을 삶의 보람으로 여기면서 나에게 출렁대는 것들을 먹물 속에 침잠시키리라. 어느 형상을 이루는 작업으로 오늘도 먹을 갈며 새로움으로 거듭나기 위해서.

육손이 생각

　출석을 불러도 대답을 하지 않는 아이가 있었다. 책을 읽으라고 해도 읽지 않았다. 말을 시켜도 말을 하지 않는 아이였다. 새 학년 새 학기, 삼학년 담임교사가 된 교실에서였다.

　아이는 한쪽 손의 손가락이 여섯 개였다. 가정방문을 해보니 그 집은 가축이 사는 외양간 같은 느낌이 들었다. 방문 종이가 다 찢겨져 있었다. 어머니는 말을 하지 못하는 사람이었고, 아버지는 엄마보다 나이가 훨씬 들어 보였다. 딸만 다섯이었는데, 아마도 아들을 바라고 출산을 하다 보니 그렇게 된 것 같았다. 아이 아빠엄마는 나를 멍하니 바라 보고만 있었다.

집에 돌아와 그 아이 얘기를 했다. 남편은 그 아이의 병을 수술로 고칠 수 있겠다며 병원을 알아보기 시작했다. 때마침 교육청에서 장애인을 조사하는 공문이 와서 조처했더니 그 아이의 수술 날짜가 잡혔다는 연락이 왔다. 수술을 성공적으로 받고난 그 아이는 얼굴 표정이 밝아지기 시작하였다. 선생님이 부르면 대답도 잘 하고 책도 소리내 읽을 줄 알았다. 친구들과도 잘 어울리게 되었다.

나는 아이의 지저분한 머리카락을 가위로 예쁘게 다듬어주기도 하고 학교생활을 즐겁게 지낼 수 있도록 돌봐주었다. 특별활동 시간에는 내가 맡은 음악반에 들어왔다. 전교 어린이들에게 음악을 가르치는 반이었는데 아이는 밝은 표정으로 열심히 노래를 하였다. 아이는 그렇게 성장해 상급반으로 갔다.

이듬해 여동생 하나도 내 반에 들어왔다. 그 밑 동생 하나도 학교에 다니고 있었는데 나는 그 동생까지 불러 틈틈이 돌봐주었다. 그 아이 세 자매의 얼굴은 지금도 내 기억에 선연하다. 25년 전에 손가락을 수술한 그 아이는 지금 대학을 졸업하고도 남았을 나이가 되었다. 예쁘장한 얼굴이어서 아주 예쁜 모습으로 변해 있지 않을까 싶기도 하다.

나는 종종 육손이였던 그 아이를 떠올릴 때마다 사람의 육신 어디에 이상이 있으면 그것이 정신에까지 영향이 가서 일반적인 생활에 상당한 지장을 줄 수 있다고 생각한다. 그 아이가 다섯 손가락이 보통으로 돌아온 뒤의 생활 모습은 놀랍도록 바뀌기 시작했으니 말이다.

사람의 성격은 육신과도 많이 연관되어 있다. 관상 책을 읽어보면 사람의 형태를 몇 종류로 구분하여 설명한 내용이 재미있기도 하다. 그래서 여자를 보고 장미꽃에 비유하기도 하고 또한 호박덩이 같다느니 보름달 같다고 표현하기도 한다.

여학교 다니던 사춘기 시절에 늘 얼굴과 몸의 여러 모습에 신경을 많이 썼다. 얼굴은 양귀비같이 미인이어야 하고 몸매는 물찬 제비같이 환상적인 천사여야 했다. 허리는 개미허리에 멋진 드레스를 입은 채 구름 타고 내려온 선녀의 모습이었다. 꽃숲 우거진 에덴동산에서 백마 탄 왕자가 나타나 영원한 선남선녀로 천사처럼 친구가 되어 생활하는 모습을 꿈꾸기도 하였다. 분만의 고통이 있고 삶의 어려움이 있는 그런 삶은 상상하지 않았다. 남녀가 부부의 인연으로 만나 대충 이해하고 아들 딸 낳고 밀려오는 어떤 어려움도 이겨내면서 인고의 삶을 살아야 한다는 그런 책임에 대해서는 예상하지 못했던 것이다.

어떤 절정의 천사 세계라고 할까? 미의 세계를 그리던 그런 사춘기와 청년시절이 생각난다. 한하운 시인의 시집을 읽고 충격을 받기도 했다. 인생을 살면서 그런 불행한 일이 일어나게 될 거라 생각하니 앞날이 아득하게 느껴졌다. 도대체 인생이란 무엇일까. 나는 불교 관련 책도 읽고 기독교 관련 책도 읽었다. 그 끝에 선택한 것이 기독교다. 나는 기독교적으로 인생을 해석하고 생활하게 되었다.

　결혼하기 전 나는 사람의 외모에 집착하지 아니하는 인생관이 확립되었다. 사람의 개성에 따라 여러 모습을 존중하게 되었다. 얼굴이 좀 길쭉한 사람, 둥그렇게 생긴 사람, 큰 사람 작은 사람 모두를 아껴주는 마음의 여유가 생겼다. 외모에 대하여 누구를 잘 생겼거나 또한 못생겼다고 생각하는 마음보다 개성에 감탄하는 그런 여유가 생겼다.

　농촌부흥을 위하여 덴마크에 가서 공부도 하고 인격적으로 꽤 완성된 목사 한 분이 승용차에 불이 나서 얼굴에 화상을 입고 일그러진 모습으로 봉사하는 장면을 본 적이 있다. 평범한 우리들과는 달리 괴로움을 견디는 그분의 인생 삶이 얼마나 고단할까 생각되었다. 그러나 그분은 모든 것을 체념하면서 불행한 삶을 견디고 사회에 헌신하는 모습을 보여주고 있었다. 초월한 삶을 사는 그분에게서 깊은 신앙과 미묘한 비밀스런 하늘 세계를 느끼기도 했다.

　우리 교회에 와서 신앙 간증을 했던 어느 여인도 가끔 생각한다. 그분은 간호사로 있을 때 비오는 날 병원 옥상에서 전깃줄에 감전되어 두 팔과 한쪽 다리를 잃고 한쪽 다리만 남은 비운의 여자였다. 고통의 삶에서 기독교를 택하여 새 삶으로 옮겨간 인생사를 간증했다. 그 여자의 남편은 전도사였는데 아내의 종교 활동을 위하여 그녀를 업고 여러 교회를 다녔다. 식사 또한 그 남편이 아내의 입에 떠넣어 주어야 가능했다. 그 부인이 지금도 행복한 생활을 하는지 궁금할 때가 있다. 그 부부의 삶을 생각한다면 건강하고 씩씩한 육신을 가진 부부들은 날마다 한 차례씩 서로 업어주면서 살아가야 할 것 같다. 제대로 표현하지 못할 불행을 겪는 이들 앞에서는 늘 감사한 심정이 돼야 할 것이다.

인생은 창파라 하였다. 사람들은 갖가지의 모습으로 살아가고 있다. 또한 정신과 육신은 밀접한 관계가 있음은 부인할 길이 없다. 미스코리아에 뽑힌 꽃 같은 여인은 석류 속 같은 이를 드러내면서 얼마나 아름다운 모습으로 웃음을 피우는가. 신의 축복을 받은 사람이다. 많은 사람들의 환영을 받는 연예인들을 닮으려고 젊은이들은 성형수술을 하는 등 몸을 얼마나 가꾸는가.

그러나 나는 그렇게 미를 추구하며 성형수술로 부작용까지 맞는 일들을 위태롭게 여겨왔다. 물론 성형을 잘해서 외모에 대하여 자신감을 가지고 살맛나는 삶을 사는 것은 좋은 일이 되기도 한다. 하지만 외모에 자신이 없어서 주눅 드는 삶을 살지 않는 젊은이들이 되었으면 한다. 성형수술을 해도 잘 안 되고 무언가 조건이 안 되는 사람도 있는 것이다.

아무리 의술이 발달되었어도 사람의 키를 한 자나 늘릴 수는 없다. 외모가 아름다워도 정신세계가 아름답지 못하고 마음 씀씀이가 다른 이를 해롭게 한다면 이는 쓸모없는 인간이다. 외모가 좀 뒤떨어지더라도 정신상태가 바르고 사회에 빛으로 보인 삶을 산다면 아름다운 모습으로 품위가 나타나는 것이다.

나는 얼굴의 피부 관리를 하는 일에는 취미가 없어서 사다놓은 재료들을 방치하곤 한다. 그러나 외모를 가꾸지 않는 습관도 게으름의 일

종이라 반성이 되기도 한다. 거울을 보면서 눈동자의 맑음을 확인한다. 누구를 미워하였나, 어떤 이에게는 행복을 기원해 주지 아니하였나, 한 포기의 풀에게도 부끄러운 행동을 하지는 않았는가 하고 얼굴 표정을 살피기도 한다. 가슴을 쓸어보며 꽃의 미소를 본다. 꽃처럼 그렇게 미소하며 향기롭게 살기를 늘 갈망한다.

소의 눈을 보면서

밭에서 일하는 소의 눈을 보았다. 주인이 채찍을 들고 안내하는 대로 열심히 일하는 소의 눈은 선량하기 그지없어 보였다. 일생을 이렇게 봉사한 소의 육체는 대개 주인에게 쇠고기로 바쳐진다.

이 세상에는 소처럼 선량한 눈을 가진 사람들이 많다. 자신의 육체로 뼈빠지게 일하면서 가족의 생계를 이어가게 하는 사람도 많다. 운명적으로 심각한 지체장애 가족이 있어 그를 돌보느라 온몸을 희생해야 하는 사람도 있다. 공익을 위하여 아무 바람 없이 무명초처럼 일하는 이들이 있어서 우리의 가슴을 뜨겁게 하기도 한다.

초등학교 동창생으로 오래전 수녀가 된 이가 있다. 수녀가 된 그의 모습을 본 지도 이제 10년이 훨씬 넘어가는 것 같다. 이 순간 그의 눈을 상상해 보면 소의 눈처럼 선량하기 그지없다는 생각을 한다. 20대의 꿈 많던 시절 그는 나에게 자신은 수녀가 되어서 다른 이들이 낳은 아이들에게 봉사하면서 살고 싶다고 하였다.

그 친구는 천재였다. 그는 책을 한번 읽으면 그 책이 다 외워진다고 말했다. 우리가 초등학교 일학년을 다 마치고 담임선생님이 국어책을 전부 외울 수 있는 사람은 손들어 보라고 했을 때 세 사람이 손을 들었다. 그 중에 나도 있었고 수녀 친구와 또 한 사람 여자아이가 있었다. 나는 머리가 그렇게 좋은 사람이 아니라고 생각하는데 어떻게 책 한 권을 외웠는지 신기하다. 그리고 늘 공부를 잘한다고 칭찬을 들으면서 지낸 학창시절이니 지금 생각하면 놀랍지 않을 수 없다.

그런데 그 두 친구는 공부를 잘하면서도 중학교를 가지 못하고 나만 중학교에 진학하였다. 육이오 사변이 일어나고 1년 뒤의 시대이므로 전쟁의 비극이 전 국토에 잔재해 있을 때이다. 그 시절의 중학교 입시는 지금 대학 입시와 비슷한 분위기였다. 중학교를 들어가기 위한 입시공부를 과외로 했었다. 시골에서 중학교를 가는 사람이 흔하지 않은 시대였다. 특히 여자애들 중에는 학교 앞에 살면서도 초등학교를 못 다니는 아이들도 있었다.

선생님들은 공부 잘하는 그 친구가 중학교를 가지 못하는 것이 안쓰러웠던지 집으로 찾아가 중학교를 보내라고 권유했다고 한다. 참으로 공부도 잘했고 외모도 출중한 친구였다. 나는 지금도 가끔 그 친구를 생각하면 그런 두뇌를 가진 친구에게 집안에서 조금만 후원해 주었으면 사법고시의 합격은 문제도 없었을 것이란 생각이 든다. 집안에서 가장 어른이신 그의 할머니가 여자는 국문만 알면 되지 더 이상 공부해서 어디에 쓸 것인가 하고 진학을 막았다고 한다. 안타깝기 그지없는 지난 세월이다.

친구는 중고등학교 강의록을 독파하여 혼자 중학교 고등학교 검정고시 시험에 합격했다. 그러는 동안 편물(編物)을 익혀 돈을 벌어 자신의 여동생을 대학교까지 졸업하도록 밀어주었다. 여동생은 중등교사 생활을 하며 같이 교편을 잡고 있던 남자를 만나 결혼했다.

나는 그 친구가 편물을 할 때 자주 들러 옷을 맞추곤 했다. 그 친구의 부모는 면사무소에 근무하는 조씨 청년을 사위로 맞이하기 위하여 청년의 사주단자를 집에 받아 놓았다. 그런데 그 친구는, "나는 수녀가 될 사람이다. 시집은 갈 수 없으니 너무 서운하게 생각 말고 사주단자를 가지고 가라"며 총각을 달랬다고 했다. 그 청년이 한동안 술을 먹고 비틀거리면서 다닌다는 소문도 있었다.

친구는 수녀가 되기 위하여 수녀원을 찾았다. 그런데 수녀원에서는 대학을 졸업해야 수녀가 될 수 있다고 했다. 형편상 도저히 대학에 갈 수 없었던 친구는 앞으로 대학공부를 하기로 약속하고 수녀가 되는 훈련을 받기 시작했다. 그 뒤 대학공부는 프랑스에 가서 했다. 나는 10년 도 훨씬 전, 수녀 된 그 친구를 수소문해서 만났다. 참, 오랜만의 만남이 었지만 우리는 스스럼없이 지난날을 회상하며 즐거운 시간을 보냈다.

이제 그 친구와 나는 삶의 여정도 한세상 지났다고 볼 수 있다. 선량 한 소의 눈을 생각하면서 친구가 떠올려져서 지난날을 회상해 봤다. 나 도 내 인생의 반을 넘게 학교에서 아이들을 가르치는 교사생활을 하였 지만 수녀 친구 같은 값진 인생은 아니었던 것 같다. 수녀 친구는 참으 로 선량하게 타인을 위하여 한세상 살아왔다. 부모의 사랑이 필요한 아 이들에게 따뜻한 엄마노릇을 하는 수녀 친구의 모습을 수채화처럼 그 려본다.

선한 일을 많이 하면서 살아가는 이들은 소처럼 착한 눈을 가진 사 람들이라고 생각된다. 그들은 하느님의 사랑을 많이 받을 것이다. 존경 하는 그들에게 서툴게나마 찬사의 글을 선물하고 싶다.

오동나무

시골집은 안마당과 바깥마당이 구분되어 있었다. 가을이면 바깥마당에 너른 노적가리를 쌓아두고 타작을 하곤 했다. 그렇게 넓은 바깥마당 한쪽에 커다랗고 높다란 오동나무가 서 있었다. 우리들은 학교 수업이 끝나면 집에 와서 숙제를 해놓고 친구들과 마음껏 놀이를 하였다. 높이 솟아오른 오동나무 가지를 휘어잡고 오르곤 했다.

그때 그렇게 정답게 오동나무를 오르면서 놀던 친구가 몇 년 전 세상을 떠났다. 단발머리 그 소녀가 할머니가 되어서 앓다가 결코 돌아오지 못할 곳으로 간 것이다. 그 친구를 떠올릴 때마다 친가 집 바깥마당에 서 있던 오동나무를 타고 오르던 모습이 그려진다.

친구는 마을에서 꽤 유명한 부잣집인 윤 참봉의 손녀였지만 여고를 졸업하고 대학 진학을 하지 못했다. 할아버지가 대학 진학을 반대하셨다. 초등학교도 못 다니는 사람이 있던 시절이었으니 여자가 대학을 진학하는 일은 거의 찾아보기가 힘들었다. 그 친구가 삼남매를 다 결혼시키고 손자손녀를 보았다. 몇 년 전 그 친구가 몸이 안 좋다고 하여 서울에 찾아갔을 때, 가족들이 어느 병원에 입원했는지 알려주지 않아 만나지 못했다. 북유럽 여행 날짜를 받아놓고 전화 통화가 되었다. 찾아갔으나 만나지 못해서 섭섭했다고 하면서 꼭 한번 맛있는 음식을 대접하고 싶다는 말을 전했다. 그런데 친구는 병원에는 오지 말라고 하면서 몸이 회복되어 퇴원하면 그때 대접받는다고 하였다.

여행을 십여일 하고 돌아오니 친구는 이미 세상을 떠나 있었다. 허무한 심정 표현할 길 없었다. 그 뒤로 그 친구와 오동나무를 타고 놀던 기억이 영상처럼 늘 아른거린다. 애석함으로 사색에 잠기어 무상한 심정이 되는 일도 잦다.

오동나무를 타고 오르던 때는 초등학교 삼학년쯤으로 기억되니 세월이 수십 년 흘렀다. 보라색 꽃을 피우며 우리들의 놀이기구가 되던 오동나무는 어찌되었을까 하고 생각해 본다. 오동나무에서 맴맴 울어대는 매미 소리를 들으며 우리들은 신나게 놀았던 것 같다.

어린 시절부터 장롱은 오동나무로 만든 것이 가장 좋다고는 알고 있었는데 내가 시집올 때는 큰 도시 가구 집에 가서 번쩍번쩍 자개가 박힌 농을 혼수로 장만했다. 농을 만든 나무가 무엇인지 구별도 하지 않고 그냥 구입한 것이다. 이런 공연한 생각을 하다가도 어린 시절 우리가 타고 오르며 놀이기구로 삼으면서 매미소리와 함께 놀던 그 오동나무는 어떻게 되었는지 새삼스럽게 궁금해진다. 그 친구가 세상을 떠난 슬픔이 몇 년이 지난 요사이 어찌하려고 때 아니게 밀려온다. 아마도 나 자신의 종점에 가까이 다가오는 것이 아닌가 싶다.

장터에서 고가(高價)에 오동나무 쌀통을 샀다. 오동나무 쌀통은 벌레가 생기지 않는다고 한다. 우리나라에는 그렇게 큰 오동나무가 흔하지 않아 재료는 외국산이라고 하였다. 모양은 항아리 같지만 예쁘고 귀해 보여서 흡족한 모습으로 쌀통을 바라보곤 한다. 초복이 며칠 지난 한여름에는 매미가 울어대고 쏴아 하고 바람이 불 때마다 친가의 그 오동나무는 잎사귀를 떨어댈 것이다. 아, 친구여. 아, 오동나무여! 그리운 지난 추억이여! 삶은 자꾸 흘러간다. 추억은 아쉽고 그리운 것이 아니던가.

어린 시절의 설맞이

우리 마을은 부여군의 한 양지 바른 야산 밑에 있었다. 주민들은 거의 다 조씨의 씨족으로 어울려 살았다. 시골이지만 옛날에는 대농가 시골부자들이 있었다. 우리 세대가 배고픈 사람이 많고 어려웠다고 하는데 사실 나의 경우는 먹을 것이 없어 배고픔으로 어려웠던 기억은 없다. 별 부자도 아닌 것 같은데 사람들이 부잣집이라고 했으니 먹고 살 만한 가정에서 어려움 없이 자라며 공부한 것 같다.

우리 집에는 늘 열 몇 식구가 넘게 살았다. 어머니는 밀가루 부침을 하더라도 한 말 이상을 한다고 하였다. 명절 때는 돼지 한 마리가 희생당했다. 설이 오기 전, 얼마 동안은 동네에 다듬이 소리가 넘쳐흘렀다. 다듬이 소리는 설날 입을 옷을 만들기 위함이었다.

어머니는 나에게 설날에 입을 옷과 까치설에 입을 옷 두 벌을 손수 바느질로 만들어주셨다. 등잔불 밑에서 옷을 꿰매시는 어머니의 모습을 졸린 눈 부비며 쳐다본 기억도 난다. 바느질하시는 어머니는 옛날이야기를 많이 해주셨는데 어찌도 그렇게 재미있었는지 모른다. 설이 돌아오기 전 나는 장롱 속에서 옷을 꺼내 입어보고는 하였다. 까치설에 입을 옷과 설날에 입을 옷들을 번갈아 입어보면서 가슴 설레했다. 물론 추석 때도 꼭 새 옷을 만들어주셨다. 그 시절 시골에서 남자아이들은 바지저고리를 여자아이들은 치마저고리를 입고는 했는데, 나는 목화솜을 넣은 두루마기를 자주 입었다. 그 옷들이 그렇게 좋았던지 즐거운 생각으로 가득했던 어린 시절이다. 어린 시절 낭만의 꿈이 몸에 배어 있는지 나는 지금도 옷 입는 즐거움을 가지고 있다. 이제는 나들이 할 시간이 적다 보니 한적한 날에는 가끔 장롱 속 가득한 옷들을 꺼내서 입어보고 벗고 하면서 관객 없는 패션쇼를 즐긴다.

차례가 끝나면 설빔을 입고 부모님과 윗사람에게 세배하였다. 또 큰집에 큰아버지 큰어머니를 위시하여 온 동네의 집안 친척들에게 세배하러 다녔다. 어른을 찾아뵈어 세배 드리는 것은 씨족사회에서 하나의 의무처럼 되어 있는 풍습이었다. 나는 때때옷을 입고 어른들이 예뻐해

주시는 즐거움도 보태면서 얼마나 나팔거리며 뛰어다녔는지 모른다.

안마당에서 커다란 대문을 열고 나가면 운동장 같은 바깥마당이 있었다. 노적가리를 쌓고 타작하는 마당이었다. 아이들은 큰 소리로 떠들며 여러 가지 놀이를 하였다. 나는 술래잡기, 도막치기, 고무줄놀이, 줄넘기, 땅뺏기 등 승부가 갈리는 놀이를 좋아했던 것 같다.

밤에는 방안에서 동네 새댁과 아낙네들이 모여서 놀이들을 하였다. 놀이라고 해야 둥그렇게 둘러앉아서 노래를 부르는 것이 전부였지만. 나의 올케언니는 성격이 활발하지 못하여 노래를 부르지 않으려고 했다. 그때 나는 올케가 노래를 하지 않으려는 모습이 속상하기도 했다. 어찌도 그렇게 쫓아다녔던지 늘 올케에게서 떨어지지 않으려고 하여 친가에 갈 때도 따라 다녔다. 밤에는 등에 업혀 잠이 들기도 했다. 부부간 자는 방에 들어가 올케 옆에서 자려고 떼를 쓴 적도 있다.

초등학교 4학년 때까지 등에 업혀다녔으니 지금 생각하면 미안한 일이다. 올케는 많은 식구들의 뒷바라지를 하면서 내 앞에 밥상을 차려다 주고 먹을 것을 챙겨주었다. 내 예쁜 치마에 주름을 잡아 다듬잇돌 밑에 눌러두면 주름이 깔끔하게 잡혔다. "우리 아가씨는 옷을 입으면 옷맵시가 예쁘다"고 칭찬도 해주었다. 초등학교 5학년쯤, 바느질을 좋아하는 내가 재봉틀 앞에서 일꾼의 베잠방이 옷을 만들었더니 올케가 시누이 솜씨가 좋아 자신을 돕는다고 좋아하였다. 내가 교편을 잡아 봉급을 타서 제일 먼저 올케에게 양단저고리와 비로도 치마를 해드렸다. 그 시기에는 그것이 최고의 옷감이었다.

사실 올케는 막내딸로 자라서 일하는 솜씨가 서툴렀다. 그러나 시집 와서 대식구의 집에서 일을 돕는 사람들과 함께 힘든 부엌일을 하면서 시부모님을 모시는 일에도 소홀함이 없었다. 평소에도 늘 밥상이 여러 개였고 설과 같은 명절에는 수시로 몰려드는 손님맞이에 얼마나 힘들 었을까 생각해 본다. 지금의 젊은 주부들은 상상하기 어려운 대가족의 일이었다.

설날에는 차례 행사로 온통 분주하지만 정월대보름에는 온 동네가 농악놀이 풍악소리로 가득 채워졌다. 장구, 징, 꽹 매기(꽹과리) 소리로 넘쳐흘러 잡귀는 얼씬도 못할 것 같았다. 뒤뜰 장독대에서 부엌으로도 풍악패가 온 집안을 돌아다녔다.

좁은 아파트 공간에서 조심스럽게 지내는 현시대 아이들에게는 태 곳적 옛날이야기로 들릴 것이다. 널따란 자연 공간에서 산과 들의 무대 와 커다란 집안 여러 식구와 큰 가마솥의 밥을 먹고 자란 시절이었다. 지금 어린이들로서는 설날과 까치설을 손꼽아 기다리며 바느질하는 엄 마의 모습을 상상하기 힘들 것이다.

어머니는 무 엿을 고았고 산자, 산적, 다식 등 일일이 음식을 만드셨 다. 김칫독에 들어 있는 시원하고 상쾌한 물김치와 청각김치의 그때 맛 은 근래에 와서는 찾지를 못한다.

어머니는 몸도 호리호리하고 음식도 항상 조금 잡수셨다. 그런데 어 떤 기운으로 큰 살림을 잘 하실 수 있었는지 궁금하다. 성품도 괄괄하 셨으며 몸도 단단하신 분으로 지금 생각하면 감탄스럽다. 식구의 생일에는 큰 시루에 꼭 떡을 하시는 분이셨다. 그렇게 여든셋까지 꼿꼿하게 살다 가셨다. 그런데 나는 집안일을 잘 못한다. 일도 수련이 있다고 생각한다. 내가 시집와서는 명절 때 큰집에 가면 형님은 대단한 음식솜씨 갖추신 분이셨다. 그런 형님은 늘 나를 아끼셔서 속편한 며느리로 시집살이를 무사히 넘길 수가 있었다.

시골의 자연 속에 마음껏 즐기고 뛰놀았던 어린 시절의 명절이 한 편의 동화처럼 아름답게 회상된다. 무심한 세월은 시대를 많이 변천시켰다. 아파트 문화에 젖어 사는 어린이들에게 많은 지식을 채워주려고 애쓰는 현시대에 무언가 물음표를 떠올려본다.

길가의 상인

길가 좌판에서 옷을 팔고 있었다. 많은 옷들을 옷걸이에 걸어놓고 팔고 있었는데 괜찮아 보였다. 길가에서 물건을 사는 것이 부끄러운 생각이 들어 망설이다가 바지 한 벌을 구입했다. 숙녀복 가게에서 사려다가 작아서 못 샀던 바지 색깔과 같았고 가격도 아주 저렴했다.

옷값으로 천 원짜리 다섯 장과 만 원짜리 한 장을 지불하였다. 주인은 비닐봉지에 담아주었다. 그것을 옷걸이에 걸어놓고 잠시 주인과 다른 바지에 대하여 이야기를 주고받았다. 대충 이야기가 끝난 것 같아

옷걸이에 걸어두었던 봉지를 들고서 집에 오려고 하니 주인이 옷값을 내고 가라는 것이었다.

참으로 황당한 일이었다. 돈을 받지 않았다고 큰 소리로 빨리 돈을 달라고 재촉했다. 주위 사람들이 바라보고 있었다. 난감한 처지였다. 어찌하다가 망신당하는 그물에 걸렸다고 생각되었다. 그렇다고 정확하게 준 돈을 다시 지불할 수는 없었다. 물론 사회에 기부한 셈 칠 수도 있겠지만 누명을 무릅쓰고 그 사람에게 멀쩡한 정신으로 재차 값을 지불할 수는 없었다.

길가의 상식 없는 사람에게서 옷을 샀다는 것이 참으로 후회가 되었다. 그러나 후회보다는 작금의 사태를 해결을 해야 했다. 가까이 다가가서 상인의 눈을 똑바로 쳐다보면서 조용조용하게 다그쳤다. 지갑을 꺼내서 내가 지불한 그 천 원짜리 다섯 장과 만 원짜리 한 장을 확인해 보라고 되풀이했다. 그가 내 눈빛을 당할 수는 없었는지 그냥 산 옷을 가지고 가라고 한다. 참으로 내 자신이 천박한 사람이 된 것 같아서 물건을 함부로 사는 사람이 되지 말자고 다짐하면서 발길을 옮겼다. 천박한 인생, 나쁜 놈, 미친놈이라는 속엣말이 나도 모르게 불쑥불쑥 튀어나왔다.

집에 와서 바지를 입어보니 참으로 가볍고 편안했다. 그 상인이 냉장고 바지라고 했는데 틀린 말은 아닌 것 같았다. 그 상인이 엉터리 수작을 하여 길에서 물건 산 것을 후회했고 막가파 인생이라고 단정했는데 바지가 편안하고 모양도 괜찮으니 마음이 좀 풀렸다. 다음부터 물건을 사고서 값을 지불할 때는 큰 소리로 외치면서 기억하도록 유도하고 값을 지불한 즉시 머뭇대지 말고 곧장 떠나와야겠다고 생각했다.

그 사람과 원수가 될 것이 아니라 마음을 풀어야겠다고 생각하게 되었다. 그래서 다음에 다시 한 번 가서 바지를 색깔별로 다섯 개 더 사주었다. 물론 큰 소리로 돈을 받고 꼭 기억하라고 하면서다. 그리고 그 자리에서 곧장 떠나왔다.

백화점에서 비싼 값을 주고 산 바지들은 옷장 속에 그대로 걸어놓기만 하는데 부담없이 저렴하게 산 바지들은 언제든 편안하게 걸칠 수 있다. 저렴하게 산 옷들은 입고 활동하면서 세탁하기 편하고 아주 실용적이다. 그런데 값을 많이 지불하고 백화점에서 산 옷들은 세탁이 좀 까다로워서 옷을 입는 데 조심성이 필요하다. 그것이 불편하여 자연적으로 옷을 옷장에 가두어둔다.

나는 옷을 입어보는 것을 즐긴다. 옷에 대한 관심이 많다 보니 거리낌 없이 많이 구입하게 된다. 값이 비싸면 비싼 대로 저렴하면 저렴한 대로 용도별 필요성을 느끼면서 옷을 구입하게 된다. 옷을 구입한 뒤에도 그렇게 후회하는 일은 없다. 별다른 고민없이 한 눈에 선택한 옷이 잘 어울리면 그 안목을 스스로 칭찬하기도 한다.

중학교 2학년 가사시간이었다. 인형에게나 입을 수 있는 작은 원피스를 만들어서 선생님께 과제로 제출했는데 가사 선생님께서 나를 극찬하셨다. "너는 바느질에 천재적인 소질이 있구나, 너는 이 길을 가야겠다" 하셨다. 그러나 그 시절 길을 이해하기에는 상식도 없었고 그 길이 무엇인지 알지 못했다. 지금 생각하면 디자인의 길인 것 같다. 한가하게 삶을 되돌아볼 때에는 내가 옷을 만드는 디자인의 길을 갔더라면 어떤 사람이 되었을까 하고 가끔 생각해 본다.

나는 지금도 바늘을 잡고 바느질을 많이 한다. 옷을 만들기보다는 기성 옷들의 바늘 댈 곳을 찾아서 바느질을 잘한다. 바느질을 할 때는 배고픈 것도 없고 근심 걱정도 없어진다. 몸매가 S라인이 아니더라도 혼자서의 패션쇼를 즐기면서 옷들을 가까이 한다. TV에서의 의상 패션쇼는 참으로 흥미롭다. 반면에 운동경기 같은 것에는 관심이 없고 자신도 운동하는 것을 귀찮아하고 운동할 시간이 없다고 변명한다. 옷을 매만지고 입어보고 옷의 모양을 생각하고 하는 일들은 참 재미가 있다.

혼자만의 패션쇼를 즐기는 나의 인생이여! 그 길가의 상인이 천박한 행동을 한 것은 고의적은 아니었을 것이라고 생각한다. 그 상인은 고대광실 높은 상가를 생각하면서 정신을 허공에 팔고 있었을 것이다. 길가에서도 살기 위하여 열심히 돈벌이하면 되는 것인데 그런 과대망상을 했을 것이다. 그 허공의 고대광실 높은 집이 하늘에서 떨어질 수도 없는 것인데 허황된 상상을 하다가 나와 적이 되려고 하였는가 싶다.

부(富)는 자신의 온갖 것으로 성실하게 노력하는 자를 따라다녀서 부자로 만들어준다 한다. 그래서 부자는 하늘의 축복을 받아야 된다는 속언이 있다. 이제 추운 겨울이 닥치면 길가에서 추위를 이겨야 할 것이다. 작은 움막가게를 만들어서라도 잘 견디고 옷들을 많이 팔아 수입을 많이 얻기를 기대한다.

꼴

2011년 7월의 초순 이야기다. 사람들은 다른 사람의 외모에 관심이 참 많다. 옷 가게의 옷을 구경하는데 어느 여자 분이 내 곁으로 다가오더니 나의 외모를 칭찬하기에 혀를 아끼지 않았다. 사십대로 보이는 여자인데 얼굴이 부수수하고 살빛이 노리끼리하였다. 날더러 몇 살이냐고 하여서 사실대로 대답하였더니 훨씬 젊어 보인다고 찬사를 한다. 웬걸, 엉덩이도 살피면서 엉덩이까지 예쁘다고 한다.

나는 내 엉덩이를 관심 있게 생각한 적이 없기 때문에 뜻밖의 칭찬이었다. 사람은 타고난 소질에 관심을 갖고 즐거워한다. 나는 운동하는 것에도 관심이 없다. 또한 나의 외모를 특별히 관리하지도 않고, 다른 사람의 외모에도 관심이 없다. 매사에 민첩성이 없어서 참 따분할 뿐이다. 몸으로 움직이는 일은 뭐든 거북이처럼 느리다. 어디 좀 먼 곳으로 외출하는 날은 마음이 급해서인지 목구멍에 음식이 쉽게 넘어가지를 않는다.

지금은 돌아다니면서 점심도 잘 먹고 음식을 잘 먹는 편이다. 젊은 시절 남편과 서울 나들이를 할 때 식당에 가서 밥을 사먹지 못했다. 찹쌀떡 한두 개 먹기도 힘들었다. 그 분은 나 때문에 더불어 힘들게 살았다. 여행을 가서 호텔에서 잠을 잘 때도 에어컨을 꺼달라고 하고 대신 선풍기를 가져다 놓게 했다. 남편과 자녀들은 체육을 좋아하여 남편은 장성한 자녀들을 승용차에 싣고 가서 운동하는 것을 즐겼다. 깊은 밤에 혼자 티브이 앞에 앉아 레슬링 구경을 하는 남편을 보았을 때는 야만인처럼 느껴졌다. 자녀들도 야구라면 새벽잠도 설치면서 구경을 하였다. 듣기 싫은 소리는 하지 않았지만 잠을 설쳐서 다음날에 피곤할까 걱정되었다.

나는 내 몸을 움직여 소위 말하는 몸짱을 만드는 데도 흥미와 성의가 없다. 나는 몸, 얼굴, 머리, 모든 면에 생긴 대로 사는 편이다. 매사에 나를 귀찮게 하는 것은 싫어한다. 요즘은 사람들이 체육 행사에 열광하고 '몸짱', '얼굴짱' 만들기에 시간과 많은 돈을 투자한다. 그러나 나는 엉뚱하다. 내 손에 바늘을 잡고 바느질할 때는 피로감을 잊은 듯 시간 가는 줄 모른다. 손에 바늘을 잡으면 마음에 즐거움이 채워진다. 또한 옷을 만지고 감상하는 것을 좋아한다.

내 방 옷장에는 많은 옷들이 가득가득 걸려 있다. 그런데 금년 여름에는 그 옷들마저 잘 입지 못했다. 더위 탓인지 바깥 외출을 삼갔다. 또 여름에는 땀을 많이 흘려 옷감이 상하는 것도 걱정되었다. 좋아하던 옷에 대한 관심, 이제는 한풀 꺾인 느낌이다. 그저 전시용 관광 상품처럼 덩그러니 옷들이 걸려 있다.

지난여름 특별한 훈련 없이 지내는 나를 칭찬해 준 그 여자를 생각하면서 여러 면으로 나를 되돌아본다. 나는 그 여자에게 말로 보답해 줬다. 매일 거울을 볼 때마다 '나는 참, 아름답다', '나는 건강하다', '나는 행복하다' 그렇게 기쁜 마음으로 살아가라고 대답해 주었다. 그 여자는 당뇨병을 앓은 지 16년이나 되어서 자신은 병객이라고 했다. 여인이 병을 이기고 행복하게 살아갔으면 하고 기원한다.

시내에 볼일이 있어서 이곳저곳을 돌아다녔다. 머리집게를 사러 가게에 들어갔다. 의자에 앉아 있는 어느 여자가 나를 보더니 참 세련되고 멋지신 분이네요, 한다. 나는 평소 때는 화장을 하지 않고 산다. 모임이나 학교, 교회를 갈 때 빼놓고는 얼굴에 덧입히는 것이 부담을 느껴서 그런지 맨살로 돌아다닌다. 옷도 칠부 바지와 헐렁한 웃옷을 입고 썬그라스를 썼을 뿐인데 찬사해 준다. 시장통에서 어느 아주머니가 '예쁜 아주머니' 하고 불러댄다. 그렇게 불러대는 시장통 아주머니가 궁금했지만 '왜 그러느냐'고 묻지 않았다.

문이 활짝 열린 옷가게에 들렀다. 옛날에 한번 방문한 가게인데 그는 나를 반기며 차 대접까지 하면서 나를 찬사하기에 바쁘다. 나를 바라볼 때 묘한 분위기가 있어서 빨려들어간다는 것이다. 조선시대 반가의 여인 같아서 아름답다는 것이다. 웃는 모습, 말하는 모습들이 그렇게 여성스럽다는 것이다. 이제 할머니 소리에 익숙해진 나에게 과한 칭찬으로 나를 어색하게 만들었다. 시장통 아주머니들은 칭찬하기에 바쁜 사람들 같다.

어떤 대기업에서는 채용 면접 때 사람의 '꼴'을 본다는 이야기를 들었다. 물론 중역되는 사람들이 심사하지만 뒤에 관상가를 세워둔다는 것이다. 사람은 살아오면서 자신의 꼴을 형성시킨다. 그래서 사십이 넘으면 자신의 얼굴을 책임져야 한다는 말이 생겼는지 모르겠다. 내면의 아름다움이 외부로 나타나면 자연 아름다운 모습으로 변할 것이라 생각된다.

몇 사람들이 나를 보고 꼴을 좋게 봐주는 것도 내가 풍기는 인생관이 아닐까 생각한다. 나는 이십대부터 사람의 인격 됨됨이를 중요하게 생각하고 살았다. 눈, 코, 입의 얼굴 생김새나 신체의 모습보다는 어떻게 살아가느냐 하는 태도에 중점을 두었다. 지금도 여전히 외양이나 위치를 보고 사람을 평가하지 않는다. 사람 됨됨이의 행실을 체감하면서 신뢰성을 느낄 때 존경심을 갖게 된다.

타인을 제대로 존중하지 못하고 관계에 소홀한 사람은 인품이 부족하다고 생각한다. 물질을 가지고 일일이 사람들에게 베풀 수 있는 재력이 있으면 더욱 좋다. 그러나 그런 풍성한 물질을 가지고 베풀 수 있는 사람의 환경은 얼마나 될까. 마음속에서 존중해 주는 태도를 풍겨주면 상대도 따뜻한 가슴이 되는 것이다.

사람은 사람과 만나고 어울려 산다. 나는 평범한 사람들이 힘차게 살아가는 모습을 아름답게 본다. 티끌 모아 태산이란 말이 있듯, 작은 돈을 모아서 큰돈을 만들려고 노력하는 사람들이 아름답다. 일상 속에서 서로 만나고 그것을 즐거워해 주는 사람들이 정답지 않을 수 없다. 사람 사는 것이 옷깃 하나 스쳐도 인연이라고 하지 않는가. 한번 보고 다시 만나도 누구인지 알지 못하는 수많은 사람들을 생각한다. 그들 각자의 형편대로 평안함과 행복으로 채워지면서 좋은 꼴로 살아가기를 바란다.

거울 속에 비친 얼굴이 주글주글 볼품없는 모습이라도 자신이 이 세상에서 아름답다고 만족하면서 선남선녀로 살아야 한다. 이 세상에 사는 모든 사람들은 각자의 개성이 있으며 저마다의 아름다움을 지녔다. 한세월 노동하여 쭈글쭈글한 손등의 피부도 노동의 대가다. 찬란한 아름다움이 될 것이다. 아름다움과 세련미의 꼴은 각자 생활해 가는 삶의 가치에서 그 형상이 이루어진다고 믿는다.

고마운 사람들

문득 생각해 보니 내가 살아가는 것은 고마운 사람들의 노력과 덕이 아닌가 싶다. 농사를 짓는 것도 아니고 과일 나무를 가꾸지도 않는데 오늘 저녁에 포도도 먹고 싱싱한 반찬거리들을 제공받아 식사를 맛있게 해결했다. 또한 내가 문화적인 환경에서 사는 것도 모두 많은 사람들의 수고 덕분인 것은 말할 필요도 없다. 물론 내가 지불한 돈의 대가로 얻어진 것이지만 그 돈을 만든 근본도 국가의 혜택이 아닌가 싶다.

나는 농부도 아니고 기술자도 아니고 상인도 아니고 특별한 사람도 아니다. 그런데 매일 평안한 잠자리에서 취침할 수 있고 또한 내가 먹고 싶은 음식, 입고 싶은 옷을 자유롭게 구입하여 먹고 입고 살아간다. 가만히 생각하니 참 신기한 삶이다. 내가 편리하게 살아갈 수 있도록 많은 사람들이 수고하고 있는 것이다. 물론 젊은 시절 교편생활을 하여 은퇴 후가 보장되고 자손들 사남매가 신통하게도 착하게 잘 자라주어 각자의 가정을 평화롭게 이루고 있으며 부모에게 효도하는 자세이니 험한 세상에 보호를 받는 노후가 된 것은 사실이다.

내가 지출하는 것은 현금이지만 그 현금이 무엇이기에 내 삶을 지탱해 주는가 다시 생각하게 된다. 세상 사람들은 구석구석에서 삶의 활성화를 이루어 다른 이에게 도움을 준다. 이 어찌 낯모를 그들에게 고마운 심정이 되지 않을 수 있겠는가.

나는 비행기를 타고 외국에 나갈 때마다 사람들의 재주에 놀라움을 금치 못한다. 내가 공중에 떠서 다른 나라로 갈 수 있도록 비행기를 제공하고 먹을 것과 편리한 환경을 제공받는 것이다. 어찌되었든 문명의 혜택도 다른 사람의 노고에서 이루어진 것이니 그 수많은 사람들에게 고마움을 느끼는 것이다.

내가 살아가는 것은 물레방아 돌 듯 그 틀 속에서 여전히 평안하고 행복감을 느끼고 살아가고 있는 것이다. 참 잘 살아가고 있는 것이다. 불편한 것도 없고 내가 하고 싶은 모든 것은 다 누리면서 살아가고 있다. 내 재주로 해놓은 일도 없이 다른 사람의 노고에 힘입어서 살아가는 것이라는 생각을 멈출 수 없다.

나는 자손들을 보면서도 요즈음은 참 신기한 감정이다. 내 몸속에서 나온 자녀들이지만 내가 힘들인 일은 별로 없다고 생각된다. 저희들이 잘 성장하여 효행을 하는 일이 꿈처럼 느껴진다. 그들이 이 세상에서 엄마의 몸을 빌려 태어났을 뿐인데 어머니에게 효행을 열심히 하려고 하는 그들의 모습에 감격을 받는다.

자녀들이 고맙다. 사람들이 고맙다. 이웃도 고맙다. 내가 알지 못하는 그 위치에 있는 사람들이 내가 살아갈 수 있는 환경을 제공하고 있다.

깨진 유리잔

　와인 잔을 사서 신문지로 조심스럽게 싸가지고 집으로 향했다. 시내 바람 쐬려 나간다 해도 집으로 향할 때는 내 양손에 물건들이 많이 들려진다. 사고 싶은 물건을 보면 꼭 사는 성격 때문이다. 오늘은 와인 잔이 눈에 띄어 6개를 샀다. 그런데 양팔에 들려진 물건으로 육체의 고통을 겪어야 했다.

　집앞 계란 가계 앞에서 발걸음을 멈췄다. 오늘은 계란도 사야 하는 처지다. 그런데 나는 보통 계란을 30개씩 사 두는데 무거운 짐이 양팔에 들려 있기 때문에 영 난감하다. 운반하기 조심스러운 계란을 양손에 들고 가기에는 벅차다는 생각이 들었다. 아무래도 무리라는 생각으로 망설이는 순간 손에 들고 있던 와인 잔을 놓치고 말았다.

한순간에 와인 잔이 깨지는 소리가 들렸다. 신문지로 한 개 한 개 싸 둔 것을 끌러보니 두 개가 온전하고 나머지 4개는 깨져 있었다. 참으로 허망한 일이었다. 정신을 어디에 놓고서 들고 있던 그릇을 놓쳐버렸을 까? 내 자신이 이상하게 생각되었다.

중학교 다닐 때 교과서에서 읽은 글이 생각난다. 어떤 사람이 달걀을 머리에 이고 장으로 팔러 가면서 많은 상념에 빠졌다. 달걀을 팔아서 닭을 사고 닭을 팔아서 돼지를 사고 돼지를 팔아서 소를 사고 나중에는 부자가 되겠다고 그는 상상했다. 너무 좋아서 머리에 달걀이 있는 것을 깜박 잊고서 손뼉을 치다가 머리에 이고 있던 달걀을 떨어뜨리고 말았다.

많은 이들이 자신의 꿈을 이루기 위하여 노력한다. 그리고 허황된 꿈을 망상이라고 표현한다. 이루지도 못할 꿈을 꾸면서 한세월 허송하는 사람을 지칭하는 말이 된다. 분수껏 자신에게 맞는 꿈을 갖고 노력하라는 의미도 있는 줄 안다. 달걀을 팔러 가는 이야기는 한순간 상상으로 부자 된 착각에 좋아하다가 달걀을 깨뜨리고 꿈을 이루지 못한 예가 되기도 한다.

에디슨 같은 사람은 실패해도 발명의 꿈을 이루기 위하여 많은 실험을 했다. 거듭 노력하는 삶을 실패한 깨어진 꿈이라고 표현하면 될 것인

가. 실험하는 과정 중의 실패는 노력하는 시간이므로 실패라고 단정하면 안 된다. 에디슨은 그 많은 노력으로 발명왕이 되어서 자손 대대로 역사에 남아 있기 때문이다. 생각만 해도 에디슨은 고마운 발명왕이다. 오늘날 환한 불빛에서 살아갈 수 있는 현실이 얼마나 놀라운 생활인가 생각한다. 에디슨은 전기램프, 영사기, 축음기 등 1930개의 발명품의 특허를 받았다고 한다.

여러 곳을 여행할 수 있는 비행기의 고마움도 라이트 형제의 작품이다. 라이트 형제는 자전거 수리공이었는데 최초의 동력 비행에 성공하였다. 하늘을 날고 싶다는 꿈을 꾼 라이트 형제는 많은 실험과 그리고 주위의 질투어린 많은 억압을 당하면서도 끝내 성공한 자로 역사에 기록되고 있다. 물론 그 뒤 많은 연구자들이 연구를 거듭해서 오늘날의 비행기에 탑승하여 여행할 수 있는 것이다.

호랑이는 죽어서 가죽을 남기고 사람은 죽음 뒤에 이름을 남기는 자가 위대하다 했다. 깨어진 유리잔에 대한 허탈감을 버리는 것이 바람직하다. 머리에 얹은 달걀을 떨어뜨렸어도 다시 한 번 재도전하는 자가 돼야 한다고 생각한다. 달걀을 팔아 닭을 길러서 돼지를 키우고 많은 과정을 겪어야 부자도 되는 것이다. 달걀을 깨버렸다고 낙담하여 앞으로 가지 못하고 그대로 주저앉으면 퇴보한 자가 되는 것이다. 인류 역사상 위대한 이들은 칠전팔기의 끈기를 가지고 노력한 자들이다. 그들은 여러 번의 실패에도 굴하지 않고 도전해 지구촌에 있는 인류들에게 큰 도움을 주고 있다. 삶의 편리함과 문화혜택을 준 자들은 실패해도 다시 도전하고 용기 있는 행동을 한 자들이다. 좌절과 실망으로 희망이 없으면 패배자다. 평범하게 태어나서 역사에 많은 빛을 남기고 간 자들이 많다. 그렇다. 세상에 있는 태양은 늘 빛을 내고 있다. 깨어진 유리잔을 가지고 지나치게는 자책하지 말 일이다. 부족한 내 인생의 삶이지만 내일은 늘 희망으로 가득 차 있기 때문이다.

아버지 생각

　어린 시절에는 집안 행사 때면 닭을 자주 잡았다. 제삿날에도 닭을 잡았고 농번기 때 보신용으로나 귀한 손님을 맞을 때도 닭 잡는 모습을 많이 보았다. 가을이면 하루 종일 벼 타작한 일꾼들이 자유분방한 닭들을 잡기 위하여 장대를 들고 닭을 몰던 모습이 떠오른다. 잡은 닭은 먼저 목을 비틀어 놓는다. 닭의 목숨이 다하면 뜨거운 물을 부어 털을 뽑아 처리하는 것이 일반적인 과정이다.

　어머니는 아버지께 닭의 목을 처리해 달라고 하셨다. 늘 고서를 읽으시면서 학문에 눈물이 많으시던 아버지로서는 지극히 어려운 일이었지만 집안 일을 외면할 수는 없었다. 한 번은 아버지가 죽인 닭에 어머니가 뜨거운 물을 붓다가 깜짝 놀랐단다. 뜨거운 물을 부으니 닭이 "꼬꼬댁, 꼬꼬댁" 하면서 날아갔다는 것이다.

그 뒤로는 아버지는 그런 잔인한 일에서 해방되셨단다. 아버지는 자손들에게 매를 드시거나 큰 소리를 치시지 아니하셨다. 고서를 방안에 많이 펼쳐놓으시고 글을 읽으시다 피곤하면 책 가운데서 주무시곤 했다. 아버지는 늘 자손들에게 옛 성인들 이야기를 많이 들려주셨다. 우리는 아버지 앞에서 천자문도 읽고 명심보감도 읽었다. 아버지는 술과 담배를 하시지 않으셨다. 그 시절 양반 텃세의 풍습이 남아서인지 대문 앞에서 "나-오-너라" 소리치는 사람이 있었고 옛날 김삿갓과 같은 글쟁이 분들이 아버지를 찾아와 우리 집에서 자고 가는 일도 많았다. 때로는 어느 글쟁이 분께서 내 얼굴 관상을 보고서 글씨를 써서 주기도 하였다. 나는 그 글씨를 한동안 보관해 두었는데 사주 관상을 믿는 것 같아 없애버렸다.

할아버지가 유명한 학자여서 아버지는 스승님 아들이라고 우대를 받았다. 왜 그런 할아버지가 출세를 못하고 제자를 가르치는 스승으로 끝나게 되었는지는 의문이었다. 위의 조상 할머니 한 분이 난리통에 청나라에 끌려갔다 돌아온 일로 그 집안 장손이 서자 취급을 받게 돼 벼슬을 못하고 살았단다. 그런 얘기를 아버지한테도 듣고 또 오빠한테도 들었는데 지금으로서는 자세히 기억해 낼 수 없다.

그런 집안 역사 때문에 할아버지는 아버지에게 농사짓는 사람이 되라고 하셨다고 한다. 아버지는 농사를 짓고 살면서 언제 글을 그렇게 어떻게 많이 배우셨는지 알 수 없다. 아버지는 늘 글 읽으셨고 가끔은 글 읽으시다 눈물을 흘리셨다. 아는 것이 많으신 아버지를 더러 사람들은 대통령이란 호칭으로 불러드렸다. 나는 그런 아버지의 유전자를 받아서 그런지 갖가지 사건에 늘 여린 심정이 되어 시도 때도 없이 눈물을 잘 흘린다. 나는 내가 밟는 땅도 바라보는 하늘도 들이마시는 공기도 벅찬 눈물겨운 인연의 고리라 생각하고 산다. 내가 농사를 짓지 않고 물품을 만들지 않았는데 세상 사람들의 인연으로 잘 먹고 잘 입으면서 생명의 존재를 유지하는 게 고맙기 그지없다.

첫 손자가 보았을 때 아버지는 첫 손녀가 태어났을 때와는 달리 틈날 때마다 등에 업고 다니셨고 주무실 때도 손자 이름을 부르셨다. 호주머니에는 손자에게 뭘 준다고 넣고 다니셨다. 나도 손자손녀를 볼 때마다 그런 아버지 모습을 떠올렸다. 아버지의 심정을 알 것 같았다.

아버지의 갓은 대청의 높은 천정에 걸려 있었다. 아버지가 세상을 떠나신 뒤 연극패들이 갓을 빌려갔는데 그만 부수어 버렸다 한다. 아버지 턱에는 수염이 있었는데 나는 그냥 수염이 매달려 있다고 생각했지 별 관심은 없었다. 그런데 요사이 젊은이들이 수염을 기르면 보기에 흉하게 느껴진다. 그 수염을 깨끗하게 깎아서 깨끗한 인상이었으면 좋겠다는 생각을 한다. 얼굴에 있는 수염들이 영 불편하게 보인다. 만약 아들들이 수염을 기른다면 그 얼굴을 잘 쳐다볼 수 없을 것이다. 아버지의 수염은 그냥 그렇게 자연스러웠다.

아버지는 내가 22세 때 62세의 연세로 갑자기 돌아가셨다. 아침 식사를 하시려고 밥숟가락을 입에 넣다가 돌아가셨다 한다. 안방에는 벽장이 있었고 벽장 속에는 아버지가 늘 잡수시던 꿀병을 비롯한 몸에 좋다는 것들이 들어 한가득 들어 있었다. 지금 생각하면 좋은 밥상, 건강에 좋다는 것들이 혈압을 높이는 음식이 아니었을까 싶다. 나는 그때 몸이 약해 병원에 입원해 있었다. 딸이 보고 싶다 하시더니 돌아가셨다고 한다. 입원한 딸에게는 알리지 않고 모든 장례 의식이 치러졌다. 병원에서 퇴원하고 보니 아버지는 세상에 안 계시고 먼 곳으로 가셨다.

한순간이 소중해서

걸음을 걷는 한순간이 소중해서 산천을 바라본다. 멀쩡하던 다리가 어제부터 아프다. 어깻죽지의 불편한 통증이 다리와 엉덩이 쪽으로 흐르는 것이 느껴지더니 이내 불편해 왔다. 걸음을 걷기가 여간 불편한 것이 아니다. 하루에 엉덩이를 의자에 붙여놓는 시간이 길다 보니 자리에서 일어나면 허리가 뻑적지근하고 몸이 찌뿌드드할 때가 많다.

살아가면서 자신의 몸이 얼마나 감사한지 생각해 본다. 지금 이 한순간처럼 걸음을 걸을 수 있다는 사실이 참으로 감격스럽다. 앉은뱅이가 되지 않고 몸을 가누고 걸어다닐 수 있으니 얼마나 다행한 일인가. 다리가 불편하니 자유롭게 걸어다니는 것에 대한 감사함이 나를 감동적으로 사로잡는다. 살살 걸어서 마트에도 가보고 직행버스를 타고서 천안 신세계백화점에도 갔다. 볼거리가 있으니 운동 겸 걸어다니는 것이 괜찮은 것 같다. 아는 상인을 만나면 물건을 구입하지 못하는 것이 미안한 감정도 들지만 그래도 마트나 백화점을 들르면 꼭 물건을 구입하게 되어 있다. 요즈음에는 이상한 논리를 가지고 물건을 구입한다. 내가 내 지갑을 열어 물건을 구입하고는 내가 경제력이 풍부해서 물건을 사는 것이 아니고 하느님이 경제력을 가지고 나를 풍요롭게 해주시는 것이라는 생각이다. 모든 것을 하느님이 주신다고 생각되는 요즘이다.

먹을 것, 입을 것, 일용할 용품, 모두가 타인의 손에서 만들어져 나를 편리하게 살아갈 수 있도록 만들어준 것들이다. 그러고 보니 내가 나를 위해서 할 수 있는 것들이 그리 많지 않다. 걸어다니면서 활동하고 먹는 것 소화시키고 손으로 일하고 머릿속에서 판단하여 활동한다. 그렇지만 타인의 도움을 받고 사는 문제는 하나하나 짚어가면서 찾아보면 많이 들춰질 것 같다. 물론 내가 노동한 대가의 경제력을 가지고 지불하여 의식주를 해결하지만 그 속에는 많은 사람들의 땀의 노력이 있는 것이다.

내가 특별한 질병이 없는 것은 다행이라 할 수 있다. 관절염을 비롯해 이곳저곳이 많이 아픈 친구들이 있다. 그러나 나는 아직은 질병의 이름이 붙은 것은 없지만 순간적으로 다리가 아픈 것에 대한 고통을 느끼면서 사람의 한순간이 평범하게만 살아가도 행복한 것이란 생각이 들었다. 현재는 다리 아픈 것도 괜찮고 특별한 고통은 느끼지 않지만 그 순간의 다리 아픔 때문에 많은 생각을 하게 되었다. 그저 고마운 심정으로 살아야 할 나날이다. 많은 사건이 밀려와 바쁘고 고단해도 감사한 마음 잊지 말아야 한다. 한순간 한순간이 연결돼 한평생으로 이어지니 그 한순간이야말로 얼마나 소중한가. 그 소중함을 알아야 한다.

생명의 탱고

청둥오리 엄마가 새끼들 14남매를 거느리고 인간들이 만들어놓은 복잡한 길, 도시의 험한 아스팔트길을 건너서 자신이 생활하고 있는 터전으로 떠나고 있다. 알에서 태어난 지도 얼마 되지 않는 새끼들을 데리고 길을 떠나는 그 모습이 얼마나 대견한지 줄줄 흐르는 눈물을 주체할 수 없었다.

'세상에 이런 일이'라는 방송 프로그램에서 보여주는 내용이다. 어느 아주머니가 반려견을 데리고 산책을 하다가 길 옆 숲속에서 오리알 14

개를 발견한다. 아파트의 큰 건물들로 둘러싸인 작은 숲속에 오리알이 있는 광경에 깜짝 놀란 아주머니가 그 사실을 주위에 알려서 그때부터 방송국 제작진이 오리알에 대한 상황을 관찰한 것이다. 제작진은 오리알이 있는 멀지 아니한 곳에 천막을 치고 상주하며 관찰하기 시작했다. 어미 청둥오리는 알을 열심히 품어주고 알이 상하지 않도록 주위를 부드러운 풀을 뜯어다 덮어주고는 어디로 날아가고는 하였다.

청둥오리 부부는 자신의 알들이 해를 당하지 않도록 열심히 신경을 쓰면서 시간을 보내고 있었다. 사람들의 관심이 쏠리는 것을 눈치챈 어미는 여러 솜털 같은 덤불로 알들을 보호하여 덮어주곤 했다. 어미가 알을 품은 한 달쯤 되어 그 알에서 새끼가 태어나는 모습은 참으로 신기하고 놀라웠다. 놀라운 생명의 역사가 우주를 향하여 열린 것이다. 알들은 퇴락되지 않고 모두 다 생명의 역사를 이룬 것이다. 새끼들은 태어나자마자 엄마 엄마를 부르는 듯 생명의 탱고 춤을 추고 있었다.

그런데 놀라운 일이 벌어지고 있다. 부화 후 그리 오랜 시간이 지나지 않았는데 어미가 새끼들을 이끌고 긴 여행에 나선 것이다. 새로운 오리 가문의 역사가 이루어지고 있다. 차가 즐비하게 다니는 길을 어떻게 통과할 요량인지 길을 나선 엄마 오리의 담대함에 놀라지 않을 수 없다. 차가 분주하게 질주하는 그 험한 아스팔트길을 종종걸음를 하는 갓 태어난 아기 오리들이 감당해야 한다. 엄마 오리는 머나먼 여정의 길을 어찌하려고 이끌고 간단 말인가. 어미는 용감하게 길을 가는 것이다. 어느 새끼 오리가 잘못 오면 뒤돌아보아 기다리면서 무리지어 가는 것이다.

제작진도 출동하여 촬영을 하고 있었다.

참으로 그 험한 길을 용케도 건넜다. 어느 넓디넓은 큰 대형 도로 앞에서는 교통순경이 서서 차들을 정지시켜서 오리 네 가족을 보호하여 길을 건널 수 있도록 도와주었다. 그런데 숲길을 올라가야 하는데 엄마 오리는 날아올라갈 수 있지만 아기 오리들은 도저히 아스팔트길에서 턱 높은 숲길을 올라갈 수 없는 것이다. 제작진이 새끼 오리들을 안아 숲길로 올려주었다. 엄마 오리는 새끼 오리들을 바라보며 멈추지 않고 삶의 터전으로 앞질러가고 있었다. 새끼들은 엄마엄마 부르는 듯 소리 내며 따라가고 있었다. 드디어 오리부부가 서식하는 논으로 엄마오리와 새끼 오리가 도착했다. 도착하자마자 물속의 먹이들을 찾아 헤집는 광경은 참으로 감격스러웠다. 가슴이 얼얼하고 아팠다.

모든 생명체들은 번식하는 데 어미와 새끼의 관계가 있다. 사람은 엄마의 몸속에서 성장되어 출생한다. 좀 일찍 분만해 의학의 힘을 입고 성장되는 일도 있지만 대략 엄마의 몸속에서 10개월 동안 성장되는 것이 기본적 원리이다. 이 얼마나 엄청난 역사이며 생명의 신비인가 생각된다. 그 귀여운 아기가 엄마를 통하여 태어나고 엄마의 사랑으로 성장하는 것이다. 그래서 어린 시절 부모의 사랑을 제대로 받지 못하고 엄마의 애틋한 사랑을 받지 못하면 문제아가 되기 쉽다.

아기 모습을 보면 황홀하다. 그 아기들은 성장과정에 얼마나 많은 보호가 있어야 하는가. 그래서 엄마의 자격, 부모의 품격이란 엄중한 내용도 있는 것이다. 한 사람이 성장하기 위하여 얼마나 여러 가지 노력과 사랑이 필요한 것은 누구나 다 아는 사실이다. 인간 세상은 많은 세월 동안 부모 노릇을 해야 하는 대단한 관계인 것이다. 인간 세상의 남녀가 만나서 한 생명이 탄생되는 결과에는 힘든 과정을 견뎌온 희생과 사랑이 있다. 생명의 탱고로 함께 춤추고 책임을 다하는 부모의 역할을 해야 한다. 인간이 만물의 영장임을 자각해야 한다.

2
꿈꾸는 할머니

봄이 되면 아파트 앞 목련나무에는 아름다운 꽃이 만
발한다. 어느 시기가 지나면 그 고운 꽃들은 추하게 떨
어져 밟혔고 여름날 그 무성하던 푸른 잎들도 없이 이제
는 앙상한 나뭇가지만 찬바람의 추위에 시달리고 있다.
그러나 나무들은 봄이 되면 새잎이 돋아나고 아름다운
꽃이 만발할 것이다. – 「허무한 감정」에서

꿈꾸는 할머니

—

꿈꾸는 할머니

금년 어버이날이 좀 지나서 손녀에게서 제법 장문의 편지가 왔다. 손
녀는 서울에 사는 둘째아들의 장녀로 초등학교 삼학년이다. 학교에서
어버이날을 맞이하여 할머니에게 편지를 보내는 행사로 보낸 것이라고
한다. 할머니가 자신을 사랑해주시고, 할머니가 아빠를 낳아주셔서 자
신이 태어났으니 정말로 고맙다고 했다. 자신이 크면 돈으로 큰 호텔을
사서 할머니를 거기에서 편하게 쉴 수 있도록 해드린다고도 했다. 전화
도 자주하고 찾아뵙겠다는 말도 덧붙였다.

나는 손녀가 태어났을 때 그냥 좋고 좋았다. 기쁨이 만개할 때마다 글을 써서 그것을 기록으로 남겼다. 세상의 모습을 바라볼 때마다 손녀 얼굴 떠올리며 만상에 감격하고 있었다.

나는 어린 시절부터 글쓰기를 좋아했다. 써놓고 쓴 것으로 그냥 만족하고 살았다. 내 주위에는 나의 글쓰기 관심도 없었고 나를 문학적으로 안내할 만한 사람도 없었다. 그 글을 어디에 투고한다는 생각도 하지 않았다. 오랜 세월을 무심히 글을 쌓아두기만 했지만 번듯한 탑으로 만들지 못한 것은 좀 아쉬운 생각이 든다.

무슨 내용이든 일상을 글로 옮기지 않으면 견뎌내기 힘든 시기가 있었다. 자신의 핏물로 글을 쓴다는 말이 이해가 되었다. 그렇게 글을 쓰면서 삶의 의욕을 되찾았다. 결국 나는 글을 쓸 수밖에 없는 사람이 된 것이다. 글쓰기는 나를 위로하여 함께 하는 길동무가 되어주었다.

몇 년 전 손녀가 아기 때 일이다. 아빠가 좋은 승용차를 구입하여 기분이 좋은 것 같았다. 휴가를 얻어 나를 데리고 강원도 어느 휴양지 호텔에 가서 며칠 즐거움을 채워 준다고 온갖 노력을 하였다. 그런데 손녀는 차를 탈 때 나한테 타지 말라고 울어댔다. 철없는 아기이니 우는 것도 귀엽지만 고놈 참, 생각되면서 무언가 허전하게 가슴을 스치는 바람도 느낄 수 있었다. 나는 생활 중에 사람들에게서 섭섭한 감정이 솟아오를 때면 내 몸을 휘젓는 회오리바람을 잘 느끼는 예민한 사람이다. 그러나 그런 것을 겉으로 표현하지 아니하고 다독여지는 삶의 연륜이 있다. 그저 나는 살 수밖에 없고 살아가기 때문이다. 이제는 어린이가 되어 할머니에게 편지를 써서 자신이 크면 큰 호텔을 사서 할머니를 쉬게 한다는 포부를 가지고 공부하는 초등학생이 된 손녀다. 참 감격스럽다.

나는 왜 어린 손녀가 호텔을 사서 할머니를 쉬게 한다고 하는지 생각해 보았다. 손녀의 아버지는 행사를 할 때마다 호텔을 잘 이용한다. 아이들을 데리고도 호텔을 잘 이용하는 것 같다. 호텔에는 풀장도 있고 어린이가 즐길 수 있는 시설이 있는 곳이다. 집안의 분위기도 호텔을 연상하게 한다. 거실에는 호텔에 달아놔야 할 것 같은 전등들을 거창하게 꾸며 장식해 놓았다. 손녀는 호텔을 잘 이용하는 부모 밑에서 즐거운 경험을 한 추억으로 호텔은 쉬기에 좋은 곳이라고 느낀 것 같다.

몇 년 전 일이다. 대전에 사는 큰아들이 나를 승용차에 태워 서울로 향했다. 큰아들이 큰 차를 가지고 오니 잘되었다 생각하고 고구마를 몇 상자 사서 딸과 둘째아들, 막내아들에게 줄 참이었다. 그런데 호텔의 주차장이 지하 여러 층으로 이루어져 있었다. 각자 다른 장소에서 각자의 시간에 오기 때문에 같은 장소에 주차하기는 어려웠다. 큰아들의 차에서 고구마 상자를 꺼내다 각각의 승용차에 싣는 것이 썩 불편했다. 둘째아들과 딸이 어머니는 왜 고구마까지 시골에서 사오시냐고 하였다. 서울에도 맛 좋은 고구마가 많이 있는데 고구마까지 신경 쓰시냐고 하였다. 그 뒤로는 고구마상자 같은 거추장스러운 물건은 호텔로 가지고 가지 않는다.

딸도 세월 가면서 많은 말을 한다. 자신이 자라는 과정에 어머니에게 혼나거나 큰소리를 들어본 적이 없었다고 한다. 지나고 보니 어머니는 무심한 자녀 교육을 했다는 것이다. 어린 시절 늘 자장가를 불러주던 어머니의 기억, 너희들에게 하늘의 별이라도 따다 주려고 노력한다는 그 장면만 특별히 기억에 남는다는 것이다.

아버지가 늘 어머니 몸이 약하다고 자신들을 단속하면서 어머니를 위하는 모습이 대단했다는 것이다. 어머니는 아버지의 환대를 많이 받았고 또 자녀들도 착하게 성장하여 각자 가정을 이루어서 열심히 살고 있으니 만족한 삶이라는 것이다. 어머니가 하고 싶은 공부와 문학하는 생활로 바쁘게 지내시니 건강하게 지내서 노후에 좋은 글을 많이 쓰라고도 했다.

성장과정에 꿈속에서도 어머니가 일찍 세상을 떠날까 봐 어머니에게는 자신에 대한 괴로움을 전하지 못하고 모범생으로 착한 딸이 되어 자랐단다. 착한 생활만 하라는 교훈이 그리 좋은 것만이 아니고 냉정할 때는 냉정하게 살아야 한다고도 했다. 나 자신 큰 능력도 없는 사람이지만 자식들에게 늘 착하게만 살라고 훈계하지는 않았는가 지난날을 회상해 본다. 이제는 자녀들의 살아가는 모습에 감사하는 어머니의 모습으로 세월을 맞이한다.

그 딸의 어머니를 환대하던 딸의 아버지는 아내의 삶이 다하도록 끝까지 책임지는 사람은 아니었다. 부부로 만나서 세상을 살아가다가 한날 한시에 세상을 떠나갈 수는 없는 것이 인생이 아닌가 한다. 자식들의 어머니는 삶의 의욕을 얻기 위하여 핏물로 글을 쓰는 사람이 되었다. 그 아버지는 죽어서 무덤 속에 있고, 그 어머니는 무덤 위에 꽃을 피우기 위하여 살아가는 세월이었다. 그 세월은 젓갈처럼 삭혀지며 흘러갔다. 아마도 자식은 자신들의 어머니를 다 이해할 수는 없을 것이다.

이제는 어머니로서의 의무를 다하기 위하여 노력하던 시기도 지나지 않았나 싶다. 자식들이 각자의 삶을 꾸려 살고 있으니 그냥 감사하는 어머니로 평안한 모습이 돼야 할 것이다. 내일 종말이 와도 삶의 의욕을 불러일으키는 자세가 필요한 줄 안다. 한 포기 풀 앞에서도 숙연함으로 자연과 대화하지 않겠는가 싶다. 삶의 모든 것, 그 누구에게든 집착은 하지 않으려 한다. 지나친 삶의 노력도 집착이 되어 피곤한 생활이 되는 것 같다. 그냥 흐르는 물을 바라보며 오는 세월들을 의식한다. 그러나 손녀가 큰 호텔을 사서 할머니를 쉬게 한다는 포부에는 힘을 내어 동조하고 싶다. 손자손녀를 생각하면 한없이 귀엽고 사랑스러워 희망이 출렁대고 꿈꾸는 할머니가 되어간다.

외손녀의 생명사랑을 생각하면서

둘째 외손녀의 이야기를 한다. 금년에 고등학교 1학년, 서울에 산다. 키가 훤칠하고 외모도 성격도 예쁜 손녀다. 그런데 그 손녀에 대한 이야기를 들으면 눈물이 날 정도다. 외할머니 성격도 너무 여려서 TV를 보며 눈물을 줄줄 흘릴 때가 많고 때로는 고통스러워한다. 손녀의 마음이 그렇게 여리니 한편으로 걱정스럽기도 하다.

이 세상을 살아가는 데는 여린 마음이 다일 수는 없다. 악한 기운이 세상에 떠돌아다니기 때문이다. 악이 선을 삼키려고 늘 넘보고 있기 때문이다. 성격이 너무 여려서 악한 기운에 넘어가면 삶이 시험에 들게 돼 있기 때문이다.

외손녀가 초등학교 5학년 때 이야기다. 외손녀가 책상 서랍에 아주 어린 쥐새끼를 넣어두고 우유를 먹이고 있어서 제 엄마가 깜짝 놀랐단다. 외손녀는 어느 추운 겨울날 길가 수풀에서 죽은 어머쥐 옆에 붙어 있는 어린 쥐새끼들을 발견했단다. 외손녀는 새끼가 너무 불쌍해서 책상 서랍에 넣고 살리려고 했다는 것이다. 딸도 어쩔 수 없어서 함께 도와 우유를 주면서 거두었는데 결국은 생명을 보존하지 못하고 죽어갔다고 한다.

어제는 딸한테서 전화가 왔는데 손녀딸이 학교 가는 길에 지렁이를 보았단다. 지렁이가 마른 땅에서 고통 받는 것 같아 지렁이를 화단의 흙 있는 곳에 놓고서 물을 부어주는 등 열심히 했다는 것이다. 그 마음이 착한 손녀이지만 한편으로는 그런 일에 신경을 쏟는 손녀가 걱정스럽기도 하다. 딸네는 아파트에서 사는데 강아지와도 함께 산다. 강아지가 상당히 커서 이제는 시골마당에 키우는 큰 개 같은 모습이다. 강아지를 키우는 것도 외손녀가 강아지를 좋아해서 키운다. 어린 시절부터 많은 것들을 키우는 것을 보았다. 사는 곳은 아파트 공간인데 병아리를 키워 큰 닭이 되어 나중에는 어쩔 수가 없어 시골의 할아버지 댁에 갖다 드리기도 했다. 토끼를 키워서 여러 마리가 되어 집안에 토끼를 키운다고 사위가 싫어하니 산에 가서 살아보라고 산속에 놓고 오기도 했다. 햄스터 등도 키우고 여러 가지의 생명들을 키우는 것을 좋아하는 외손녀다.

나는 기독교인으로 모든 삶의 잣대를 신앙 양심대로 살고자 노력하였다. 삶을 고민하면서 실천했다. 내가 노년에 박사학위를 받으려고 공부하면서 한 살이라도 더 젊은 나이에 공부했어야 하는데 부끄럽다는 생각을 하기도 한다. 지금에 와서 문학박사가 되겠다고 공부하려면 진작에 서둘러서 자신을 성장시켰어야 했다. 그저 취미 정도로 책을 읽고 또한 생각들이 떠오르면 글을 써놓고 그것으로 끝났다. 나를 깨우려 하는 글들이 늘 내 머리 위를 나비처럼 날아다니는 것 같았다. 어쩔 수 없이 글들을 써놓고 그 글들과의 인연에 연연해 하지 않았다. 지금 생각하면 내 주위를 날아다녔던 글들에게 미안하다.

성경에 다음과 같은 말들이 있다. "공중의 새를 보라, 심지도 않고 거두지도 않고 창고에 모아들이지도 아니하되 너희 하늘 아버지께서 기르시나니 너희는 이것들보다 귀하지 아니하냐."(마태:26) "너희 중에 누가 염려함으로 그 키를 한 자라도 더할 수 있겠느냐."(마태:27) "너희가 의복을 위하여 염려하느냐. 들의 백합화가 어떻게 자라는가 생각하여 보라. 수고도 길쌈도 아니하느니라."(마태:28)

성경말씀에 비추어 믿음대로 사는 것이란 참 평안한 생활이었다. 먹고 입는 것은 물론 장래도 걱정할 필요가 없다. 염려를 하지 않고 살고 있으니 세상이 평안하고 보장된 삶이다. 내가 사는 고민은 성경말씀의 진리에 눈금을 두면서 신앙 양심대로 살기 위해 노력하는 것이었다. 여기에 꼭 들어맞는 한 이야기가 있다.

아이들이 어떤 여자애를 괴롭힌다고 우리 집 일봐주는 아가씨가 와서 일러준다. 나는 뛰어나갔다. 많은 아이들이 어떤 정신 이상한 아가씨를 괴롭히고 있었다. 아가씨는 완전 거지였다. 나는 정신 이상한 여자가 괴롭힘당하는 모습을 보고 마음이 아파 그냥 둘 수가 없었다. 여자를 업고 집으로 왔다. 목욕을 시키고 옷을 갈아입히고 밥을 먹이고 하였다. 여자는 완전 정신이상자로 대소변도 분간을 못해서 우리 집 일하는 아가씨가 일일이 살펴야 했다.

그때는 어느 교회의 사택에서 살 때였다. 낮에는 학교에서 근무하고 퇴근 후에는 우리 집 그분과 찬송을 부르고 기도를 했다. 하느님 은혜로 그 아이의 마음의 병이 나아서 정신을 차리게 해달라고 기원했다. 아내가 착한 일을 하는데 남편도 가만 있지 않고 위로하며 열심히 돕고 있었다. 저녁이면 꼭 함께 예배를 드렸다. 우리 식구는 그 여자와 그렇게 얼마간 살아갔다. 기도의 힘이었는지 얼마 지나지 않아 여자의 정신은 거의 회복 단계로 접어들고 있었다.

교회 사택에 살 때 문을 두드리는 사람이 많았다. 어느 날 저녁에는 자식 딸린 걸인이 재워달라고 문을 두드렸다. 나는 신앙 양심대로 살 것을 결심했기 때문에 거절할 수가 없었다. 교회에서 보통 손님 올 때 쓰는 그런 이불을 내놓기 뭣해서 시집올 때 혼수로 가져온 비단이불을 내주었다. 아침 밥상도 우리 식구가 먹는 그대로 차려주었다.

그뿐만이 아니었다. 지나는 사람들이 여비가 떨어졌으니 도와주면 나중에 갚아주겠다고 하는 사람도 있었고 그냥 적선 삼아 달라고 하는 사람들도 있었다. 여러 부류의 사람들한테서 여러 종류의 도움을 부탁받으며 사실 많은 고민도 했다. 그러나 도와줘야 했다. 십자가 있는 교회 사택에 살고 있으므로 모든 것이 해결될 것이라 믿고 찾아오는 절박한 사람들을 외면할 수는 없었다.

삶의 잣대를 성경말씀에 두면서 세월은 흘러갔다. 그때의 세월은 참으로 고단했고 뒤돌아볼 시간도 부족했다. 그렇게 성경말씀대로 열심히 살려고 노력한 신앙생활을 후회하지는 않는다. 신앙생활이란 선을 드러내기 위해 실천하는 것은 아니다. 오른손이 하는 일, 왼손이 모르게 하는 것이다. 보이지 않는 미래의 세계와 연결된 것이다. 현세에서도 개인이 묵살되는 것도 아니고 얼마든지 큰 그릇으로 성장할 수 있다. 그렇게 살 수밖에 없었던 나 자신이라고 변명하면서도 무언가 아쉬움이 있는 것은 왜일까 생각한다.

뒤늦게 문학하는 사람들의 화원(花園)에 들어와 화려한 꽃들을 관람하면서 움츠려 있거나 좌절하지 말고 꽃을 피우고자 노력한다. 사람들의 가슴이 따뜻해지는 글을 쓰고 싶다. 세상을 전쟁터로 만들려고 하는 녀석들의 힘을 뽑아버리는 글을 쓰고 싶다. 무기로 해칠 궁리를 하는 자가 내 글을 읽으면서 무기를 던져버리고 엉엉 통곡하는 글을 쓰고 싶다. 인생 종점의 짧은 거리를 바라보면서 나 자신의 문학적 능력을 키우는 일에는 소홀하게 살았다는 자책이 들기도 한다. 노년은 쌓아진 탑을 보고 평가 받는 시기이다. 성과를 이룬 성(城)이 없을 때에는 배움의 용기도 다른 이들의 관점으로는 무모하게 보이는 시선이 되기도 한다. 어느 날 우두커니 앉아 있을 수만 없었는데 마음을 쫓아 찾은 곳이 배움터다. 배움은 삶의 힘찬 노력을 하는 길이라고 자신을 위로하며 가득한 희망과 기쁨으로 채운다.

　지렁이의 삶까지 염려하는 외손녀나 엄마의 교육 안에 자라서 때로는 자신이 지나치게 착하다고 말하는 딸을 생각한다. 사람은 한 세상을 시한부로 살다 간다. 착한 일도 다 할 수 없어서 안타까운데 악행의 삶을 살다 갈 수는 없다. 한편 생각하면 세상에 빛나는 대단한 사람이 아닐지라도 자손들이 착하게 살아가는 것이 더 우선이라고 생각한다. 사람이 살아가는 방향의 길은 많고도 많다. 내가 어느 위치와 환경에 있어도 삶의 길에서 악행을 벗어나 선을 지향하며 감사함으로 긍정해야 한다. 더불어 다른 사람들의 생명과 삶을 아름답게 축복해 주는 방향으로 전진해야 된다. 내 생명도 타인의 생명도 인간이 마음대로 할 수는 없다. 어떤 환경의 출생이든 자신이 태어난 것은 부모님의 은혜로 생각해야 한다. 내가 스스로 함부로 할 수 있는 몸도 생명도 아니다. 더욱 차원 높게는 오직 창조하신 신이 주인이기 때문이다. 창조주는 각자의 인생에 구속의 역할만이 아니고, 자유의지를 주었다. 그것은 각자의 귀한 생명체의 본분을 열심히 다하는 것이다. 그토록 사람의 한 생명은 천하보다 귀하기 때문이다.

　생명체를 사랑하는 외손녀의 마음을 이해한다. 하지만 한참 배움에 전념할 시기인 외손녀다. 공부를 열심히 하고 자신의 특기를 잘 나타내어 빛나는 사람으로 세상을 빛으로 비추는 사람이 되었으면 한다. 되돌아가 다시 한 생애를 살아보라고 하면 차라리 종점으로 가고 싶다고 말할 외할머니이지만 자손들에게는 많은 기대를 한다.

손자 사진을 보며

　내 핸드폰에 사진이 나타났다. 세상에 태어난 지가 한 달쯤 지난 손자의 얼굴이 나타났다. 사진을 바라보고 바라보면서 깔깔대며 가슴으로부터 품어나오는 웃음은 저절로이다. 핸드폰의 사진이 캄캄해지면 다시 켜 사진을 바라보면서 큰 웃음을 웃고 웃는다. 이 기분은 표현 못할 만족함과 기쁨으로 가득 채워준다.

　고놈, 참!

아, 참!

하하하

보고 보아도

웃음은 솟구친다.

아, 아, 고놈!

참, 잘났다.

하하하

이 기분,

나는 날개를 단다.

태어난 지 한 달쯤 지난

손자 사진 보고

웃음을 이어간다.

웃음 학교 안다녀도

솟아나는 웃음은

저절로 계속된다.

둘째아들에게서 태어난 손자이다. 둘째아들네의 첫째는 딸이다. 그래서 다음에는 아들이 태어나면 좋겠구나! 하는 어머니 앞에서 예, 어머니! 시원시원하게 대답하던 아들이었다. 그러면서 재작년 여름은 어머니! 아들 만들려고 물 좋고 경치 좋은 외국으로 세 식구가 여행을 떠나요. 전화를 하며 늘 웃음을 선물해 준 아들이다.

인간은 세상에 태어나서 홀로 왔다 홀로 간다고 하지만 이왕 한세상의 삶에 씨를 뿌려 뿌리를 심어놓고 가는 것도 의미가 있다. 가문은 물론이요 국력을 보강하는 일이라고 생각한다. 우리 세대는 아들딸 구별 말고 둘만 낳아 기르자는 선전도 경험했고 나중에는 하나 낳아 기를 것을 권장하던 시대도 살아왔다. 이제는 인구가 모자란다고 많이 낳자고 권장하는 시대가 왔다.

세상에 많은 공익(公益)을 심으며 사시는 분들을 존경한다. 신앙의 법으로 사는 신부님이나 수녀님들의 희생적 생활을 높이 평가한다. 그러나 그분들이 다른 이의 자손들을 보고 나처럼 벅찬 기쁨을 느끼지는 못할 것 같다. 이 순간 나만의 생각이기도 하겠지만 참으로 솟아오르는 기쁨은 무엇에도 비교할 수 없다.

나는 세상의 모든 어린이들을 좋아한다. 어린이들을 보면 참으로 항상 귀여워서 사랑스럽게 생각되는 것이 나의 천성이다. 그러나 세상의 누구를 바라보면서 손자손녀에 대한 감정으로 샘솟겠는가. 말과 글로 표현 못할 정을 느끼는 것은 손자손녀에 대한 정인 것 같다. 나는 손녀를 보면서 미스코리아가 얼마나 더 예쁘더냐, 크레오파트라의 코가 그리 아름답더냐, 시심(詩心)을 가지고 시를 써봤다. 손녀의 모습은 어느 미(美)의 기준에 맞출 수 없도록 그냥 예쁜 것이다. 손녀는 예쁘고 또 예쁠 뿐이다. 어디 한 곳이라도 안 예쁜 데가 있더란 말인가. 손녀, 손자에 대한 생각은 밤이나 낮이나 귀여운 생각뿐이다.

이런 지독한 정은 그냥 사랑스럽고 만족하여 하늘을 우러러 감사하며 땅을 밟으면서도 기쁨으로 충만히 채워주는 영원함이 있다. 부부는 무촌이라 하여 살아가면서 서로 닮아가는 과정에 미운 정 고운 정으로 정 들어서 장단점을 잊고 산다고 한다. 그래서 검은 머리 파뿌리 되도록 한길을 가는 부부로 사는 것이다. 남녀가 연정을 가지고 교제할 때도 정 때문에 눈에 무엇이 가려서 단점이 보이지 않는다고 한다. 정을 여러 면으로 논할 수 있겠지만 나에게 시험지를 주면서 누구의 정이 최고냐고 질문한다면 나는 짙은 글씨체로 손자손녀라고 대답할 것이다.

손자 사진만 봐도 이 낭만적인 기쁨을 채워주는 감정은 세상의 누구에 대한 것 이상이다. 삶의 환희라 말하고 싶다. 변하지 않는 영원한 선물의 정이다. 그러나 손자손녀로 인하여 고통의 멍에를 지게 되는 경우라면 생각의 차이가 있을 수도 있겠다 싶다. 자신들의 책임을 부모에게 등 떠밀려서 손자손녀를 고단하게 돌봐주는 할아버지, 할머니라면 지금 나의 심정이 아닐지도 모른다. 자녀들이 책임감을 가지고 자식들을 잘 감당하면서 가끔 가다가 손자손녀의 재롱 떠는 모습을 보여줄 때 마음이 편안하여 손자손녀가 사랑스럽기만 한 심정이 될 수도 있다고 생각한다. 소도시에 사는 나와 큰 도시에 나가 터 잡은 자녀들의 형편에 때문에 손자손녀를 돌봐줄 수 있는 환경도 아니지만 황혼에 손자손녀까지 보살피는 생활은 하지 않을 것이라 생각했었다.

아들이 결혼하기 전부터 나는 며느리의 직장생활을 간섭하지 않았다. 다만 자신들의 생활은 자신들이 해결하라고 권유했다. 자식들은 "예, 어머니! 어머니의 생활이 평안하셔야지요" 하면서 늘 어머니의 평안한 안부를 체크하며 건강을 기원했다.

이렇든 저렇든 어떤 처지에서도 누구인들 내 심정처럼 손자손녀가 사랑스럽지 아니한 사람이 있겠는가. 흘러가는 세월의 물결 속에서 단순하게 생각하며 살면 모든 것이 만족하여 삶이 충만함으로 채워진다. 세상의 모든 면을 손자손녀의 눈동자를 바라보듯 환희로 가득 차서 바라보는 것이다. 내가 오십 초반에 외손녀가 "할머니! 할머니!" 하여 "할머니라고 하지 말고 아주머니라고 해" 하였더니 손녀는 앵 하고 울어댔다. 이제는 어쩔 수 없이 어느 곳에서든지 할머니 소리를 자연스럽게 받아들이려 한다.

자손이 태어나면 조건 없이 즐거워지고 감사한 심정이 파도처럼 출렁대는 것이 인간의 삶 아닌가. 자손은 가문의 번창이요 나라의 일꾼이 되는 것이다. 손자손녀가 사랑스럽듯 세상의 모든 면을 사랑의 눈으로 바라보면서 환한 마음으로 살다가 떠나가는 날에는 이 만족한 기쁨을 가득가득 영혼에 안고 가는 것이 이생의 삶이 아닌가.

인연의 고리

인연이라 함은 사물들 사이에 맺어지는 연줄을 말한다. 몇 그루의 나무들이 거실과 베란다에서 나와 인연의 고리를 이루고 있다. 사람과 사람 사이가 아니더라도 식물과의 만남도 인연이라 생각한다.

무언가 시간에 쫓기고 또 특별한 재주가 없음인지 아주 명품인 분재와 우아한 화초를 기르기에는 역부족이다. 나름대로 이유는 있다. 대단한 작품인 분재를 보면 온갖 기술로 키워온 인간의 능력에는 감탄하면서도 나무가 자신의 뜻대로 성장하지 못하고 구부러지고 얽매인 모습에는 연약한 나무에 대한 연민이 생긴다. 아마도 나의 재주로는 그 노력을 따를 수 없다는 평이하고 담백한 변명을 한다.

아파트의 실내에서는 식물들이 내 뜻대로 잘 자라지 않는다. 물 관리나 통풍 햇빛 등 식물 나름대로의 여러 여건과 개성이 있기 때문이라고 생각한다. 나와 함께하는 나무들은 평범하면서도 생명력이 강한 식물들이다. 가끔씩 이파리들을 어루만져 주고 때에 따라 물과 약간의 영양분을 챙겨주는 것뿐인데, 씩씩한 모습의 푸른 희망으로 보답하는 것 같다. 가끔 식물의 잎들을 쓰다듬으며 일방적인 이야기를 할 때도 있다. 공간을 같이하는 정을 고백하는 것이다. 이파리가 누렇게 되든가 힘이 없어 보이면 나의 도움이 부족한 것인가 하고 자신에게 채찍질하는 심정이 되기도 한다. 나무는 갑갑하게도 한 자리에서 인간에게 의지하여 생명의 운명을 맡기고 살아간다. 부동의 침묵으로 살아가는 식물들에게 많은 것을 배우며 숙연한 마음이 되기도 하는 것이다.

식물과의 인연에도 이토록 솟구치는 애틋함이 있거늘 하물며 만물의 영장인 인간과의 만남은 얼마나 귀한 일이며 가슴 뛰는 감격인가. 부부의 만남, 자녀와의 만남, 스승과 제자, 친구, 이웃사람과 길을 가다가 우연히 만나는 사람들……. 참으로 숭엄한 인생의 활력인 것이다. 예를 든다면 부부 인연을 생각해 본다. 천지간 모래알같이 수많은 사람들 중에 한 사람이 나와 일체가 되는 것이 부부의 인연이다. 개체로 둘이면서 하나 되는 부부인 것이다. 그 사람이 내 생명이고 내 생명이 당신 생명이 된 것이다. 부부로 만나서 한세상을 함께 살아가는 동반자가 된다. 지구의 운명이 다할 때까지 동행하는 것이다. 나의 반쪽이 나보다 부족하다고 불평하는 자가 있는가. 그 반쪽이 내 몸 되었으니 내 몸을 어쩐란 말인가. 인생고락을 선한 싸움으로 승리해 나가야 하는 짝이 부부인 것이다.

자녀와의 만남! 이 얼마나 감격의 순간인가. 부모의 분신이니 부모와 자식 간은 끊을 수 없는 인연의 고리다. 형제도 같은 부모에서 태어났다. 부모와 자식, 형제간은 천륜의 도를 저버릴 수 없는 인연으로 되어 있다. 친구나 이웃에 대하여도 마찬가지다. 다른 이에게 조그만 짓거리라도 해가 되어서는 인간이라 말할 수 없다. 물질로 베풀지는 못할지라도 생각과 표현에 후덕함으로 함께 해줘야 사랑의 고리가 된다. 명상의 시간에 그 누구에게도 간절한 행복을 기원해 주는 덕을 갖는 것이다. 어쩌다 스쳤던, 기억나지 않는 어떤 이에게도 평화와 안녕을 갈망해 주는 것이다. 아, 아, 인간과 인간 사이는 얼마나 서로에게 눈시울이 뜨겁도록 축복해 줘야 하는 만남인가. 온갖 사물에 이르기까지 우리가 숨쉴 동안은 우리의 가슴에 뜨거운 피가 흐르게 만드는 존재인 것이다.

목욕탕 수채 구멍에서 아주 작은 이름 모를 벌레 한 마리가 기어나왔다. 살아 있는 생명체다. 분명 더럽고 추한 벌레의 종류라 생각했다. 나는 한순간 그 벌레를 어떻게 해야 할지 당황했다. 추하고 더러운, 꿈틀대는 아주 미세한 생명과의 만남에서 나는 판사의 심판처럼 판단해야 할 순간이 되었다. 그대로 살려 수채에 보내느냐 저 추한 생명체를 살생하느냐 고민하지 않을 수 없었다. 등산하다가 절에 들러 스님과 대화할 시간이 있었다. 스님들은 채소를 대부분 텃밭에서 가꾸어 채식을 하고 있었다. 시장에 나가서 필요한 식료품과 물품은 사오지만 육식은 하지 않고 채식만 한다고 하였다.

태국의 스님들은 식사를 하루에 한 끼 하는데 새벽 4시에 불공드리고, 6시가 되면 맨발로 승복 입은 채 근처 불자들 집으로 가 시주를 받는다. 받아온 음식들은 불자들이 주는 것이라면 육류도 끼니로 이용한다. 태국 스님들은 자신들이 살생하지 않은 것이면 육식이라도 섭취한다. 태국의 절은 우리나라의 큰 사찰처럼 심산유곡에 있지 않고 각 동네 안에 같이 있다. 불교의 도는 살생하지 않는다는 원칙으로 하여 육식을 하지 않는다. 그러나 성경에 있는 내용은 기독교 신자들에게 채식과 육식을 할 수 있는 권한이 있어 분별하여 취할 수 있는 자유를 안내하고 있다. 나는 팔딱팔딱 뛰는 생선을 도마 위에 올려놓고 식칼을 들고 있는 모습이 무섭게 느껴진다. 그러나 싱싱한 회는 먹고 있다. 다른 사람의 수고로 이루어진 음식을 먹는 태국 스님들은 도를 깨우친 것이 아닌가 생각해 본다.

거실 창문을 열고 밖을 바라보니 어둠이 몰려오는데 아파트 앞 놀이터 공원에 밝은 등을 새로이 덧붙여 달아놓았다. 덕분에 놀이터 공원이 밝고 환하다. 아마도 뒤숭숭하고 흉악무도한 사건이 많이 일어나니까 어둠을 비추어 공원에 밝게 한 국가의 혜택인 것 같다. 목련나무의 몇 그루도 불빛에 비추어져 움츠린 가지를 세우며 밝은 표정으로 추위를 이기고 있는 듯하다. 봄이 오면 아파트 주변의 목련 나무들은 미색과 자색의 꽃을 찬란하게 피운다. 나는 시심(詩心)을 가지고 열심히 이리저리 글귀를 맞추어 보지만 목련의 모습에 흡족함으로 표현하지 못함을 안타까워한 때가 있었다. 때론 노래를 부르며 목련을 찬양한다. 목련의 깊은 정을 토하는 꽃망울을 보면서 나는 목련의 속내를 알아차릴 듯 정담을 나눈다. 전해져 오는 노래말은 목련꽃 그늘 아래서 베르테르의 편지를 읽노라 하였다. 그러나 베르테르의 편지는 슬프다. 목련꽃 그늘에서 슬픈 편지보다 웃음과 기쁨을 주는 편지를 기다릴 것이다. 올해도 목련꽃을 바라보면서 꽃송이 송이에 희망의 꿈을 선물하리라. 인연의 고리에 감격하면서…….

허무한 감정

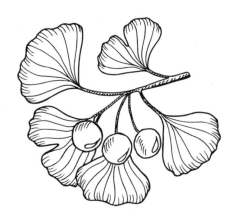

    은행잎이 떨어져 노랗게 길을 덮고 은행들이 여기저기 떨어져 있다. 내가 사는 아파트에서 멀지 않은 곳이기 때문에 나는 은행을 봉지에 주워넣기 시작했다. 은행은 알을 싸고 있는 살이 상하면서 심한 냄새가 난다. 그래도 알을 얻기 위하여 살 붙은 은행을 열심히 채취하고 있었다. 은행나무는 도로의 가로수이고 가로수 도로변에는 단독집과 가게들이 연이어 있다. 내가 은행을 줍는 은행나무 앞에 단독주택이 있다. 그 담벼락 밑에는 길다란 의자가 놓여 있어 따뜻해지기 시작하면 봄부터 여름, 가을까지 그 의자에 연세 드신 남녀분들이 앉아 있다. 내가 은행을 줍는 것을 보고 그 중 할아버지가 내 곁에 서서 참견을 하였다.

"그 은행은 알이 작아서 별로요."

"할아버지, 그래요? 큰 알도 있고 작은 알도 있는 걸 잘 몰랐어요."

"아니, 연세 드신 분 같은데 날더러 할아버지라고요? 꼭, 그렇게 할아버지라고 불러야겠어요?"

나는 깜짝 놀라서 "할아버지 연세가 얼마인데요?" 하고 물었다.

"일흔여덟밖에 안 돼요."

그 노인은 어린 시절 자신이 살던 동네에 노인들을 '고린장'한 이야기를 들려주었다. '고린장'은 자신의 부모를 산 채로 버리고 오는 '고려장'을 뜻한다. 그 노인은 한 집을 본 것도 아니고 몇 집을 보았다고 하는데 나는 믿음이 가지 않았다.

나는 노인과의 대화를 나눈 뒤에 '고린장'에 대한 생각도 했지만 앞으로는 노인들에게 할아버지, 할머니 하는 단어는 사용하지 말아야겠다고 생각했다. 나 자신 역시 할머니 소리를 들으면 기분이 시무룩해졌다. 젊은 엄마들이 아기들을 데리고 있으면 아기가 얼마나 예쁜지 알은 체를 하면 꼭 그 젊은이가 할머니한테 인사해야지, 하고 말한다. 그러면 나 자신이 아기를 예뻐한데 대하여 후회를 했다. 앞으로는 엄마들 앞에서 아기를 예뻐하지 않으리라는 각오도 했다. 그래서 아이들만 있는 데서 아이들을 예뻐한다. 얼마 전에는 엘리베이터를 타는데 아이들이 무리로 우르르 몰려왔다. 그 중에 우리 손자를 생각하게 하는 귀여운 어린애가 있어, "너 참, 귀엽구나" 하면서 바라보고 서 있으니 내 손을 잡더니 뽀뽀를 하고 자신의 얼굴에 부비고 하였다. 그래서 사람의 감정이란 자신을 예쁘게 생각하면 어린애라도 정이 우러나오는가 보다고 생각했다.

가끔 시장이나 등산을 갈 때 담 밑에 앉아 있는 그 노인과 연세든 남녀분들을 만나게 되어 있었다. 은행알 사건이 있은 뒤로는, "아저씨 안녕하세요?" 하고 인사를 해드리니 그분은 웃으면서 좋아했다. 그렇게 몇 번 인사했다. 엊그제 그 노인의 집 앞에 검정 옷을 입은 노인의 부인과 아들인 듯한 사람이 서 있어서, "상복을 입으신 것 같은데 누가 돌아가셨어요?" 했더니 영감이 돌아가셨다는 것이다. 아! 나는 짧게 탄식했다. 그러고는 그의 부인에게 "얼마 전, 아저씨라고 불러드렸는데 돌아가셨어요?" 하였다. 한 사년 간 지병으로 고생을 하였는데 세상을 떠났다는 것이다. 허무한 감정이 밀려왔다. 자신에게 할아버지라고 불렀다고 난감해 하신 분이 이제는 아저씨라고 불러드렸는데도 돌아가셨다고 하니 인명은 재천이라는 말이 틀리지 않는다 싶다.

얼마 전 천안 미용실에서 있었던 일이다. 60은 넘어 보일 듯한 한 여자가 머리 손질을 한다고 미장원에 왔다. 여자의 모습은 평범한 모습보다는 날캉날캉 남자를 끌어당길 듯한 타입이었다. 그는 머리 손질값이 2만원인데 다른 누가 내준다고 하였다. 내가 머리를 손질하고 있는데 족히 80은 넘고도 더 넘을 듯한 노인이 미장원에 들어왔다. 노인이 옆에 사람과 대화하는 중 자신의 모습이 얼마쯤 되어 보이느냐고 질문을 해서 나는 속으로 늙으면 주책은 떨지 말아야 하겠구나 생각했다. 자신은 83세 된 노인이라고 하였다. '뭘, 얼마쯤 되어 보여……, 보이는 대로 그냥 살지. 자신보다 젊은 여자를 위하여 돈이나 쓰러 온 모습도 보기 좋은 모습은 아닌데 푼수까지 떠네' 하고 마음속으로 생각했다. 어떤 사이인지는 모르지만 늙은이한테 알랑대어 혜택 받아 머리하는 여자 모습도 좋아 보이지 않았다.

세상의 부귀영화는 꽃과 같다는 성경구절이 있다. 이는 모든 사람들이 세상에서 아무리 영화를 누리고 산다고 하더라도 이 세상에 끝까지 살 수 없는 것이다. 나도 어찌하다가 할머니 소리를 듣게 되었나 하고 마음이 상하기도 했지만 이제는 스스로 시인할 수밖에 없다. 봄이 되면 아파트 앞 목련나무에는 아름다운 꽃이 만발한다. 어느 시기가 지나면 그 고운 꽃들은 추하게 떨어져 밟혔고 여름날 그 무성하던 푸른 잎들도 없이 이제는 앙상한 나뭇가지만 찬바람의 추위에 시달리고 있다. 그러나 나무들은 봄이 되면 새잎이 돋아나고 아름다운 꽃이 만발할 것이다.

본인의 인생은 시들어 늙어가도 자손들이 있는 사람들은 자손들이 번창하는 모습이 나무가 봄이 오면 잎이 돋아나고 꽃이 피는 자연의 순리와 비슷한 모습이 아닌가 하고도 생각해 본다. 삶이란 그저 허무하게 느껴지지만 그렇다고 사는 동안에는 열심히 노력하며 후손들에게 본보기가 되어야 할 것이라 생각한다. 그저 열심히 삶을 전진하는 모습이 인생이 아닌가 하고 생각하면서 허무한 감정을 날려보낸다.

만일 내가 로또 복권에 당첨되면

제목을 써놓고 보니 나에게는 퍽이나 낯선 문장으로 생각된다. 로또 복권을 구입해서 맞춰본 경험이 없기 때문이다. 내 생활은 늘 머리를 맑게 하여 글을 쓰고 싶어하는 사람이기 때문이다. 로또 복권 하면 불로소득의 기대 심리가 나를 복잡한 생활로 만들 것 같은 생각이 들어서 관심을 두지 않아왔다.

그런데 '로또 복권에 당첨되면' 하는 원고 청탁을 받았으니 뜻밖에 그런 행운이 온다면 얼마나 좋을까 생각하게 됐다. 나는 경제력이 풍부한 것을 기대하는 사람이다. 내 주위에 도와주고 싶은 사람이 너무나 많기 때문이다. 그런데 큰 도움을 못 주는 사람이니 답답하고 안타깝기도 하다. 나는 복권 당첨에 대하여는 생각을 못했다. 그러나 늘 꿈같은 기대를 가지고 사는 사람이다. 내 글이 많은 사람들에게 감동이 되어 나에게도 물질이 풍부해진다면 내 주위 사람들에게 돕겠다는 생각도 해보는 사람이다.

내 생활의 경제력은 현재로서 족하다 하면서 그런 대로 살아가는 사람이지만 풍부하게 넘치는 경제력이 되지 못하니 아쉬움이 크다. 그럼 복권이 당첨되어 큰 돈덩이(얼마인지 모르지만)가 내게 온다면 나는 어떻게 할 것인가 지금부터 실천의 계획을 발표해 본다.

나는 기독교 신앙인으로 먼저 조용한 내 서재 방안에서 하나님께 감사기도를 드린다. 그러고서 은행에 가서 먼저 복권으로 당첨된 금액을 통장에 입금한다. 침착하게 다급한 일부터 먼저 처리하고 싶다.

첫째 : A교회가 성전을 새로 건축한 뒤에 빚 갚기에 힘든 것 같다. 장로님들이 보증을 서서 큰돈을 빌려 교회를 건축한 뒤 원금과 이자에 교회의 재정은 빚 갚는 데에 온 힘을 합하여 노력하는 형편인 줄 안다. A교회의 빚을 청산하는 데에 도움이 되도록 헌금을 하고 싶다.

둘째 : 존경하는 지인 B께서 친척의 사업을 도와주다가 잘못되어 어려움을 겪고 있다고 들었다. 그게 금전적인 문제라면 모두 해결해 드리고 싶다.

셋째 : 친척 C어른이시다. 직장에서 퇴직하실 때 현금으로 받았는지

는 잘 모르지만 아마도 그게 큰아들의 사업 요구에 털려서 노후 생활이 많이 고생이신 듯하다. 노후가 좀 평안하시도록 도와드리면 얼마나 좋을까 생각한다.

넷째 : 출판사의 문을 두드려 책을 출판하고 싶다. 지금까지 많은 수필 원고를 써놓고서도 여건이 맞지 않아 책으로 출판하지 못한 것들을 용기를 내어 실천하고 싶다. 그리고 우수 출판사가 되도록 돕고 싶다.

다섯째 : 나머지 남는 돈이 있다면 여건에 따라 내 주위사람들을 선별하여 돕고 싶다. 학업에 열정이 많은데 학비가 다급하게 모자란 자, 병 들었지만 치료비를 감당 못해 죽어가는 자, 몸의 장애로 고통을 받지만 삶의 빛을 바라는 자, 사업에 실패하여 앞이 캄캄하지만 소생하려고 몸부림치는 자 등 주위에 도움을 줄 사람들이 얼마나 많을까 생각해 본다.

복권을 구입하는 것도 좋을 듯싶다. 당첨이 안 된다면 내가 보탠 돈이 다른 사람에게 유익하게 쓰인다는 생각을 하면 좋을 듯싶다. 그러나 자신의 본분을 잊어버리고 불로소득에만 매달린다면 그런 모습은 자신을 망가뜨리는 모습이 된다. 복권 구입도 봉사 차원에서 관심을 갖는 것이 좋을 듯싶다. 좋은 뜻, 아름다운 꿈으로 살아가다 보면 그 꿈도 이루어져 세상을 바라보는 눈도 더욱 빛나며 삶의 발걸음도 힘차리라.

아름다운 삶을 위하여

TV화면 속에서 한 사람이 입으로 붓을 물고 그림을 그리고 있었다. 그는 선천성 뇌병변의 장애가 있어 손발을 이용하여 무엇을 할 수 없는 장애인이었다. 중학교 때 한 스승을 만나서 그림의 소질을 인정받고 그림을 시작하여 화가가 되었다 한다. 현재는 혼자 자립하여 장애인 연금을 받으면서 살고 있었다. 그러나 빠듯하게 살아가기 때문에 그림을 그리는 데 소요되는 재료를 감당하기에는 힘든 젊은 화가였다. 그 프로그램에서는 마침 한 자선단체의 가족들이 방문하여 그를 돕고 있는 광경이 방영되었다. 다양한 색깔의 물감과 캔버스, 그림용품, 운동기구인 공기 마사지기를 선물로 가지고 와서 여러 면으로 돕고 있었다. 공기 마사지기는 입으로 그림 그리는 데 피곤해진 어깨와 등의 근육을 풀어주며 건강에 많은 도움을 주는 운동기구였다.

한 유명 기성화가도 그곳에 와서 희망적인 의견을 그에게 전달했다. 그는 화가의 그림이 뛰어나다고 칭찬하였다. 고밀도로 세밀하게 그렸다고 하였다. 앞으로 시야와 소재를 다양하게 넓혀볼 것을 권유하였다. 한 외국인도 그곳에 와서 화가와 서로 도와가며 함께 공부를 하고 있었다. 화가는 영어를 배우고 외국인에게는 한국어를 알려주고 있어서 서로 가르치고 배우는 입장으로 아름다운 유대관계를 이루고 있었다. 좋은 풍경이었다.

그는 간절한 소망이 하나 있었다. 몸이 자유스럽지 못하여 비행기를 타본 경험이 없었다고 말하며 그는 수줍게 웃었다. 파란 하늘을 날고 싶다는 생각을 하였다는 것이다. 자선단체 가족들이 그의 소망을 성취하기 위하여 열기구가 있는 장소로 안내하였다. 또한 그가 그리워하는 스승도 초대하여 함께 열기구를 타고 하늘을 날게 되었다. 그가 감격하고 좋아하는 모습에 나 역시 저절로 감격의 눈물이 흘러나왔다.

나는 방송을 본 후 그 화가의 생활을 생각하고 또 나를 살펴보았다. 나는 50대부터 내 인생은 거의 다 살아온 노인이 된 것처럼 생각하며 살았다. 일상생활에서만 맴돌던 나는 큰일을 할 수 있는 능력은 없다고 생각했다. 잘난 사람들이나 잘나게 사는 것이지 나는 그렇게 잘난 사람도 아니고 어떤 특별한 재주도 없는 사람이라고 스스로 자신을 정지시켜놓았다. 그런 생각 속에 살다보니 많은 세월이 마치 쳇바퀴 안에서 살아온 것처럼 느껴졌다.

나는 기독교인으로 이웃을 내 몸처럼 사랑하며 살아가려 노력했다. 하지만 그 노력의 삶이지만 얼마나 값진 열매를 거두었는지 다시 한 번 생각하게 된다. 생각하면 자신의 인생수명은 마음대로 못하는 것인데 내 몸은 장애 없는 건강한 몸이 아닌가. 그런데 이런 몸을 가지고 장애인들만큼 노력하지 않고 나태하다는 점이 사무치게 느껴진다.

시대가 변하여 사람의 수명도 길어졌다. 의학이 발달하고 생활수준이 나아져서 생명력의 힘이 강해진 것 같다. 나는 몇 살까지 살 것인가 상상해 본다. 앞으로 몇 년 못 사는 것도 두렵고 오래오래 백 살까지 사는 것도 두렵다. 어떤 날까지 살게 되든 더욱 가치 있는 삶을 살고 싶다. 무소유로 살다간 법정스님의 글을 읽어본다.

> 나 자신의 인간 가치를
> 결정짓는 것은
> 내가 얼마나 높은 사회적 지위와 명예
> 또는 얼마나 많은 재산을
> 갖고 있는가가 아니라
> 나 자신의 영혼과

얼마나 일치되어 있는가이다.

삶은 소유물이 아니다.
순간순간에 있음이라
영원한 것은 어디 있는가.
모두 한때일 뿐
그러나 그 한때를 최선을 다해
최대한으로 살 수 있어야 한다.
삶은 놀라운 신비요
아름다움이다.

- 「버리고 떠나기」에서

선천성 장애로 몸을 자유롭게 쓸 수 없는 그 화가가 노력하는 모습은, 무언가를 소유하려는 욕망이 아니라 자신을 버리고 새롭게 출발하는 삶의 경지를 이룬 것이라는 생각이 들었다. 자신의 모습을 버리고 떠난 것이다. 주어진 삶을 아름답게 살아가는 모습이다. 사람이 행복해지기 위해서는 많은 것을 스스로 버리고 떠나야 한다. 떠난다는 말은 곧 출발을 의미한다. 삶은 놀라운 신비의 연속이기 때문에 아름다움으로 채워야 하는 것이다.

건강한 육체를 가지고 아름답게 살지 못하면 그것 또한 큰 죄악이다. 좌절하고 열등의식을 가지고 살아가며 자신을 무능한 사람으로 이끄는 것도 비겁한 처사다. 자신의 부진한 모든 것들을 털어버리고 한 순간을 채워 영원으로 연결해야 한다. 매 순간을 열심히 선한 마음을 가지고 살아야 한다. 아름다운 삶을 살기 위하여.

어머니의 자식

시장통 한구석, 작은 좌판을 차리고 앉아 있는 한 젊은 어머니 곁에서 어린 아들이 재잘재잘 엄마에게 말을 걸고 있다. 어떤 이유에선지 어머니와 아들의 그 교감은 나의 가슴에 뭉클하게 다가왔다. 아들의 그 모습은 이 세상 누구보다도 어머니를 절대적인 보호자, 따뜻한 사랑의 화신이라 믿고 있는 듯했다. 여인의 인상이 다문화가정의 주부로 생각되었다.

1950년대 시골의 어린이들은 따뜻한 양지바른 담 밑에서 각시풀을 뜯어 각시인형을 만들고 깨어진 사금파리로 소꿉놀이를 하였다. 내가 마침 놀이를 하고 있는데 아버지가 "어머니 가신다" 말씀하시고 나를 바라보셨다. 어머니는 외출복을 입고 어디를 가시는 모습이다. 나는 그런 어머니를 보면서 어머니 어디 가느냐고 엉엉 울면서 따라갔다. 그때의 나의 심정은 나를 떼어놓고 멀리 달아나는 어머니로 착각을 한 것 같다. 어머니는 잠깐 어디 볼일 보러 나들이하시는 길이었다. 어머니가 돌아가시는 이상한 꿈을 꾸고 운 적도 여러 번이었다. 대식구의 가정에서 많은 사랑을 받으면서 명랑 쾌활하게 자랐는데도 어머니의 존재란 대단했던 것이다. 그 어머니는 84세까지 사셨다.

어린 시절 자식에게는 부모의 힘이 크기 때문에 잠재 심리로 꿈속에서까지 자신의 보호자가 자신을 떠날 것인가 하는 현상이 나타난다. 우리 딸도 어린 시절 자신의 어머니가 몸이 약하다고 아버지가 늘 엄마를 위하는 모습에 엄마가 세상을 일찍 떠나면 어떻게 하나 고민하면서 불안하게 지냈다고 한다. 그런데 이제는 자신의 어머니가 할머니가 되도록 살아서 박사 공부까지 한다는 것이다.

어린 시절에 들은 실화가 하나 있다. 어느 여인이 자식을 낳고 잘 살아가다가 그만 남편이 세상을 떠났다. 그런데 아들은 늘 어머니가 자신의 곁을 떠날까 봐 잘 때도 어머니의 치마 고리를 손에 감고 잤다. 그런데 어머니는 아들이 잠든 사이 아들이 깨어날까 봐 치마 고리를 가위로 자르고 훨훨 달아나고 있었다. 물론 재가의 길을 떠나는 모습이었다. 아들은 깜짝 놀라 깨어나서 어머니 가지 말라고 쫓아가다가 더 이상 어머니를 따라갈 수 없었다. 그 분기점에 다리가 놓여 있었기 때문이다. 그 뒤 아들은 잘 장성하여 보기 좋도록 성공하였다. 그런데 어느 날, 아들은 개가한 어머니가 돌아가셨다는 부고를 받았다. 아들은 상복을 차려입고 길을 나서가는데 자신이 어머니와 헤어졌던 다리까지만 가서 곡을 하고서는 집으로 왔다. 거기까지 어머니였으니 아들은 그것으로 어머니에 대한 도리를 했다는 것이다.

참으로 눈물겨운 이야기로 마음 아프다. 그 어린 시절 얼마나 어머니를 그리워하면서 원망의 세월로 장성하였을까. 어머니의 자식들은 어머니 사랑을 받아야 마땅하다. 그러나 운명에 따라 행복한 가정에 태어나기도 하고 불행의 존재가 되기도 하는 것이다. 행복한 가정에 태어나면 쉽게 행복의 지름길로 성장해 갈 수 있고 불행한 부모를 만나면 자신의 의지와는 상관없이 운명이 결정되는 것이다. 참으로 사람으로 태어나서 사람답게 살아가는 인생의 길이 운명이라는 천운이 있는 것이다. 어제도 오늘도 뉴스에서는 부모의 사명을 다하지 못하고 불행의 생명으로 태어나서 버려져 죽어가는 생명을 보도하고 있다. 어떤 사연이 있다 하더라도 생명은 천하보다 귀한 존재임을 자각해야 한다. 그 생명이 천대를 받거나 죽음으로 가는 사건은 죄악 중의 큰 죄악인 것이다.

어머니가 되었으면 자신의 몸속에서 태어난 자식을 사랑해야 한다. 그리고 생명에 대한 책임을 지고 교육시켜 주고 장성할 때까지 모든 생활을 돌봐줘야 한다. 생명은 하늘에서 주는 것인데 자신이 자식을 감당한다고 생활하면 고통스러워서 감당하지 못한다. 부모는 청지기로 자식은 하나님이 주신 선물이라고 생각해야 한다. 하나님은 우주 만물을 창조하신 분이니 자식의 생사문제도 살아갈 수 있도록 주관하신다고 믿는 신뢰 속에 살아야 한다. 내 자식이니 내 마음대로 한다는 생각은 버리고 자녀 양육의 짐에 대하여 더욱 무겁게 생각해야 한다.

자녀는 하느님이 주신 인격이 있으므로 자식을 존중하여 믿고 사랑해주는 청지기가 되는 직분이 부모인 것이다. 더 더욱 어머니는 자신의 몸속에서 생명을 태어나게 하였으니 위대한 존재이다. 자식에게 최선의 사랑을 선물로 줘야 하는 의무가 있다.

할머니

　팔십에 가까운 연세 있는 분들이 거울을 보면서 그 모습이 할머니 같다고 생각되어 투정을 했다는 말들을 하신다. "할머니 옷 같지 않고 젊게 보이는 옷이네요."라고 에둘러 말해 드렸다.

　할머니는 무슨 옷을 입어도 할머니 모습을 벗어나지 못할 것이다. 누가 봐도 할머니인데 자신들이 무언가 착각하고 사는 것 같았다. 할머니 모습은 보기 싫고 할머니 소리도 듣기 싫은 것은 늙는 것에 대한 반항 심리가 아니겠는가. 누구든지 할머니, 할아버지가 되는 건 자연적 현상인데 늙은 모습은 보기 싫다. '호박은 늙으면 달기나 하지, 사람은 늙으면 보기도 싫어' 하는 말이 있다. 호박이나 사과 같은 과일은 늙으면 달지만 사람은 늙으면 보기 싫은 것은 분명한 사실이다.

사람도 늙어가지만 이 세상에 있는 모든 물체는 다 늙어간다. 고급 건물의 빌딩도 노쇠하여 가기 때문에 처음의 새로움은 점점 탈색되어 간다. 세월이 가면서 아무리 아꼈던 옷도 처음과는 다르게 변해 간다. 세상에 있는 생명체나 모든 물질은 세월 따라 변해 가는 모습은 어쩔 수 없는 자연의 섭리다. 물론 건물을 리모델링을 하여 새집으로 꾸며 살 듯이 사람 얼굴도 성형하고 관리하여 더 젊은 모습으로 사는 분이 있다. 그러나 처음의 새로움과는 차이가 있다. 건물은 새 건물을 만든다고 봐도 사람 모습은 완전하게 청춘처럼 만들 수는 없다.

나도 손자손녀가 있어서 할머니 소리를 듣는다. 오십대에는 손자 손녀한테서 할머니 소리 듣는 것이 좀 이상했지만 이제는 우리 집 애들이 부르는 할머니 소리는 정겹고 좋다. 그런데 다른 애들이 부르는 할머니 소리는 우울하게도 기분 나쁜 감정을 느낀다. 나는 아이들을 무척 사랑스러워해서 아이들을 보면 귀여운 감정을 표현한다. 그러면 옆에 있는 엄마들이 할머니한테 인사하라고 재촉한다. 그래서 요즈음에는 엄마 옆에 있는 아이들에게는 귀여움을 표현하지 아니한다. 자진하여 할머니 소리를 듣고 싶지 않기 때문이다. 할머니 소리를 듣기 싫어하니 할아버지의 모습도 좋아할 리 없다.

황금찬 시인이 2012년 『월간문학』 7월호에 '다시 만난 그들'이란 시를 발표했다. 그분이 강연을 하고 사례금을 받고 하던 모습이 떠오른다. 유럽에서는 문인을 존경하여 시인이라고 하면 특별 대접을 하더라는 얘기를 했다. 자신의 나이가 93세인데 70대쯤만 해도 참 멋있었다고 했지만 그때의 풍채도 훤하였다. 그분은 거의 100세까지 건강하게 사셨고 이제는 세상을 떠나셨다. 그렇게 건강하게 늙어서도 자신의 일을 존경받으면서 생활하시는 분을 누가 추하다 하겠는가 싶다.

늙는 것은 어쩔 수 없으니 받아들여야 되고 또 구태여 성형으로 젊어지려는 것보다는 내면의 세계를 젊게 하는 것이 좋을 것이다. 자신이 목표하는 뜻있는 일과로 지내면 아름다움의 세계가 외부로도 솟아나오리라 생각된다.

아, 어찌하랴! 젊음이 좋지만 겉모습이 늙어지는 것을 막을 수 없으니 받아들여야 하는 숙명이 아닌가 싶다. 겉모습은 늙어져도 속모습은 스스로 자신 있게 젊음으로 이끌 수도 있을 것이라 생각된다. 속모습을 젊게 만들 수 있는 힘의 비결 하나는 창조주이신 하느님과 가까이 지내는 것이다. 더불어 칙칙한 겉모습도 빛나서 밝아질 것이다. 결국 사람들의 눈에 추한 모습이 덮어져서 오히려 존경받는 모습이 될 것이다.

손자 이야기

　어제 저녁에는 잠자리에 들면서부터 손자 생각하면서 깔깔 웃느라고 제대로 잠을 이룰 수가 없었다. 큰아들네 손자는 고등학생이고 막내아들네 손자는 유치원생이다. 그런데 둘째아들네 손자는 초등학교 3학년 학생이다. 이 녀석은 사연이 많다. 누나가 다니는 사립학교를 입학시키려고 하였는데 추첨에서 떨어져서 집앞 국립 초등학교를 2년 다니고 금년에야 빈자리가 생겨서 일순위로 편입할 수 있는 자격으로 사립 초등학교 3학년에 편입이 된 것이다. 다만 누나가 금년에 졸업하고 중학생이 되어서 남매가 같은 학교 다니기를 염원하던 부모의 소망은 이루어지지 못했다.

전학생이 된 손자가 기존의 반 아이들과 잘 지내는지가 궁금하였다. 며느리는 고등학교 교사로 근무하기 때문에 외할머니가 손자손녀를 돌보아주었다. 손자가 새 학교에서 싸움을 했다고 했다. 반 친구가 우리 집 손자를 먼저 때렸는데 손자가 지지 않고 맞싸웠다는 설명이었다. 지금까지 내가 알고 있는 손자는 다른 사람한데 맞고 결코 가만히 있을 녀석이 아니다.

지난일 중 한 예를 들면 둘째아들네가 식당에 가서 밥을 먹을 때였다. 그 식당 안에 아이들이 놀 수 있는 아동놀이방이 따로 마련돼 있었다. 그런데 갑자기 다른 자리에서 식사하던 어떤 식구들이 몰려와 우리 손자가 자기네 아이를 때렸다며 항의했다. 그 아이는 6학년 어린이고 우리 손자는 유치원생이었다. 6학년 어린이가 소란 떠는 부형들 옆에서 누가 자신을 때려서 괴롭다고 하며 쭈그리고 울고 있었다고 한다. 아들네는 깜짝 놀라 우리 집 손자를 찾아 데려오니 소란 떨던 부형들이 보니 유치원생이라 기가 막혔던 모양이다. 외모도 잘 생기고 번듯한 우리 손자의 모습이 유치원 어린이니 손자를 보고 스스로 자신들의 자리로 돌아갔다는 것이다. 우리 집 손자는 몸이 차돌처럼 단단한 우량아였다. 성격도 대단해서 6학년생이 자신을 괴롭게 하면 배로 갚아줄 대단한 기개를 가졌다. 자신을 괴롭게 했으니 6학년 큰 학생이라도 꼼짝 못하게 손봐주며 한 대 때린 모양이었다.

사립학교에 입학하고 싶었으나 추첨에 떨어져서 집 앞 국립초등학교로 다니게 되었는데 학교에서 담임교사가 자신은 감당할 수 없다고 아빠 엄마를 학교로 부르는 일도 있었다. 등교와 하교를 매일 살피는 외할머니는 울기까지 했다. 손자는 자신의 생각이 옳다고 생각하면 담임선생도 무시하고 마음대로 행동했다.

내 생일 때 자손들이 모두 내가 사는 온양으로 온 적이 있었다. 그런데 둘째아들네 손자가 할머니하고 산다고 서울 집으로 안 가겠다고 안방의 보료에 벌렁 누워 떼를 쓰고 있었다. 할머니가 뒤쫓아 서울에 갈것이니 염려 말라고 거듭 달래고 달래서 차에 앉혀 데리고 갔다. 나는 서울에 행사가 있으면 딸네 집을 간다든가 아들네 집을 가서 저녁 잠자리 취침을 해야 한다. 밤중에 온양을 올 수 없기 때문이다. 그런데 둘째 아들네 가면 꼭 손자의 큰 침대에서 잠자리를 같이 한다. 손자는 할머니가 하루저녁만 자고 가면 안 된다고 더 머물다 가야 한다고 사정을 한다. 학원에 가서도 할머니 못 가시게 붙들라고 어머니한테 부탁을 한다.

나는 빨리 온양 집으로 와서 내 멋대로 살고 싶어하는 할머니다. 능력이 부족한 할머니는 매일 바쁘고 고단하다. 대단한 성과를 내고 사는 능력자도 아니면서 그렇게 바쁠 수가 없다. 그래서 쓸쓸하고 그리운 것도 없으며 매일 바쁜 생활 고단하다고 표현하는 할머니 생활이다. 그런데 손자의 사정에는 꼼짝 못하고 하룻밤 더 자고 하루를 더 경과하고서 아들네 집을 떠나오는 것이다. 그런 손자가 이제 초등학교 삼학년 사립 초등학교에 전학 가서 새 생활을 시작한 것이다.

처음 낯선 학교생활에 덤비는 친구도 있었지만 이제는 기선을 잡은 모양으로 잘 적응되어 100점도 맞으면서 학교생활을 잘하고 자신도 학교생활이 재미있다 한다. 나는 자다가도 깔깔대고 웃으면서 평안한 잠자리에 들곤 한다. 우리 손자를 바라보는 사람들은 누구든지 잘난 녀석이라며 눈길을 준다. 몸도 차돌같이 단단하고 머리도 영특하여 장래가 촉망되는 녀석이다. 할머니에게 엔돌핀을 선물하며 백세 인생을 만들어 주는 손자라고 생각된다.

인간이 대를 잇는 욕망

　큰가시고기는 종족번식을 위한 집을 짓기 위하여 연해(沿海)에서 하천 쪽으로 온다. 큰가시고기의 산란은 3월에서 4월이다. 하천에 온 수컷은 모래와 진흙을 파내고 나뭇잎과 수초로 산란하며 둥지를 만든다. 무거운 것은 밑에 가벼운 것은 위로 하여 자신의 몸에서 점액질을 분비하여 흩어지지 않도록 견고히 짓는다. 암컷이 뱃속에 알을 잔뜩 품고 와서 아양을 떨면 수컷이 암컷에게 보금자리를 안내한다. 암컷 한 마리는 300개 정도 알을 낳는다. 수컷은 종족번식에 대한 욕망이 커서 두

마리 이상을 자신이 만든 집으로 안내한다. 한 마리가 알을 낳고 가면 다른 암컷을 안내하는 식이다.

암컷은 둥지 안에 산란을 하고 나서는 몇 시간 안에 죽게 된다. 수컷은 알을 수정시키고 수정란에서 치어가 부화할 때 까지 입과 가슴지느러미를 이용하여 물 흐름을 만들어 부화를 도와준다. 알에게 새 물을 부여하기 위하여 알을 뒤집는 등의 노력을 다한다. 지느러미를 계속 부채질하듯 흔들어 신선한 산소가 공급되게 한다. 큰 고기가 접근해도 도망가지 않고 등가시를 세우며 공격해 산란장을 지킨다.

8일 정도 되면 알을 주둥이로 누르고 알집을 터트리며 부화를 돕는다. 부화 3일째 치어들은 둥지 주위를 헤엄친다. 부화 5일째 수컷은 몸이 매우 마르고 몸의 색상도 퇴색하여 산란장 주변에서 죽게 된다. 지난 15일 동안 아무것도 먹지 못하고 새끼의 부화를 위하여 노력하다가 생명을 잃는 것이다. 새끼들은 죽은 아비 고기를 먹고 힘을 돋우며 연해로 떠나간다. 종족번식을 위하여 자신의 생명을 희생하는 큰가시고기 이야기다. 물고기들과 조류들 같은 수많은 생명체들은 자신의 종족을 번식시키기 위하여 생명을 다하여 노력한다.

우리의 부모 시대는 자녀를 7,8명 또는 10명 정도 낳는 사례가 예사였다. 딸이 있어도 아들을 선호하였다. 시부모님은 딸 6명에 아들 2명을 두셨다. 아버님은 교회에서 직분이 장로님이셨다. 사람들은 아버님의 인품에 반해 성자 장로님이라고 하였다. 그런데도 이야기를 들으면 딸 다섯을 낳고 아들을 원하신 것 같다. 여섯 번째 아들, 시숙어른이 태어났을 때 집안의 경사는 말할 것도 없었다. 아기 변을 맛본 누나들이라고 한다. 그 바로 아래는 일곱 번째로 남편이고 밑에 여동생이 하나 있다. 아버님은 둘째아들을 참으로 아끼시고 사랑스러워하셨다. 덩달아 며느리인 나에게도 지극 정성이신 아버님의 사랑을 어떻게 잊을 수 있는가 생각한다. 현재 시숙어른도 아들 삼형제에 손자손녀가 있고 우리 집에도 딸 하나에 아들 셋에서 손자손녀들이 있으니 아버님의 씨족은 창성(昌盛)한 것이다. 8남매의 번성(蕃盛)에 대하여는 한참 세어야 할 정도가 되었다.

내가 사는 온양에는 아름다운 남산이 있다. 그렇게 어려운 등산길이 아니어서 가벼운 차림으로 친구와 자주 등산하는 곳이다. 산봉우리 두 개를 넘으면 산 아래 들판에 전설이 있는 갓바위 세 개가 있다. 그 중 하나는 돌아서서 서 있다. 다른 두 바위는 둘이 안고 있는 듯하다.

이 바위들은 신인동 마을 북쪽 까치봉 기슭에 위치하는 자연석이다. 이곳은 아래와 같이 전설이 전해지고 있다. 옛날 이 마을에 마음씨 착하고 부지런한 부부가 살고 있었다. 이들이 금슬은 좋았지만 슬하에 자녀가 없었다. 남편은 자식이 없는 것을 한스럽게 생각했고 가끔 주막에서 술로 회포를 풀었다. 그런 모습을 본 주막의 여인이 그를 꾀어 그 사이에서 아들을 두게 되었다. 여인은 점점 욕심이 커져 본부인을 죽이고자 했고 남편도 그 간언에 넘어가 함께 본부인을 독살하고 말았다. 그들이 재물과 아이를 챙기고 도망치는데 마을 입구에 이르렀을 때 갑자기 번개가 쳤다. 거기에 바위가 셋 섰는데 남편과 첩, 그리고 본부인의 형상이었다.

아산현감으로 부임해온 토정 이지함 선생이 이곳을 지나다 돌아서 있는 전처 형상의 바위를 보고 '조강지처를 버리면 돌부처도 돌아앉는다'는 옛말을 상기하고는 '갓 쓴 바위'라고 불렀다고 한다. 또한 조선시대 좌의정을 지낸 오성 이항복 대감이 이곳을 지나다가 바위 생김이 갓 쓴 사람과 같다 하여 '갓바위'라고 했다는 말도 전해진다. 십수 년 전까지만 해도 음력 정월 초하루에 제를 지냈고 그 비용은 마을 주민들의 정월대보름에 집집마다 지신밟기를 하면서 추렴하여 충당하였다. 갓바위 부지는 파평 윤씨 정정공파 온양 종중에서 옛것을 지키고자 하는 동민들의 뜻과 같이 하여 토지를 사용토록 배려하였다고 한다.

친구의 시동생 이야기인데 그는 대학 졸업 후 취직도 잘 되고 결혼하여 금슬도 좋았다. 그런데 아기가 태어나지 않아 늘 한탄하다가 같은 회사의 직원 아가씨와 정분이 나서 부인과는 헤어지게 되었다. 재산도 부인에게 다 주면서 이별을 하였단다. 후처에게서 딸 둘 아들 하나 삼남매를 두었는데 금슬 좋았던 부인을 생각함인지 술을 마시기 시작한 것이 술 중독자가 되어서 폐인처럼 직장에도 출근하지 못하는 일이 이어졌다. 이를 못마땅하게 여긴 후처는 집을 뛰쳐나가고 어린 딸들이 살림살이를 해결하는 등 집안은 만신창으로 변해가고 있었다. 결국 그는 술 중독으로 엊그제 세상을 떠났다. 자식이 없었어도 금슬 좋은 부인과 양자를 삼든지 하여 살았으면 어떻게 되었을까 생각해 본다.

　내가 중학교를 다닐 때 길에서 친척언니의 딸 된다는 분의 이야기를 들었다. 자신은 시집가서 아기를 낳지 못하여 한의원에 다녔어도 아기가 잉태되지 않아 고민을 하였다고 한다. 그런데 동네에 여자 거지가 돌아다녀서 거지를 집에 데려다 깨끗하게 목욕재계시켜 남편과 동침을 시켰더니 아들이 태어났다고 한다. 아들이 태어난 뒤로 여자 거지가 돌변하여 부인을 괴롭히기 시작하는데 정말로 꼴불견으로 상대할 처지가 못 되었는데 억울한 것은 남편의 자세였다고 한다. 남편은 아들을 몹시도 귀여워하면서 거지 여자 편이 되어서 자신의 자존심에 상처를 주었다고 한다. 고통스런 마음을 견딜 수 없어 집을 뛰쳐나와서 한의원과 살림을 차렸다고 한다. 그 뒤 소식을 듣지 못하여 가끔 그분의 인생이 궁금할 때가 있다. 참말로 요지경 속 이야기다.

　친가 동네에 아저씨 되는 분이 부인을 셋이나 데리고 살았다. 큰부인이 딸을 둘 낳았는데 과수댁을 얻어 딸 하나와 아들 둘을 낳았다. 셋째부인은 잠자러 다니는 부인이라고 하였다. 큰부인과 둘째부인이 한집에 살았는데 가끔 동네가 소란스러우면 그 집에서 그 아저씨가 고함을 지르고 추태를 부리는 모습이었다. 큰부인의 머리채를 잡아 동네를 휩쓸면서 끌고 다녔다. 사람들이 말리려면 발가벗어서 알몸이 되겠다고 소리쳤다. 기운은 황소 같으니 정말로 상대 못할 위인이었다. 그런데도 큰

부인은 잘 견디며 둘째부인에게서 태어난 자식들을 아끼고 사랑하는 모습이었다. 남편의 씨라고 금이야 옥이야 돌봐주는 모습이었다. 큰부인을 그렇게 구타하던 그는 말년에 중풍이 들어 재산을 탕진하고 비참한 상태로 세상을 떠났다 한다.

아들을 낳기 위하여 첩을 얻어 사는 일은 1950~1960년대까지도 흔했다. 나의 외삼촌도 딸 셋을 낳은 큰외숙모를 괄시하고 둘째부인을 얻어 아들 둘을 낳았다. 내가 어린 시절 외갓집을 갔을 때 작은부인의 고자질로 자식들 앞에서 큰부인을 구타하려고 손에 큰 막대기를 든 모습이었다. 딸들이 울면서 만류하는 광경을 본 기억이 난다. 외갓집은 풍요롭게 잘 살던 집이었다. 좋은 집에 과일나무와 울창한 대숲으로 웅장하게 쌓인 모습이었다. 그런데 외삼촌은 말년에는 한심한 모습이었다. 6.25전쟁 이후 공산당으로 몰려 옥살이에서 매를 맞아 만신창이 되었다.

자식은 울타리라는 옛말이 전해 내려온다. 노년에 외롭지 아니하고 자식의 보호를 받는다는 것이다. 자식은 부모의 면류관이요 자랑이 됨을 부인할 수는 없다. 노년에 보호와 효도를 받는다는 사실이다. 나의 경험으로도 자녀의 웅장한 모습이 그렇게 좋을 수가 없고 늘 감사하다. 손자손녀는 세상에서 어느 모습과도 비교할 수 없이 아름답고 예쁘다. 그러나 전해 내려오는 말에 가지 많은 나무 바람 잘날 없다 하였다. 80세인 아버지가 60세인 아들에게 찻길 조심하라고 했다는 말이 있다.

자식은 어느 한순간도 부모의 가슴에 늘 사랑스러움과 아른아른한 안쓰러움으로 가득 채워져서 긴장된 심리를 안겨준다.

무자식 상팔자란 말도 있다. 부부간 결혼하여 자식문제로 애정에 금이 가면 안 된다고 생각한다. 부부란 일신이라 하지 않는가. 부부 있고 자식이 있는 것이다. 그렇게 원한 자식으로 인하여 몸과 마음이 상하는 이들도 있다. 그래서 간혹 자식이 원수라고 하는 사람도 있는 것이다. 자연의 순리를 거역하여 부부간에 너무 욕심을 부리면 안 된다. 순풍으로 살아가면서 입양을 할 수도 있다. 그 일이 여의치 아니하면 형제의 자손들에게 내 자식처럼 베푸는 인생관도 있을 수 있다. 이렇게 타인에게 희생하는 생활이 보다 더 아름다운 삶이 아닐까 생각해 본다.

우리나라는 자녀 많이 낳기 운동을 펼쳐가고 있다. 거슬러올라가 우리 세대에는 아들딸 구별 말고 둘씩 낳자고 하였다. 또는 한 자녀 열 부럽지 않게 키우자고도 하였다. 이제는 인구 감소의 염려로 많이 낳자고 한다. 그렇다고 노력해도 태어나지 않는 자녀문제로 불화를 가져와서는 안 된다. 부부가 평화를 추구하며 차원 높은 아름다운 신념으로 세상을 즐겁게 이기자는 것이다. 꼭 자신의 씨가 떨어져야만 아름다운 열매를 맺는 것은 아니다. 주위의 다른 이의 자녀에게 박수를 쳐주면서 나도 즐거워하는 생활은 영웅 같은 삶이 아닐까 생각해 본다. 생물의 본체는 종족번식에 생명을 다 바친다. 그러나 인간은 지적인 삶을 갖는 존재이다. 만물의 영장인 인간만이 누릴 수 있다. 노력을 하여도 이루어지지 않는 불임 부부는 가슴을 크게 넓혀야 한다. 우리는 늘 우주의 밝은 태양 아래 번창하는 생물의 태동을 느끼며 승화된 삶을 찾아야 한다.
고요한 밤하늘의 별빛은 집집마다 행복을 추구하는 이들에게 반짝반
짝 영롱한 빛으로 비추며 인간의 삶은 공평한 것이라고 말할 것이다.

3
그건 안 되는 것이여

'해야 해. 가야 해.' 고지를 향해 가는 나의 일과는 계
속된다. 체력을 향상시켜서 내 일거리를 처리해야 한다.
세월이 가면서 일거리가 왜 이렇게 귀찮은지 모르겠다.
만사가 귀찮다고 생각될 때가 많다. 나는 길에서 천천히
열심히 걸으면서 가야 해, 하고 다짐한다. 걸으면서 고지
를 점령해야 해, 하고 다짐한다. ─「다짐」에서

그건 안 되는 것이여

—

짝

　냉장고를 정리하고 나니 싱크대 위에 빈 그릇들이 잔뜩 쌓여 있다. 빈 그릇들의 뚜껑을 맞추다가 문득 그릇에도 서로 짝이 있다는 생각을 한다. 겉으로 보기에는 비슷비슷한데 자신의 뚜껑이 아니면 맞추어지지 않는다. 당연한 일인데 신비롭다는 생각도 든다. TV에서 젊은 남녀들의 짝찾기 프로그램이 있는 것을 보았다. 며칠 지내면서 자신의 짝을 찾아 감정이 잘 맞아서 결국 결혼을 하여 부부가 되고 자손까지 출생한 이들의 일상도 보여주었다.

우리 한국의 젊은이들 실정을 생각해 본다. 혼기가 되었는데도 아직 결혼하지 못한 처녀총각이 많다. 여러 가지 이유가 있을 것이다. 그들 대부분의 학력이 대졸이다. 부모들의 보호를 많이 받으면서 자란 세대들로서 부모라는 둥지를 이탈하여 결혼이라는 새 삶으로 옮기기에는 여러 어려움이 있을 것이다. 요즘은 부모의 힘을 빌리지 않고는 자기 힘으로 둥지를 마련하기 벅차다. 농촌에 사는 젊은이들은 더욱 배우자 선택이 힘들다. 그래서 시골에는 동남아 여인들이 많이 시집와서 다문화 가정을 이룬 집이 많다.

1960년대까지는 대부분 다산을 하여 집은 가난하여도 형제자매가 여럿이었다. 그러나 그 무렵 산아제한 정책이 펼쳐졌다. 다산하는 가정은 가뭄에 콩 나듯 줄어들었다. 둘만 낳아 잘살자는 그때의 정책이 이제는 도리어 독이 되고 있다. 지금 세대는 대부분 남매나 형제 그리고 한 자녀가 있는 가정이 많다. 부모들은 자녀에 대한 관심이 더욱 많아졌고 어떤 일이 있어도 자녀의 교육에는 있는 힘을 다하는 시대다. 이렇게 자란 자녀들은 대부분 부모에게 의지하려는 경향이 강하고 세상의 험악한 파도를 잘 견디지 못한다.

성경은 인간 최초의 결혼을 다음과 같이 들려준다.

여호와 하나님이 아담을 깊이 잠들게 하시니, 잠들매 그의 갈빗대 하나를 취하고 살로 대신 채우시고 그 갈빗대로 여자를 만드시고 그를 아담에게 이끌어오시니 아담이 이르되 이는 내 뼈 중의 뼈요 살 중의 살이라 이것을 남자에게서 취한즉 여자라 부르리라 하니 이러므로 남자가 부모를 떠나 그의 아내와 합하여 둘이 한 몸을 이룰지로다. 아담과 그의 아내 두 사람이 벌거벗었으나 부끄러워하지 아니하니라.(창세기 2장 21절-25절)

남녀가 자신의 짝을 찾아 결혼하고 자녀를 출산하는 일은 자연의 법칙이요 창조자의 섭리다. 물론 스스로 홀로되어 성직자로 활동하는 자도 있다. 또한 홀가분한 생활을 바라서 독신 생활자나 이상을 추구하다가 혼기를 놓치고 짝을 구하지 못한 특별한 이들도 있다. 인생 백년이라 하였는데 개성대로 살면 그만이다 할 수 있다. 그러나 하찮은 미물과 동식물도 종족번식에는 그 의무를 다하는 모습을 보인다. 인간 세상에도 종족이 번창함으로써 국가의 힘이 강해지고 미래가 밝아진다. 짝을 찾아 종족을 번식시키는 생활도 인간의 기본 의무가 되는 것이다. 신부나 수녀님들처럼 고귀한 성직생활도 좋지만 알콩달콩 살아가는 희로애락이 가득한 집안의 풍경도 행복한 모습이라 생각된다.

짝을 찾아 만난 부부의 생활이 때로는 의견차이로 다툼이 될 수도 있다. 그러나 그 다툼이 전쟁이 돼서는 안 된다. 부부의 성을 쌓아가는 데는 튼튼한 반석이 있어야 한다. 자녀 출생과 교육문제로 애로점이 있을 수도 있다. 인생은 파도와 같다 하였으니 늘 잠잠할 수는 없다. 걸림돌이 있고 애로점이 있어도 신뢰하면서 인내의 모습으로 극기의 평안한 삶으로 전진해야 될 줄 안다.

삶의 형태와 사정에 따라 무어라 극단적으로 표현하기는 어렵지만 부부로 만난 인연들이 남남으로 흩어지는 모습은 가슴 아픈 현실이다. 부부의 궁합은 일상생활에서 대화 궁합, 환경적으로 잘 어울려지는 겉궁합, 부부의 정이 좋은 속궁합 등 삼합이 잘 맞아야 좋은 궁합이라 한다. 그러나 상대를 만점자로만 기대하기보다는 그저 빠듯하게 60점만 돼도 어쩔 수 없는 숙명적인 삶이라 해야 될 것 같다. 사실 삶이 어디 그리 만점으로만 통과할 수 있겠는가 싶다. 부부로 만난 인연은 예사로운 인연이 아니다. 별같이 수많은 사람 중에 한 사람을 택한 인연이다. 잘났다 못났다 따지면서 사는 인연이 아니고 특별한 인연이다. 어느 스님의 말이 부부가 된 인연은 전생에 칠천 겁의 업이 있다는 것이다.

여하튼 부부란 인생일대에 한번 있는 숙명적인 만남을 함부로 걷어차는 것이 아니다. 자녀가 있다면 더욱 문제점이 많다. 그저 신뢰가 무너지지 않도록 정직하고 진실된 모습으로 생활하며 책임과 의무를 다하는 자세로 살아가다 보면 고난이 있다 하더라도 무난하게 장벽을 넘어가게 될 것이다.

"따지니까 안 되는 거야, 저놈 직업은 뭘까? 돈은 많을까? 그런 생각하지 마. 필이 꽂히면 바로 찍어. 내가 아는 사람 화실에 갔는데 남자가 기타 치면서 노래하는 거야. 너무 멋져서 3초 만에 찍었지. 1절 부르고 간주할 때 '결혼하자!'고 소리쳤더니 그 남자도 '그래 하자' 그러더라. 그날 저녁 바로 여관에 가서 잤어. 다음날부터

같이 살았지 뭐. 7개월쯤 사니까 그 남자가 혼인신고하재. 그래서
남편이 됐지.”

“남자를 찍고 나서는 그 남자의 야성을 일깨워야 해. 그 다음엔
남자의 장점을 찾아서 환상적으로 칭찬해줘. 그러면 다 잘 돼. ‘저
남자를 목숨 걸고 사랑하겠다’고 결심한 뒤 기를 쓰고 사랑해봐.
너희들에게 좋은 일이 있을 거야.”

화가 김점선의 「둘이면 곤란한」(『김점선 스타일』 2권, 마음산책)에
나오는 말이다. ‘3초 만에 청혼’해서 동거를 거쳐 부부가 되어 산 이야
기다. 결혼이라는 구속 아래서 한껏 자유를 누리고 살다 간 김점선 특
유의 체험적 가르침이라 할 만하다.

삼포세대(연애, 결혼, 출산을 포기하는 세대), 오포세대(연애, 결혼,
출산, 인간관계, 집 마련을 포기하는 세대) 같은 말은 젊은이들의 고민
을 풍자한 것이다. 시대의 고민과 어려움이 반려자 없이 사는 삶의 핑
계가 되어서는 안 된다. 어느 노래 가사처럼 쥐구멍에도 볕들 날 있다는
소망을 가져야 한다. 짝을 이루는 것도 신께서 주신 인생의 섭리다. 결
혼하여 자손 번창하고 삶을 꾸려가는 것도 생명의 순리다.

조건을 따지다가 한세월 다 가서 짝을 찾지 못함보다는 목숨 걸고 사
랑하겠다는 용사가 되면 짝 찾기는 쉬워질 것이다. 짝을 찾아 가정을
이루고 자손도 번창시키면 가문의 혈통도 이어주며 국가를 위한 애국

의 길이 된다. 사람은 언젠가 세상을 떠나는데 한 세상 살다간 보람도 되는 것이다. 어느 악조건이 있다 한들 인간은 만물의 영장이라 하였으니 다른 생명체보다는 지구상에 자손 번창한 삶으로 행복을 추구해야 한다.

생명의 신비

송아지가 출생한 지 한 시간도 채 지나지 않았는데 일어나서 배에 탯줄을 달고 어미젖을 빨고 있다. 어떻게 그 생명의 본능은 그렇게 빠르게 활동하는지 신비하여 놀라움을 금치 못했다. 자신의 어미소가 큰 젖이 있는 것을 알고 갓 태어난 아기소가 어미의 배를 툭툭 치면서 젖을 빠는 광경은 생명의 신비 그 자체였다.

사람은 태어나서 백일까지 자라는데도 부모의 많은 노고가 있어야 한다. 그 백일까지의 어려움을 극복한 것이 대견하여 백일잔치를 열어

주는 풍습이 있다. 또한 아기가 자라는 일 년의 성장을 잘 도와 청지기 직분을 감당한 보호자도 필요하다. 아기도 우여곡절의 고비를 넘기면서 잘 자람을 축하해 주는 돌잔치를 한다. 이처럼 사람의 성장은 빠르지 않다. 성장기의 시기만도 이십여 년 걸리고 또한 교육기간의 시간도 창창하다. 사람과 환경에 따라 조금씩 다르지만 평균적으로 장장한 세월이다. 인생 백년 중에 성장기와 교육기간이 긴 것은 인간이 만물의 영장으로 가치 있고 보람 있게 사는 준비라고 할 수 있다.

죽음 뒤에 인간은 이름을 남기고 호랑이는 가죽을 남긴다 하였다. 사람은 그러므로 짐승과 다른 생물인 것이다. 이름을 남기기 위한 삶의 평가는 진가 있는 삶을 아울러 말하는 것이다. 다른 사람을 해쳐서는 안 된다. 다른 이를 도울 능력이 있으면 좋지만 그런 능력이 없으면 마음으로라도 축복해 주는 자세가 필요하다. 다른 이들이 잘 되고 행복하면 나도 행복해져야 한다. 사촌이 논을 사면 배 아프다는 속담이 있는데 사촌이 잘 살아야 나도 평안한 것이다. 자신도 충실하게 노력하면서 잘 살아야 한다.

자신의 행복과 불행의 조건을 따지지 않고 충실한 모습으로 열심히 살아가는 사람이 가장 아름답게 보인다. 현 시대는 외모지상주의인데, 외모야 타고난 것이니 어떻게 할 수 없는 조건이다. 물론 성형으로 많은 변화를 가져오는 자도 있지만 그것도 조금 도움될 뿐이지 완전하게 고쳐 변형시킬 수 있는 것은 아니라고 본다. 그저 생긴 대로 잘 가꾸어 스스로 빛이 나도록 노력하는 자세가 중요하다. 잘 가꾼다는 뜻은 몸에 해로운 것들로 채우지 말고 절제해 깨끗하게 지내며 바른 마음씨로 열심히 살아가는 자세를 말하는 것이다. 아무리 외모가 잘나게 태어났어도 몸에 해롭다는 기호품을 즐기며 허튼 자세로 살면 추한 모습으로 변해가는 것이다.

숙명을 받아들이는 자세가 중요하다. 삶은 세 번의 만남으로 이루어진다. 초년은 부모와 만남이고 다음은 배우자와의 만남이고 다음은 자식과의 만남이다. 이 모두가 숙명적인 만남이다. 어쩔 수 없는 동반자다. 부모를 어떻게 배척할 수 있겠는가? 전생에 칠천 겁의 인연이 있어야 배우자와의 만남이라는데 어찌 부부된 인연을 끊을 수 있겠는가? 부모가 만들어낸 자식을 의무감을 갖지 않고 성장시킬 수는 없다. 인간에게는 본질적 본능을 떠나서 도덕과 윤리와 교육이 있는 것이다.

사람은 태어나서 송아지처럼 재빠르게 활동하지는 못하지만 본성과 본능을 떠나서 윤리와 도덕과 교육으로 살아갈 힘을 얻는다. 그 다음 인간으로 태어남을 감사히 여기고 이 세상에서 인간의 의무를 다하며 살 수 있게 된다. 인간의 의무란 부모를 공경하고 부부간 사랑하고 자식에 대한 의무를 뜻한다. 나아가서는 나라에 대한 의무 이행을 다해야 한다. 더 나아가서는 주변을 살피고 이웃을 사랑해야 한다. 이렇게 살아가는 것이 약육강식으로 살아가는 짐승들의 삶과 다른 점이다.

사람이 짐승처럼 약육강식의 원리대로 살아가면 짐승만도 못한 인간이 되는 것이며 사람으로 태어난 신비를 이루지 못하는 것이다. 그렇게 파렴치하게 짐승만도 못하게 살아가는 자는 사람으로는 태어나지 말았어야 하는 인생들이다. 그리고 인간 삶은 언어와 문화가 있으며 계속하여 교육이 있고 발전이 있다. 그리고 삶의 윤리와 도덕이 있으며 국가는 그 틀 속에서 발전해 간다.

삶의 그늘에서 행복한 부부

나는 그 남자의 삶을 보고 참으로 안타까운 마음이 들었다. 내 힘이 미약해서 그 남자의 어려운 처지에 도움을 주지 못한다. 나 자신은 삶의 대책이 되어 살아갈 수 있지만 발벗고 어려운 사람들을 쫓아다니며 돕기에는 체력과 재력이 부족하다. 물론 재력이 풍부하면 방송국이라도 연락하여 도울 수 있겠지만 여러 가지 변명의 넋두리를 할 수 밖에 없는 처지다.

TV를 켜니 '동행'이라는 프로그램이 방영되고 있었다. 처음의 사연은 시청하지 않아서 잘 모르지만 내용을 짐작하건대 고단하게 살고 있는 부부의 삶을 다룬 내용이었다. 북한에서 월남한 남편과 베트남 출신 아내의 속사정이 딱하였다. 부인은 임산부였다. 남자는 길거리에서 생선을 팔고 있었고 여자는 아기가 곧 태어나게 생겨서 배가 상당하게 불러 있었는데도 남편의 장사하는 곳을 따라다녔다. 살고 있는 지하 방은 냉방이고 전기료가 밀려서 전기가 끊어진 상태로 촛불을 켜고 저녁을 맞고 있었다. 지하방의 월세도 밀려 있어서 주인아주머니로부터 월세 독촉을 받고 있었다. 그런 상황에서 조그만 손수레로 생선을 끌고 다녔다. 생선장수로서 열심히 해도 잘 팔리는 날이 있고 팔리지 않는 날이 있어서 힘겨운 생활이 될 수밖에 없었다. 집에 올 때는 손수레에 배부른 부인을 태우고 왔다.

부인에게 따뜻한 말로 위로하는 모습이 너무 가슴 아팠다. 월세가 밀리고 전기가 끊어졌는데도 깡통에 돈을 조금씩 모으고 있었다. 자신의 아기가 태어나면 병원비로 쓸 것인데 너무 모자란다고 했다. 생선을 받아다 파는데 생선 도매 집에도 외상값이 상당하게 밀려 있었다. 도매 생선가게 주인은 애기 낳을 때까지만 봐준다고 하였다. 그러나 애기가 태어나면 상당한 비용이 더 들 텐데 어찌하면 좋을지 난감하였다. 북한 땅에서 너무 굶주려서 남한에 와서 밥이라도 마음껏 먹으면서 살아가고 싶어서 목숨 걸고 월남을 하였다 했다. 그런데 참으로 험한 고생을 하는 모습이다. 늦은 저녁에 쓰레기 등을 뒤지면서 병을 모으고 있었다. 한 짐의 병을 가져다 팔면 한 400원 정도의 수입이 되었다. 그 400

원에 조금 보태서 부인에게 우유를 사다 주었다. 가난하고 없는 처지에 부인을 위하는 모습이 얼마나 애처로이 보이는지 측은한 모습이 눈물겨웠다.

그뿐 아니라 북한에서 함께 월남한 어머니와 누이도 있었다. 쇠약한 어머니는 몸이 아파 누워서 생활하고 누이는 지능이 모자라 폐휴지 정도 수집하는 능력뿐이었다. 어머니와 누이는 함께 살고 남자는 부인과 따로 살고 있었다. 어려운 환경인데 남자의 태도가 얼마나 성실하게 보이는지 감격스러웠다. 어머니 집에 가서 어머니를 위로하며 살피면서 다정한 말을 하고, 녹초가 된 몸으로 부인을 따뜻하게 감싸주면서 따뜻한 말을 해준다. 밤에 어김없이 일어나서 빈병을 주워 이튿날 팔고, 몸을 쉬는 틈 없이 움직이고 일하고 있었다.

부인이 제왕절개수술을 하여 딸을 얻었다. 부부는 너무 좋아하며 행복한 미소를 지었다. 깡깡 추운 겨울철에 지하방에서 난방시설도 못하고 전기도 끊어지고 월세도 못 내고 산다. 삶의 수단이 되는 생선 도매값도 외상으로 밀려 있다. 그 가운데 새로운 생명을 선물 받은 부부는 딸을 안고 감격하면서 감사하는 모습이다. 아기를 키우기 위해 드는 많은 비용을 어떻게 충당할 것인지. 북한 땅을 버리고 행복을 추구하며 남한 땅을 찾았을 텐데 안타까운 실정이다.

많은 사람이 '동행'을 시청할 것이다. 내가 다하지 못한 도움의 손길을 많은 사람들이 보내줬으면 좋겠다. 남자에게 출근할 수 있는 직장이 생기고 앞으로의 삶이 순탄해졌으면 좋겠다. 따뜻한 공간에서 아기가 잘 자라며 부부도 지금처럼 오순도순 살아갔으면 얼마나 좋을까 싶다. 그의 젊은 부부에게 말하고 싶다. 당신들은 앞으로 어려움을 이기고 풍요롭게 살아갈 것이다. 지금처럼 서로 따뜻하게 감사의 조건을 찾으면서 열심히 행복하게 살아갈 것이라는 확신이 든다. 봄이 와서 꽃향기 날릴 때 착한 부부에게 위로의 꽃향기가 전해질 것으로 기대한다.

개구리 울음소리

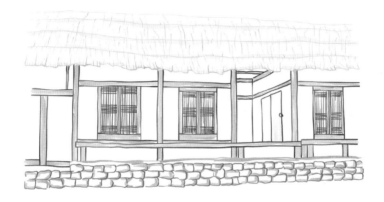

　1960년대, 내가 20대 때의 일이다. 시골 친가의 방안에서 누워 잠을 자려고 하면 개구리들이 개골개골 울어대는 통에 쉬 잠을 이루지 못했다. 그때 시골은 등잔불을 밝혀야 어둠을 밝힐 수 있었다. 방문을 활짝 열고 방안에 모기장을 치고 잠을 잤다. 마당에는 모기 쫓는 모닥불을 지폈다. 부채로 연신 더위를 쫓았다.

　나는 몸이 무척 약한 사람이었다. 병원에 입원도 하고 늘 약골로 취급 받았다. 20대 시골 처녀가 몸이 튼튼하여 시집을 가야 하는데 낭패가 아닐 수 없었다. 모기장 친 방안에서 잠을 자려고 잠자리에 누워 있으면 얼마나 개구리가 울어대는지 그 소리는 장관이었다. 지금 생각하니 그 시절은 먹고 살기가 어려운 시대였다는데 나는 몸이 약해도 집안 부모님, 오빠, 형님 등에게 많은 사랑을 받아서 잘 지내고 있었다. 또한 큰 대청마루와 건너방들, 사랑채 등이 있는 큰 집에서 평안하게 잘 살았다. 앞길이 어떻게 될지 막막했지만 유일하게 우리 집에서 나 혼자만 기독교 신앙을 가지고 있어서 하나님이 인도하시겠지 하는 그런 망망한 기원 속에 청춘을 보냈다.

개구리 울음소리는 수컷이 암컷을 부르는 소리다. 울음주머니를 부풀려 우는 개구리도 종류에 따라 다르고 울음주머니 모양이나 개수도 다르다. 참개구리, 청개구리, 무당개구리 등 종류마다 울음소리가 다르다. 수원청개구리는 낮에도 울어댄다. 멸종 위기로 현재 2500마리 정도로 모 위에 올라가서 풍선 같은 것을 부풀리며 울어댄다. 몸이 약한 20대, 막막한 밤에 방안에서 잠을 청할 때 그 고요한 시골의 밤공기에 온통 개구리 울음소리는 천지를 진동할 듯하였다. 그러나 그 개구리 울음소리가 딱히 듣기 싫은 것은 아니었다고 기억된다. 오히려 악보 없는 자장가 역할을 한 듯하다.

결혼하여 바쁘게 세월을 지냈다. 소도시에 살면서 논에서 개구리 우는 소리가 들리지 아니하니 까마득하게 잊었다. 그러다 가끔 개골개골 울어대던 개구리 울음소리를 떠올리곤 했다. 등잔불을 밝혀야 어두움을 해결하던 그 시골 풍경이 떠오르곤 했다. 이제는 그 시골도 전등불로 환한 시골이 되었고 그렇게 넓은 터에 여러 개의 방이 있었고 운치가 있었던 시골집도 방치해 둔 듯하였다. 들썩대던 식구들이 도시로 나갔고 농사일을 돕던 일꾼들도 이제는 필요없는 세상이다. 많은 청년들이 도시로 나가서 남의 집에서 농사지어 품삯 받는 그런 일조차 없다. 땅이 많아 벼농사로 부자 소리를 듣던 시대는 옛날이 되었다. 그 이후 오빠 내외가 자연스럽게 문명의 혜택을 받아 편리하게 살기 위하여 옆 땅에 현대식 건물을 짓고 단출하게 살았다. 오빠는 몇 년 전 세상을 떠나셨다.

그 넓고 보기 좋은 한옥의 널따란 마당 한편에는 돼지우리도 있고 소 키우는 외양간, 개집도 있었다. 닭들이 병아리들을 이끌고 모이를 쪼아먹는 모습도 예사였다. 한옥 동네는 주위가 야산으로 휘둘러 쌓여 있어서 안온한 동네를 이루었다. 야산에는 소나무들이 울창하여 참 좋은 숲으로 휴식의 공간을 주었다. 부엌 옆에는 펌프 샘물을 뿜어올려 시원하고 질 좋은 물을 사용했다. 마당 가운데는 화단이 있어 예쁜 꽃들이 피었고 보기 좋은 나무들도 심어져 있었다. 사랑채 옆에는 커다란 솟을대문이 있었는데 늘 열려 있어 그 시대는 하루에도 여러 차례 거지들이 대문 안으로 들어와서 밥을 달라 했다. 부엌사람들은 쟁반에 밥상을 차려 대접하였고 동냥을 달라 하면 곡식 등을 주었다. 또 사랑채 옆에는 곡식을 저장하는 커다란 광이 있었는데 집으로 쌀을 사러 오는 사람들에게 광에서 쌀을 꺼내다 하얀 쌀을 담아서 주는 어머니의 모습을 늘 봤다.

　안마당은 담으로 둘러져 있었고 뒤뜰도 넓어서 많은 옹기그릇과 반질반질한 커다란 장항아리들이 즐비한 장독대가 있었다. 담 뒤뜰에는 뒷문이 있었고 뒤뜰 한쪽 편에는 안 화장실이 있었다. 화장실 칸마다 큰 통 위에 깨끗하고 튼튼한 송판이 깔려 있었고 변기 뚜껑까지 갖추어진 모습으로 안채 뒤뜰 구석에 모양 좋게 자리해 있었다. 그 시대는 집집마다 뒷간이란 것이 있어서 대부분 항아리를 묻어 어설프게 변을 처리하는 구조를 갖추고 사는 가정들이 많았다. 그런데 친가는 깨끗하고 편하게 처리할 수 있는 모습의 뒷간이 있었다. 그런 화장실은 담 밖에도 또 하나 있었다. 아마도 일꾼용으로 사용된 뒷간인 것 같다. 뒤뜰은 넓은 공간 통로에 장독대와 살림들이 있었고 큰 언덕으로 이루어진 대밭이 있어서 대나무와 많은 과일 나무들이 있었다. 대나무 밭에 올라가서 앵두와 으름나무에서 으름을 따먹던 생각이 난다. 높은 언덕 위의 대밭 뒤에는 사람들이 다니는 길이 있었다.

　안마당, 바깥마당은 널따란 터전이었다. 그중 바깥마당에서는 가을 추수철에 볏단들을 낟가리로 높고 웅장하게 쌓아 놓았다. 그리고 동네 아이들이 왈왈거리며 시끌벅적 뛰어놀 수 있는 놀이터도 되었다. 밖에 담 옆에는 밭 터전이 넓게 있어 여러 작물들을 심었고 밭 옆에도 언덕진 대숲에 커다란 감나무 등이 있어 감나무에 올라가서 감을 따던 생각이 난다. 그 시절은 설익은 감들을 항아리 통에 따뜻한 물을 넣어 우려서 먹기 좋게 만들어 먹었다. 먹는 것들이 자족자급되던 시절, 대식구로 살았던 우리 집은 여름이면 찐빵을 많이 만들어 먹었는데 한 번에 밀가루를 한 말 이상 들여 빵을 만든다 했다. 커다란 대광주리에 하얀 찐빵이 담겨 있던 모습이 아직도 눈에 선하다. 떡도 자주 해먹었는데 떡도 한번 찔 때마다 쌀이 한 말 이상 한다고 들었다.

밥하는 커다란 가마솥 모습도 떠오른다. 우리 집에는 늘 밥상이 3개 이상 차려졌다. 아버지 밥상, 식구들 밥상, 일꾼 밥상 등이었다. 명절 때면 돼지 한 마리가 도살되던 대식구였다. 여름이면 커다란 대광주리에 옥수수를 쪄 맛있게 먹었던 기억이 난다. 밭에서 수확한 참외, 수박 등은 간식이었다. 단수수나무는 입으로 깨물어 단물을 빨아먹고 뱉어냈다. 사탕 역할을 하는 간식거리였다. 겨울에는 고구마를 방 하나에 가득하게 저장해 두었다. 고구마는 겨울밤의 간식거리가 되었다. 어머니는 누에를 키워 명주실을 뽑아냈지만 우리는 뽕나무에 열린 오디를 따먹으며 시간을 보냈다. 더욱 생각나는 추억은 널따란 텃밭에 한가득 망울을 틔운 하얀 목화밭이다. 그 하얀 속살이 얼마나 따스해 보였는지.

시집 와서도 한동안 북적거려 살아온 적 있다. 자손을 4남매 낳고 키우고 타인과도 합세하여 시끌시끌한 삶이 있었다. 그렇게 복잡한 시절에는 개구리 울음소리를 잊어버렸다. 그런데 이제 황혼기에 들어선 인생의 홀로서기에서 엊그제 개구리 울음소리를 듣고 새로운 감정이 일렁였다. 무언가 그리움이 밀려왔다. 현재 내가 사는 아파트는 벼농사하던 논에 터를 가꾸어 지은 아파트 단지이다. 그래서 논이 가까이 있고 먼 산도 바라볼 수 있는 풍경이다. 저녁에 개구리 울음소리를 듣고 새삼 과거의 회상과 그리움이 넘쳐흘렀다. 개구리 울음소리도 정겹지만 모든 자연의 소리는 그리움의 대상이다. 흘러가는 세월 속에 많은 변화가 있지만 언제나 자연의 소리는 정겹고 그리운 존재다. 개구리 울음소리를 듣다가 문득 그렇게도 많은 향수에 빠져든다.

햇볕 따라

오늘따라 거실을 이리저리 거닐면서 나 자신의 불안정한 모습에 답답해하고 있다. 거실과 베란다에는 몇 그루의 나무와 꽃핀 화분들이 있어서 늘 나를 기쁘게 하며 무언의 대화를 하고 있다. 나무와 꽃을 좋아하는 나는 무한정 식물의 동산을 만들고 싶지만 아파트 환경에서는 여건이 알맞지 않아 이상을 펼치지 못하고 있다. 베란다에 있는 제라늄은 사시사철 꽃을 피우고 있다. 요사이 시클라멘도 환한 모습으로 화려한 꽃을 피운다. 다른 종류의 화분에서도 꽃이 피어 있다.

답답함으로 가득 찬 나의 눈길이 시클라멘의 꽃모습에 머물렀다. 꽃잎들이 햇볕을 향하여 손사래를 하듯 꽃줄기가 밝은 빛에 손을 길게 뻗치면서 미소를 띠는 듯하다. 순간 그 모습이 무언가 청량수를 마신 듯 전신을 상쾌하게 만들었다. 식물들이 종류에 따라 차이는 있지만 대부분의 나무와 꽃들은 햇볕을 향하여 얼굴을 마주하고 있다. 그렇게 햇볕을 받은 식물들은 튼튼하게 자라면서 향기를 피우며 꽃을 피우고 있는 것이다. 푸르른 창공에 장엄하게 떠있는 태양을 바라보면서 착하고 성실하게 살아가는 식물들의 모습에 찬사를 보내는 심정이 되어 있다.

나무와 꽃나무들은 적당한 영양과 물 그리고 햇볕만 있으면 만족하여 쑥쑥 자라며 이파리가 무성해지고 꽃을 피워 사람을 즐겁게 하고 있다. 이렇게 해를 향하여 줄기를 뻗고 영양을 공급받는 식물들의 삶처럼 사람도 햇볕 따라 사는 삶이 희망적일 것이라 생각한다. 해가 없으면 지구의 생물체는 살아갈 수 없을 터인데 때로는 햇볕의 따스하고 소중함을 잊을 때도 있는 것이다. 다른 사람을 감싸고 이해하는 마음을 햇볕에 비유하기도 한다.

사람의 감정이란 다른 사람 때문에 자신에게 불리한 조건이 다가오면 분노와 원망이 치솟아 상대에게 인상 사나운 모습을 보여줄 수 있다. 감정을 햇볕처럼 따스하게 자제한다는 것은 그리 쉬운 일이 아니다. 순간적으로 그 감정을 평온하게 추스르지 못할 때에 씻을 수 없는 불쾌한 감정을 상대에게 나타나게 된다. 햇볕은 자신을 향한 생물들에게는 따뜻함으로 비추어준다. 사람과 사람 사이에 강파르게 원망하면서 사는 모습을 볼 수 있다. 따뜻한 햇볕은 생물이 살아갈 수 있는 생명력을 주는 것이다. 사람과 사람 사이에도 언어의 표현과 자세가 따뜻함으로 생명력 있는 분위기가 되면 삶은 더욱 즐거울 것이다.

요지경 속 부귀영화

북한은 2012년 4월 15일 고인이 된 김일성 100회째 생일이라고 어마어마하게 큰 태양절 행사를 했다. 조선중앙TV를 통해 생중계된 역대 최대 규모의 열병식에서 김정은의 육성이 처음으로 공개됐다. 김정은 노동당 1비서는 축하 연설을 통해 김일성과 김정일 부자의 업적과 선군체제를 거듭 강조했다. 그 선군체제 통치를 통하여 백성들을 부귀영화 시켜 주겠다는 요지였다. 과연 북한 백성들이 부자로 풍요롭게 잘 살며 영화를 누릴 수 있는 것인지 참 궁금하다.

그 나흘 전인 2012년 4월 11일 당 대표자회에서는 당시 김정은 당 중앙군사위원회 부위원장을 노동당 제1비서에 추대했다. 이에 따라 김정은은 노동당 제1비서와 국방위 제1위원장, 인민군 최고사령관이라는 타이틀을 갖게 됐다. 지난해 말 김정일 위원장 사망 이후 4개월여 만에 세습 절차를 공식적으로 마무리한 것이다. '김정은 1기 체제'가 본격 출범하면서 대외활동과 국내정치가 어떻게 펼쳐질지 주목되고 있다.

북한은 근본적으로 식량이 부족한 나라다. 남한과 통일이 되면 북한 백성들은 배불리 먹을 수 있는 조건이다. 남한은 북한의 자원을 개발할 수 있고 또한 아름다운 관광지로 만들 수도 있다. 과거 강대국의 세력에 반 토막 땅에서 살게 된 한반도의 실정이지만 우리 단일민족의 피가 서로 화해의 끈을 잡고 길을 열 수도 있는데 애석하게도 핵의 공포 속에 단절되어 살고 있다. 북한은 어떤 정치를 하여 백성들에게 부귀영화를 누리게 할 것인지 김정은의 꿈이 크다. 김일성, 김정일 동상은 북한 땅의 여러 곳에 많이 세워져 있다. 그뿐이랴, 금수산기념궁전의 김일성과 김정일 부자의 미라가 많은 경제를 삼키고 있다. 두 부자의 조각상을 만들기 위한 비용과 미라 보관의 비용은 천문학적이다.

미사일발사, 핵실험 등 얼마나 많은 경제적 손실을 부여하며 또한 주위 국가들에게 불안감을 조성하는가. 이번 장거리 로켓 발사 실패에 든 비용도 북한 주민이 1년 동안 먹고 살 만한 규모라 한다. 도대체 강성대국이 어떤 모습인가. 백성들이 누린다는 부귀영화는 과연 어떤 것인가. 북한 사람들이 못살겠다고 생명을 담보하면서까지 이탈되어 남한 땅으로 오는 이유는 무엇인가. 북한은 3대 지도자들을 어버이라고 부른다. 김일성, 김정일, 김정은은 교주가 되었는가 싶다. 북한을 공부하면서 그 체제의 단일된 일관성에 피곤함을 느꼈다.

TV에 방영되는 북한 사람들은 김정은 체제를 신성시하여 김정은을 신 대접하듯 하는 모습이다. 김정은 앞에서 펄펄 뛰면서 눈물 흘려 환영하는 모습은 저 인간들이 왜 저렇게 되었는가 한심하고 울화통이 터진다. 인간을 섬기기 위하여 목숨을 바치고 자신은 고통 받는 삶을 살다가는 것이 북한 주민의 실정이다. 도대체 인간세상의 국가란 무엇인가?

나신(裸身)

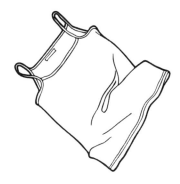

나신(裸身)의 뜻은 국어사전에는 벌거벗은 몸, 알몸뚱이, 벌거숭이로 풀이되어 있다. 프랑스 전 대통령 니콜라 사르코지의부인, 카를라 브루니 영부인의 나신 사진이 인터넷에서 구경거리가 된다. 한 나라의 영부인인데 인터넷을 통하여 벌거숭이의 몸을 구경해도 되나 싶다. 허나, 화면 속의 사진을 보고 찬탄을 금하지 아니할 수 없었다. 참으로 아름다운 육체였다. 그는 육체의 미를 과시하는 누드모델 출신 가수인데 어떻게 아무렇지 않게 대통령 영부인 자리로 올라갈 수 있었나 싶다.

얼굴, 머리칼, 유방, 허리선, 엉덩이, 다리, 심지어 성기의 모습까지 아름다운 모습이었다. 그 육체적 아름다움이 권력자의 대통령 마음을 사로잡아서 영부인까지 된 듯싶다. 흘러들은 내용이지만 프랑스 전 대통령 니콜라 사르코지는 여자들 꾀는 데는 선수였다 한다. '원해? 원치 않아?' 이 두 마디면 끝이었다고 한다. 그는 키도 작고 미남도 아니다. 주머니는 언제나 곤궁하여 여자들에게 선물해 주는 법도 없었고 유명 레스토랑에 데려가지도 못했다고 한다. 피자가게에서 간소한 식사를 한 뒤에도 계산을 나누어 했다 한다.

사르코지는 카를라 부르니와 결혼하기 전 두 번의 결혼 이력이 있었다. 첫 부인은 코르시카 출신의 마리도 미니크 쿨리올리이고 두 번째 부인이 유명한 세실리아다. 대통령에 취임한 지 얼마 안 되어 세실리아와 이혼하고 몇 달 뒤 카를라 부르니와 결혼한 것이다. 프랑스가 개방된 나라라고 해도 놀랍지 않을 수 없다. 일국의 대통령으로 이성관계도 분주하지만 사회적 통념도 한국과는 판이하다.

우리나라에도 십여 년 전에 어느 미술교사가 자기부인과 실오라기 하나 걸치지 않은 모습을 인터넷에 올려 화제가 되었다. 카를라 부르니 영부인은 나신이되 보여줄 곳을 더욱 아름답게 보이도록 약간 치장한 모습이었다. 그런데 그들 미술교사 부부는 옷을 다 벗고 어느 한 곳 꾸밈없이 자신들의 전(全) 육체를 보여주는 모습이었다. 남자가 현직 미술교사여서 더 큰 문제였다. 교사직을 박탈당하느니 그런 소문도 있었는데 그 뒤 소식은 알 수 없다.

한때 서울 거리에서 옷을 다 벗어버리고 알몸뚱이로 활보한 여자를 사진 찍는 모습을 비방하는 뉴스를 보았다. 그 여자가 사연이 있을 터인데 도와주지 못하고 구경거리로 삼았다는 이유에서일 것이다. 사진을 찍는 사람도 평범한 사람은 아닌 듯하다. 그 여자 알몸의 사진을 기념해서 어쩌자는 것인가. 내가 사는 온양 지방에서도 몇 해 전에 가장 번잡한 호텔 네거리에서 발가벗은 남자가 활보하며 소란을 피워 경찰이 출두했다는 이야기를 들었다. 그저 그 남자가 속이 활활 타서 알몸으로 살고 싶은 심정이지 않았을까 추측해 볼 따름이다.

지금으로부터 사십여 년 전 이야기다. 내가 갓 30대 되면서 학교에 근무할 때의 어느 교감의 이야기다. 그 교감은 아들을 바라는 마음이 옆에서 볼 때는 꼭 불타는 사람 같았다. 딸이 여덟 명인데 부인이 곧 또 애기를 낳는다 했다. 그렇게 아들을 기다리는 모습이 너무 간절했다. 매주 월요일 오전 전교생이 교실 앞 큰 운동장에서 조회를 했다. 그분은 교단 위에서 사내아이들을 칭할 때는 주먹 쥔 팔을 앞으로 확 내밀면서 '이만한 것을 달고 다니는 놈들'이라 했다. 참으로 민망한 광경이었다. 그 교감은 사사로운 장소에서 자신의 이야기를 했다. 자신이 교사생활 때 일학년을 가르치는데 아침마다 남자 아이들은 바지를 내리고 사내아이들의 아랫도리 모습을 구경시켜 줘야 했다. 그게 잘 훈련이 되어 남자 아이들이 아침에 교실 들어오면 선생님을 바라보면서 늘 아랫도리를 내리고 아래를 구경시켜 주었다고 한다.

어느 날은 그 교감이 남자아이들에게 양호교사 앞에 가서 바지를 내리고 앞에 달린 것을 보여주라고 해서 아이들은 열심히 실천했다고 한다. 양호교사가 기절초풍을 하면서 자신에게 쫓아와서 사내아이들이 왜 그러느냐고 하였단다. 그 교감은 자랑스럽게 이야기하였지만 아들을 못 낳아서 환장한 사람처럼 처신하지 않았나 싶다. 그 교감은 사내아이들의 기를 받아서 꼭 아들을 낳고 싶어한 것이다.

그 아이들이 장성했으면 오십대 아니면 육십대쯤일 텐데 동창들이 모여 그들의 일학년 시기를 어떻게 회상하며 대화할까 싶다. 내가 온양으로 이사 오고 그 뒤 그 교감 소식을 듣기로는 아홉 번째로 아들을 낳았다고 했다. 그토록 욕망했던 아들을 낳았으니 그 교감이 만세를 불렀는지 춤을 추었는지 알 수 없다. 십년이면 강산이 변한다고 하는데 강산은 몇 차례 변했다. 이제는 교실 안에서 그런 엄청난 일이 있을 수 없고 아이들을 귀엽다고 몸을 만지면 안 되는 시대가 되었다.

왕

　나에게 왕언니라고 하는 사람이 몇 있었다. 나는 그 말이 불쾌하다며 그러지 말라고 했다. 혼자 가만히 생각해 봐도 기분을 침울하게 만드는 말이다. 사람들이 상대방을 존중해 줘서 그런 말을 하는지는 모르지만 듣는 본인은 듣기 싫다. 그런데 어제는 어느 멋쟁이 숙녀한테서 여왕 같다는 말을 들었다. 왜? 날더러 여왕 같다고 했을까. 그냥 웃음으로 화답했지만 속의 기분은 유쾌하지 않았다. 나에게 여왕이라고 표현한 것은 얼굴과 몸이 크다는 표현으로 받아들여졌다. 부잣집 맏며느리감이란 표현과 비슷하다.

언젠가는 친구와 식당에 들어가서 밥을 먹는데 식당 주인아주머니가 날더러 이명박 대통령 부인과 인상이 같다는 것이다. 겉으로는 웃음으로 화답해 주었지만 속마음은 기쁘지 않았다. 김윤옥 여사가 영부인이지만 호감을 갖거나 부러워 해 본 적도 없고 특별한 생각을 해본 적이 없다. 나는 다시 그 음식점을 찾지 않았다.

우리나라는 왕이라는 군주가 통치하는 나라가 아니다. 현재의 대한민국 최고 통치자는 대통령이다. 우리나라는 해방 이후 초대 이승만 대통령 이후 이명박 대통령까지 17대에 이른다. 대통령이 되는 데는 엄청난 준비와 과정이 필요하다. 하물며 왕은 얼마나 대단한 자인가. 아무에게나 왕 자를 붙여서는 안 될 것이다. 이 세상에 태어나서 힘과 권세없는 삶을 살아온 촌아낙으로 나에게 왕 자를 붙이는 것은 정말 기분 나쁜 일이다.

나는 학교에서 교사생활을 했지만 교장도 되기 싫은 사람이었다. 물론 여러 과정을 거쳐서 교장이 되는 것이다. 나는 그 과정을 거치느라 노력하는 것도 싫고 교장의 자리도 원치 않았다. 학교에서 교장을 했느냐고 질문을 받은 때도 있었다. 그건 교장을 하지 않았으면 뭔가 부한족한 게 아닌가 하는 그런 뜻으로 들린다. 나는 친한 친구와 서로 웃고 떠들면서 교장은 돈 주면서 하라고 해도 하기 싫은 자리라고 웃어넘기곤 했다. 그 친구 역시 나와 같은 생각인 사람이다. 그 친구의 동생도 현직 교사라 그런 소리 다른 사람 듣는데 하지 말라고 했다. 그러나 우리들은 진심의 소리를 농담으로 했을 뿐이다.

20여 년 전 어느 예언자를 만났다. 교회의 권사인데 기도가 능통해서 예언을 잘 하는 분이라고 목사님 사모 되는 분이 소개해 주었다. 나를 보더니 대통령이 될 아들이 있다는 것이다. 나는 아들이 삼형제가 있다. 집에 와서 어린 아들들에게 그 소리를 하니 장차 대통령이 되고 싶다고 하는 아들은 한 사람도 없었다. 현재는 결혼하여 분가해서 각자 살고 있지만 대통령이 될 아들은 없는 것 같다.

서울대학교 융합과학기술대학원장 안철수 씨는 IT 전문가이다. 그는 자신의 개발기술을 미국에 팔아서 큰 재산 축적을 할 수 있는 기회가 있었지만 나라를 위하여 조국에 투자했다. 때문에 많은 이들이 그를 존경하고 있다. 일부에서는 대통령 재목이라며 떠받들고 있다.

인심은 천심이라 하는데 그분을 향하여 바람이 부는 것이다. 그런데 그분에게 대선에 대하여 질문하니 대통령은 아무나 하느냐고 반문했다. 적절한 반응이라 생각한다. 대통령은 국민의 지도자요 국가의 흥망성쇠를 주관하는 분이다. 아무나 대통령이 되어서는 안 될 것이다. 준비된 자가 대통령이 돼야 한다. 그분이 대통령 자격이 없다는 것이 아니다. 훌륭한 분이다. 그러나 그분은 오랜 세월 연구하는 학자로 정치의 세계와는 멀게 지낸 분이다. 누가 대통령 자격을 가진 자인지 잘 모르지만, 대통령의 자격은 오랜 세월 정치에 관하여 연구하고 뼈 묻을 각오로 노력한 사람이어야 한다. 사람들한테 함부로 왕 자를 붙이는 것도 그런 점에서 경박하기 이를 데 없다고 생각한다.

다짐

씽크대 위에 그릇이 쌓여 있다. 냉장고에서 나온 반찬을 버리고 비워진 그릇들이다. 많은 반찬들을 먹는다고 넣어두었다가 무엇을 두었는지 까맣게 잊어서 묵게 된 것들을 과감하게 버려버렸다. 내가 하루에 먹을 수 있는 음식의 양은 그리 많지 않다. 신선한 것들을 먹는 습관이 있어서 반찬을 오래 두고 먹지 않는다. 적게 차려 적게 먹는데도 반찬은 항상 남는다.

양념을 하여 김치를 담가 먹은 뒤에 김치 국물이 남으면 그것을 두었다가 다른 음식 만드는 데에 이용한다고 냉장고에 넣어두는데 보관하기만 어렵고 실제 이용하지도 않게 된다. 김치도 많이 익은 것보다는 신선하고 푸른 것들을 좋아하니 두고두고 먹는 반찬은 별 의미가 없다. 몇 개의 통에 장아찌 종류만 남겨두니 냉장고의 공간이 생겨서 좋다.

냉장고 청소도 해야겠고 싱크대 위 그릇들도 깨끗하게 설거지해야 하고 집안도 대청소로 숨이 트이게 해야 하는데 생각하면서 일할 것을 다짐한다. 나는 언제부터인가 나의 체력이 달린다고 생각되어서 해야 해, 가야 해, 하고 나를 채찍질한다. 내가 시내에 들르면 대부분 나의 양손에는 물건들이 들려 있다. 나는 택시를 타지 않고 물건을 들고 걸어오는데 집에 오는 길이 까마득하다. 나는 속으로 가야 해, 고지를 향해 가야해, 그런 다짐으로 걸음을 걷는다.

힘에 부치는 일이 참으로 많다. 이런 나에게 네 아이가 나왔다. 나는 그것이 자랑스럽고 대견하다. 나같이 시원찮은 사람이 어떻게 넷을 낳고 길렀을까. 그렇게 그들을 바라볼 때 감사한 사람으로 지낸다. 하나님께 감사한 심정으로 살아간다.

지금 수녀가 된 내 친구와 결혼 전 다짐한 것이 있다. 그 친구는 현재 수녀원에서 수녀로 생활하고 있다. 나는 시집가서 애기를 많이 낳고 싶다고 하였다. 친구는 수녀가 되어서 다른 사람이 낳은 자녀들을 돌봐주고 싶다고 하였다. 친구는 나에게 시집가면 누구나 애기를 낳는 것인데 그게 소원까지 되느냐고 했다. 그러나 몸이 약한 나는 그렇게 애기 낳는 것에 자신만만하지 않았다. 친가의 어머니가 '너는 시집가면 아들 셋 딸

둘을 낳아야 한다' 하셔서 그렇게 할 것이라고 생각했었다. 물론 캄캄한 뱃속에서 제멋대로 사람이 만들어지는 것이니 아들과 딸을 마음대로 만들 수는 없는 일이었지만 나는 그렇게 할 것이라고 생각했다.

그러나 남편은 자녀를 그렇게 많이 낳고 싶지 않다고 했다. 나로서는 최선을 다한 것이 아들 셋 딸 하나를 낳았다. 어머니 말씀대로 하면 딸 하나가 더 있었으면 나는 더 늙어버린 할머니가 되었을 것이다. 자녀의 교육과 결혼 문제 등 여러모로 살펴주는 부모 노릇하기가 쉬운 일은 아니기 때문이다. 역시 자녀를 낳고 성장시켜서 그들이 독립으로 살아갈 수 있도록 애써야 한다. 젊은 시절이었지만 캄캄한 나의 몸속에서 사람이 되어나오고 그들의 역사가 이루어지는 성장의 역사를 함께 하기 위해 많은 에너지를 썼다.

'해야 해. 가야 해.' 고지를 향해 가는 나의 일과는 계속된다. 체력을 향상시켜서 내 일거리를 처리해야 한다. 세월이 가면서 일거리가 왜 이렇게 귀찮은지 모르겠다. 만사가 귀찮다고 생각될 때가 많다. 나는 길에서 천천히 열심히 걸으면서 가야 해, 하고 다짐한다. 걸으면서 고지를 점령해야 해, 하고 다짐한다.

내가 늦게 박사학위를 받기 위하여 공부를 하면서도 히말라야 고지를 점령하는 등산객이라 생각하고 다짐한다. 나에게 맡겨진 일을 안 할 수는 없다. 걷지 않을 수도 없다. 공부도 중도에 포기할 수는 없다. 죽음이 닥치면 별 수 없지만 살아 있는 동안은 해야 해. 가야 해, 하고 다짐하면서 실천하고 앞으로 간다.

문학인의 길을 가기 위해 하루를 잘 가기 위해 다짐하는 일과가 되었다. 해야 해, 가야 해, 하는 실천으로 해님을 맞이하고 마중하고 한다.

한 사람

　중동의 먼 나라에서 알 수 없는 병을 몸에 갖고 온 한 사람이 있었
다. 메르스는 그렇게 대한민국 전역에 퍼졌다. 그 한 사람으로 많은 사
람이 죽고 있다. 나라 전체가 걷잡을 수 없는 상태가 된 게 아닌가 걱정
이다. 외국에서는 한국인의 출입을 금지시키는 곳이 생겨났고 한류 열
풍도 멈춰버렸다. 나라의 대표자인 정치인들은 국민들 앞에 절절매는
죄인이 되었다.

메르스는 처음에는 몸에 큰 이상으로 나타나지 않다가 잠복기가 지나면 열이 나고 발병되는 데 치료약이 없는 것이 문제다. 그렇게 앓는 사람 중에서 회복되어 몸이 완치되는 사람도 있는데 그 병을 이기지 못하고 죽어가는 사람이 있다는 것이다.

우리나라의 역사를 거슬러보면 역병이 마을을 휩쓸어 많은 사람들이 죽어간 일들이 있었다. 참으로 안타까운 갖가지 사연들이 있었다. 내가 어린 시절 천연두는 열을 내어 앓는 병으로 얼굴을 긁으면 얼굴이 곰보가 되었다. 그 시절에는 곰보의 얼굴을 쉽게 볼 수 있었다. 뒤에 우두라는 이름의 예방접종으로 퇴치되어 근래에는 그런 병은 없어진 듯하다. 요즈음은 아기가 태어나면 어느 시기까지는 많은 예방접종을 맞아야 한다.

현 시대는 많은 문명으로 질병이 퇴치되어 간다. 그래서 사람들은 예방접종을 하면서 마음 놓고 살아간다. 그런데 생각지도 않은 그 망국의 병인 역병이 대한민국에 갑자기 나타났다. 한 사람이 얼마나 중요한 존재인가. 처음 그 한 사람의 실체를 알아 접근을 완벽하게 막고 치료했더라면 나라가 이토록 혼돈상태가 되지 않았으리라 생각된다. 중동에서 병을 가지고 왔다는 사실을 의사에게 알리고 미리 치료를 했으면 얼마나 좋았을까 아쉬움이 크다. 또한 병문안도 인정으로 전해오는 전통이겠지만 이제는 불필요한 문안을 단속하는 병원 문화가 다시 정비되어야 할 것 같다. 그 한 사람으로 하여금 국가가 비상사태가 되었으니 참으로 소리없이 찾아온 공포의 전쟁이 시작된 것이다.

친구 셋이 한 달에 한번 갖는 모임이 있다. 그런데 친구에게서 연락이 왔다. 그 역병 때문에 다음 달로 연기하자는 것이다. 속으로는 달갑지 않고 참으로 공포심도 많다 생각되었다. 셋이 잠깐 음식점에서 점심한 끼 먹으면서 대화하다 헤어지는 상황이 그리 두려운가. 재래시장도 얼마간 쉬어서 재래시장 상인들이 울상이 되어서 이야기하는 모습을 보았다. 관광업계, 음식업계, 병원 등 사람이 많이 와야 하는 곳에서 살길이 막막하다고 호소하고 있다. 국가의 정치인들은 세금으로 그들을 돕는 계획을 세운다고 떠들고 있다. 수많은 삶의 현장에게 국가가 어떻게 다 만족을 채워주겠는가 싶다.

나 한 사람은 중요하다. 내가 건강한 것도 국가에 도움된다. 나 한 사람이 성실하게 사는 것도 국가에 도움된다. 내가 성실하고 건강하게 그리고 잘 꾸려 사는 인간 모습으로 국가에 애국자가 되는 것이다. 나 한 사람이 공인된 자세로 국가에 공헌하는 사람이 되어야겠다.

물의 고마움

올 여름은 무척 덥다. 더위에는 그렇게 성화스러운 감정이 아니고 오히려 추운 겨울보다 경제적으로나 활동하는 범위가 좋다고 생각해 왔던 터다. 그런데 금년 여름은 움직이면 땀이 스며오고 몹시 끈끈하고 후덥지근하며 개운하지 아니하다. 겨울에도 아침저녁 샤워를 하지만 올여름은 두 차례 이상 찬물로 샤워를 한다. 물에 대한 고마움이 절실하다. 갈증 날 때도 물이 얼마나 몸을 시원하게 해주는지 물에 대한 고마움은 넘쳐난다. 물이 없는 세상은 사람이 살 수 없다. 가끔 TV화면에 물 부족한 나라들에 대한 안타까운 사연이 보여질 때가 있다. 우리나라 봉사자들이 샘을 파서 물을 공급해 주는 귀한 모습도 볼 수 있다. 성경 내용 중에도 사람이 거하면 우물부터 파는 이야기를 볼 수 있다. 그토록 물은 생명과 연관되어 있기 때문이다.

내가 어린 시절에는 마을마다 물이 철철 넘치는 우물이 있었다. 우리 동네도 마을 복판에 두레박을 이용하는 커다란 우물이 있었다. 고개 너머에는 옹달샘 물을 바가지로 퍼내는 샘도 있었다. 물을 바가지로 퍼내서 시원하게 마시고 했다. 물이 더럽다는 그런 생각은 하지 않았다. 칠석날에는 동네 사람들이 우물길을 닦고 동네 청소를 말끔히 하는 풍습이 있었으며 집에서는 과일을 먹고 하였다. 그때의 과일은 집에서 농사로 얻어진 수박 참외 옥수수 등 풍성했다. 어린이들은 맑게 흐르는 냇물에서 미역을 감고 물놀이를 하였다. 비가 많이 와서 홍수가 지면 참외망태를 어깨에 메고 냇물을 헤엄쳐 건너오는 젊은 사람들의 모습도 잊혀지지 않는다.

몇 년 전 친가에 가서 그 냇가를 구경하였는데 물이 없고 잡풀만 무성한 도랑에 불과했다. 어린 시절의 냇가의 폭은 꽤 넓었다고 생각되는데 물 없는 조그만 도랑이 된 것이다. 군사정권이 되면서 집집마다 펌프를 이용하는 우물을 파서 이용했다. 이제는 펌프를 이용하는 우물은 수도꼭지를 달아서 수돗물로 집안에서도 이용되고 있었다. 옛날의 큰 한옥은 그대로 놔두고 옆에 현대식 건물에 실내 화장실을 이용하고 있다.

물은 현대인들의 실내 생활에도 큰 영향을 준다. 현대인들은 아파트나 현대식 건물을 지어서 실외에 있던 뒷간을 실내로 끌어들여 해결한다. 이런 문화에서 물 부족 사태가 벌어지면 심각한 일이 일어날 수밖에 없다. 요사이 충남에 물 부족으로 절수를 하며 많은 고생을 한다는 뉴스는 안타깝다. 내가 사는 아산시는 물 부족으로 절수하라는 통보는 없어서 살기 좋은 동네라고 생각하고 있다.

노르웨이 여행 때 만년설이 흘러내려오는 물을 생수로 개발해 수출하는 곳을 관광하였다. 높이 쌓인 눈 어름에서 물이 흘러 내려오고 있었다. 아래로는 깨끗한 냇물이 흐르고 있었다. 우리나라에도 물이 모자라 외국에서 물을 수입하여 먹고 살고 있는 형편이다. 지금은 가게에서 물을 사서 먹는 시대이다. 우리가 어린 시절에는 어느 곳에서나 퐁퐁 솟아오르는 샘물이 가는 곳마다 있어서 물을 사서 먹는다는 시대는 상상하지 못했다. 그런데 지금은 샘물을 그대로 먹지 않는다. 수돗물을 먹으면서도 안심이 되지 않아 정수기 설치를 하여 정기적인 필터 교환에 경제적 부담을 느끼고 있다.

오래 전부터 물을 사먹는 시대가 온다는 말을 유머로 생각했는데 그 시대가 되었으니 예언이 맞은 것처럼 되었다. 앞으로는 더욱 물이 메말라가서 물이 모자라 힘든 시대가 올 것이라는 소문이 떠돌고 있다. 식수로 쓰는 강에 더러운 녹조가 끼고 부패한 쓰레기나 물건들이 엉켜서 썩어가는 모습을 보면서 염려가 안 될 수 없다. 깨끗하게 먹고 깨끗한 몸가짐을 하고 깨끗한 환경에서 살려면 무엇보다 물이 소중하다.

신선한 물을 먹고 이용하기 위하여서는 하수구로 흘러가는 물조차도 조심스럽게 다루어야 할 것이다. 고맙고 귀한 존재를 다시 한 번 깊게 느끼고 확인한다. 깨끗한 물을 사용하고 또 식수로 사용하기 위하여 정신을 바싹 가다듬고 물이 오염되지 않도록 노력하면서 살아가야 할 줄 안다.

그건 안 되는 것이여

한 어머니의 아들이 초등학교의 소사(옛날에 그렇게 불렀다)로 일하고 있었다. 그 소사의 어머니는 자신의 아들이 초등학교에서 오랜 세월을 일하고 있었기 때문에 일학년쯤은 가르칠 수 있을 것이라 생각했다. 학교에서 늘 궂은 일만 하는 것이 속이 상해 견딜 수가 없었다. 그래서 그 어머니는 교장에 찾아갔다. 한바탕 큰소리로 따지기 시작했다. 우리 아들이 학교에서 일한 지가 얼마나 오래 되었는데 교장선생님이 그렇게 무심할 수 있느냐고 따졌다. 교장 선생님 왈 "그건 안 되는 것이여!" 대답을 해줘도 소사 어머니의 마음은 교장이 인정머리도 없는 사람으로 야속하게 느껴졌다. 교사 자격증이 있어야 한다는 사실을 모르는 소사 어머니의 아들 사랑이었다.

참으로 머리가 둔하고 이해력이 부족해서 답답해 견딜 수 없다면서 호소하는 젊은이가 있다. 자신의 부인이 오지랖이 넓어서 일을 자꾸 맡아 자신에게 괴로움을 주는 성격이어서 마음이 상한다고 이야기를 한다. 내용인즉 장인과 장모가 핸드폰을 바꾸었단다. 그런데 요새 새롭게 만들어진 핸드폰 2개를 큰아들이 선물을 했다. 그런데 큰아들은 핸드폰만 선물하고서 번호를 받고 하는 모든 과정을 해주지 않았다. 장인 장모가 그전에는 막내아들 명의로 핸드폰을 사용했는데 이번에는 막내아들의 이름으로 핸드폰을 개통하지 않고 장모의 명의로 핸드폰을 개통했고 새로운 전화번호를 받았다는 것이다. 그 전화 개통의 일거리를 오지랖 넓게 끌고 와서 남편에게 해달라고 하니 안할 수도 없어서 사위가 그 전화 개통의 일거리를 다 했다는 것이다.

그런데 그 장모는 딸에게 옛날 전화번호를 그대로 받지 왜 다르게 했느냐고 큰소리 치니 사위 입장은 난처하기 그지없었다. 부인은 그러면 전화번호 바뀌었다고 안내하는 전화는 왜 없느냐고 하니 답답해 견딜 수 없다고 사위는 호소했다. 전에는 막내아들 명의로 한 것이고 지금은 다시 새로운 사람의 전화번호 개통이라 전에 막내아들의 명의로 한 전화번호를 사용하면 다른 사람의 전화번호를 도용하는 것이니 있을 수 없는 일이라 해도 장모와 부인이 이해 못한다고 했다.

한 주 내내 마음이 괴롭고 안타까웠다. 어찌 보면 사람은 괴로움을 주는 사람과 도움을 주는 사람, 딱 그 두 종류의 사람밖에 없는 것 같다. 나를 만나면 자꾸 요구하는 사람은 괴롭기 그지없다. 나는 그저 평안하고 조용한 자세로 생활하는 평범한 사람이다. 다른 사람이 나를 바라볼 때는 한가하게 할 일 없는 인생으로 허허 껄렁하게 지내는 부질없는 인간으로 보는 것 같다. 나를 만날 때마다 그 공부하는 책을 빌려 달라는 것이다. 지금 봐야 할 책이기 때문에 책을 보고 싶으면 도서관에 가시면 책이 많이 있지 않겠냐고 안내를 해도 나를 볼 적마다 요구를 하는 것이다.

엊그제 만났는데 또 책 이야기를 하는 것이다. 그래서 똑같은 답변을 하였다. 사실 우리 집은 책이 너무 많아서 그 좋은 책들을 10박스 이상 선물한 적도 있고 책을 좋아하는 세탁소 아주머니에게도 가끔 선물한다. 책을 둘 만한 공간이 모자라 월간 잡지들이나 많은 책들을 지하실 수거함에 버려놓기도 하였다. 참으로 책을 보관할 만한 책장이 부족해 이곳저곳에 책은 쌓여져 있어 볼품없는 환경이다. 현재도 값진 책들이 책장을 차지하고 있어서 큰아들은 그 책을 치워버리지요 하고 권고할 때가 많다. 그러나 그 책들은 소설책이 아니고 깊은 내용을 담은 사전 같은 책들이기 때문에 그분에게 빌려줄 만한 책들이 못된다. 현재 내가 공부를 하는 데는 모든 책들을 다시 주문하고 새로 구입한 책들이 책장에 꽉 차 있고 요사이는 내 서실의 방바닥에 책들을 나란히 진열해 놓고서 손쉽게 찾아 논문을 쓰느라 바쁘게 이용하고 있다. 내가 공부하는 데는 다시 책을 주문해야 하기 때문에 그 사정을 아는 딸과 큰아들이 모두 인터넷으로 주문해서 보내준 것들이다. 10권 이상이 넘는 전집들 그런 책들을 읽고 터득해야 한다. 새로운 시대의 책들과 또한 교수들의 연관된 출판물 그런 책들을 구입해 두었다.

엊그제 그분을 만난 뒤 책을 빌려줘 볼까 생각되어 15권으로 된 역사전집을 꺼내놓기도 했었다. 그 전집은 지도교수의 편저 출판물인데 너무나도 인명이 많이 나오고 복잡해서 한가할 때 독파해야겠다고 생각하고 있다. 물론 책은 딸이 구입해 준 것이다. 만약 내가 그분에게 책을 빌려준다면 받을 생각은 하지 말고 그저 선물해야 하는 것이 아닌가도 생각된다.

물건과 금전의 왕래는 개인 상대보다는 공공 단체시설을 이용하는 것이 시대적 환경에 맞는 것이라고 생각한다. 그만큼 시대는 문명의 혜택을 받으면서도 정신도 왔다갔다하는 그런 사람들이 많은 것 같다. 하물며 그분은 한 달에 몇 권의 책을 구입할 수 있는 경제적 형편도 되는 것으로 안다. 바쁘고 고단한 나에게 책을 빌릴 처지도 아닌 것이다. 나에게는 현재 진행형으로 필요한 책들을 가지고 타인에게 신경 쓸 만한 일과의 시간이 많지도 않은 사람이 오지랖 넓은 행동이다 생각되어 꺼내놓은 책들을 책장에 다시 꽂아 넣었다.

"그건 안 되는 것이여!"

자식들한테서 기부 받은 책들로 아직 이용하지도 않았는데 하는 생각으로 매듭지었다. 안 되는 것은 안 되는 것으로 자세를 세우며 마음을 멈추는 생활이 평안을 가져오리라 결론을 내렸다.

변해 가는 모습

거울 속에 나타난 내 모습을 보면 많이 변해 있다. 그런 모습을 늙어 가는 모습이라고 표현한다. 어쩔 수 없는 순리의 모습을 인정하면서 저항할 수 없는 자연을 긍정해야 하는 줄 안다. 집념의 틀을 벗어나 내 자신이 자유롭게 해방되어 살 수밖에 없다. 그 화창하던 목련꽃 나무 아래서 영원히 아름다운 꽃이 붙어 있으라고 사정을 하여도 자연의 순리는 인간의 힘으로 막을 수 없다. 남녀의 사랑도 그 사람이 아니면 세상에서 살 수 없다고 외치다가도 많은 세월이 지나면서 여러 가지 환난이 있을 때는 다른 상대로 변할 수 있다. 과학이 만능한 시대이지만 인간의 힘으로 다 이룰 수 없는 불가항력인 것들이 많은 것이다.

산 고개를 넘어가면 내가 있었다. 그 냇가 옆에는 우리집 밭이 있어서 원두막을 지어놓았고 밭에는 참외와 수박이 익고 비가 많이 오면 홍수로 물이 넘쳤고 물은 밭과 논에 침투되어 들판은 물바다로 이루어지기도 했다. 젊은 사람들은 구럭에 참외와 과일을 한 아름 따서 냇가의 물살을 가르고 헤엄쳐 오던 모습의 기억이 떠오른다. 평소 때는 그 냇물에서 놀이터처럼 헤엄치며 많이 놀았다. 맑은 시냇물은 웬만큼 헤엄쳐 놀기에 적당하여 어른들의 보살핌을 받으면서 밭의 과일 등을 먹으며 놀았다. 그런데 십여 년 전 그 냇가를 찾아갔더니 맑은 물이 흐르던 내는 커다란 잡초로 덮쳐 있었고 냇물의 물은 말라 냇가의 구실을 하지 못하며 많은 길들은 막혀 사람이 통과할 수 없는 길이 되어 있었다.

그 시절의 어린 나로서는 우리 집의 밭에서 따온 과일 등을 풍성하게 먹었다. 또 집 주위의 밭에 옥수수를 많이 심어서 한 아름 넘는 커다란 대 소쿠리에 가득하게 쪄 나오면 옥수수를 마음껏 먹을 수 있었다. 그 때는 집에서 찐빵을 많이 만들었다. 찐빵을 만들 때 밀가루 한 말을 만든다 하였다. 찐빵 속에는 단팥이 들어 있었으니 요새 말로는 단팥찐빵이라고 할 수 있겠다.

떡을 해도 꼭 한 말 이상 떡을 만드는 우리집이었다. 지금의 잣대로는 웬 음식을 그렇게 많이 하는가 싶은데 참으로 식구가 많았다. 밥상도 각기 다른 상차림의 대식구였고 우리 집에서 밥 먹는 사람도 많았다. 그 시절은 음식을 나누어먹는 사람들로 북적대었다. 논일을 하는 날이면 우리 집은 잔치집이었다. 밥 먹는 사람이 참 많다고 느껴졌다. 그 시절의 간식은 사탕 대신 단수수가 있어서 그것을 꺾어다 씹어 단물은 삼키고 건더기는 뱉어버렸다. 거의가 집안에서 간식과 과일 등을 해결하는 시대였다. 앵두나무, 감나무, 으름나무가 집 주위에 있었다. 감꽃이 화들짝 많이 피어 떨어질 때에는 아이들은 감꽃을 주워 끈에 꿰어 목걸이처럼 만들며 놀았다. 감이 붉게 익었을 때는 감나무를 오르내리면서 홍시 감을 주워먹고 하였다.

그 친가의 시절에는 명절날 먹기 위하여 엿을 고아 만들고 다식도 여러 종류 하고 식혜 수정과 등 많은 음식을 장만하였다. 물론 명절 때마다 돼지 한 마리는 죽어갔다. 명절 때 그 많은 음식물 등을 먹고 탈이 나기도 했다. 설이 돌아올 때는 설 앞에 까치설이 있었기 때문에 까치설에 입을 옷과 함께 두 벌씩 새옷을 선물 받는 풍속으로 지냈다. 명절을 기다리다 못해 농에서 새옷을 꺼내 입어보고 하였다. 새옷을 입고 세배하기, 널뛰기 등 갖가지 놀이에 즐거운 명절이었다.

이제는 먹는 음식도 마트에서 구입하여 가득 가득 냉장고에 채워 놓는다. 엊그제 딸네를 갔더니 아주 좋은 엿을 구입하였다고 큰 엿 단지를 주었다. 물론 재래식 엿으로 엿 단지에서 엿을 떠서 떡에 묻혀 먹었지만 어린 시절 어머니가 만들어서 먹던 엿 맛을 잊을 수가 없다. 엿 속에 무를 넣고 만든 엿 속에 들어 있는 무는 참 맛있었다. 어린 시절 먹던 동치미 김치 등 배추 꼬리를 넣고 팥죽을 만들어서 먹었던 음식 등 지금은 어디를 가서 먹어도 그렇게 맛있는 음식이 없는 듯하다. 참으로 많은 세월 속에 세상이 변해간다. 나의 모습도 여러 가지로 변해간다. 그러나 어린 시절의 추억은 변하지 않는 듯 내게 머물러 있다.

소음

　아침 8시경부터 마이크 소리가 요란하다. 한 자리에서 1시간 넘도록 외치는 것 같다. 먹고 살기 위한 방편이지만 마이크 소리의 외침은 이마를 찌푸릴 정도로 괴로움을 준다. 이른 아침시간인데 떠드는 마이크 소리로 다 채워지니 사람을 괴롭히는 것도 여러 모습이라고 생각된다. 살려고 노력하는 것이니까 상관 말라는 안하무인이다.

　내 서재의 창 너머로 아파트 정문이 보이고 그 앞에 세탁소가 있다. 그 옆으로 가게가 이어진다. 거기서 아침저녁으로 벼락 치는 소리가 들린다. 하루 두 차례씩 셔터를 올리고 내리는 철창 가게 여닫는 소리가 요란스럽다. 그 소리가 얼마나 굉음인지 가슴이 내려앉는 공포를 준다. 참으로 피곤하기 그지없다. 그러나 사는 모습인데 무슨 상관이냐고 반문하면 할 말이 없다. 침묵으로 견딜 수밖에 없는 이웃간의 삶이다. 소음도 듣기 좋은 소리가 있다. 우리 아파트 앞에는 놀이공원이 있고 아이들이 왁자지껄 떠드는 소리로 가득 채워질 때가 많다. 나는 아이들 소리를 들으면 즐겁다. 시끄럽다는 생각이 들지 않고 아이들이 사랑스럽게 느껴진다. 여자 아이의 목소리는 손녀 목소리 같고 남자 아이의 목소리는 손자의 목소리 같다. 아이들이 떼쓰고 우는 소리도 노래 소리처럼 즐겁게 들린다.

나는 초등학교 교사를 잠깐 하고서 공부를 더 하려고 했다. 그런데 그게 평생의 직업이 되어서 37년 간이나 초등학교에서 생활했다. 겸직 교사로 유치원 어린이들도 가르쳤다. 유치원의 하루 일과는 공부 주제가 통일된다. 동화 그리기, 무용 놀이, 노래 부르기 등 모든 것이 주제와 연관된다. 유치원 어린이와 지내는 생활이 즐거웠다. 그런데 아이들을 가르치다 보면 초등학교나 유치원이나 특별하게 신경 쓰이도록 교사의 말을 안 듣는 애들이 꼭 있다. 그렇게 교사의 신경을 곤두세우게 하는 어린이는 교사 생활을 힘들게 한다. 반면에 한 반에는 모범적으로 우수한 어린이도 있기 마련이어서 교사에게 큰 도움이 된다.

우리 아파트 어린이들은 나를 보면 인사를 잘 한다. 나는 그들만 보면 귀엽고 사랑스럽다. 인사 잘 하는 아이들을 보면서 이상하다는 생각을 할 때도 있었지만 서로가 무의식 관계 같은 것으로 연관된 것 같다. 사실 아이들만 보면 가슴에서 끓어오르는 사랑스러움에 세포가 생성되듯 하는 즐거움이 있다. 아이들의 떠드는 소리가 들리면 창가에 가서 삶의 정기라도 받아들일 듯 아이들을 살펴 쳐다보면서 기뻐한다. 비밀스런 감정이기도 한데 나의 결혼은 아이를 낳기 위한 것이 첫째가 아니었나 하는 생각을 해보기도 한다.

어느 날은 윗집 아파트에서 아파트를 부셔버릴 듯 쿵쾅대고 떠드는 아이들의 소리가 들려왔다. 그런데 그 떠들어대고 날뛰는 소리 가운데 아이들이 놀며 장난치고 말썽 부리며 일 내는 소리 같아서 즐거움을 느꼈다. 나는 그 떠드는 소리를 듣고 시를 지었다. 저번에는 아파트 입구에 들어서는데 서너 살 정도의 아이가 큰 소리로 울면서 아파트 입구 길을 걸어가고 있었다. 얼마나 크게 우는지 장군 목소리 같은 사내아이였다. 나는 그 아이에게 활짝 웃음을 띠우고 손을 흔들어댔다. 바라보면서 우랄랄랄랄랄 하면서 장난기를 발동하니 그 어린애는 울음을 뚝 그치고 나를 쳐다보며 웃었다. 그리고 나를 바라보면서 넋을 잃은 듯 서 있었다. 내 모습이 발광하는 광대의 모양으로 구경거리가 된 것이다.

어느 날은 새벽이 다 되도록 어른들의 떠드는 소리가 정말 신경을 날카롭게 했다. 화투를 치는지 그 시끌벅적한 소리가 새벽녘까지 계속되었다. 나는 아이들의 울음, 싸우는 소리 등 아이들 소리는 듣기 좋지만 어른들의 상식 없이 떠드는 소리는 골치가 아파 견딜 수가 없다.

나는 밤 10시가 넘으면 TV소리도 줄인다. 아파트에서 사는 만큼 밤에는 문 여닫는 소리까지 조심해야 한다. 아파트는 공중에 떠 있는 집들이다. 자연적으로 울림이 있기 마련이다. 서로 조심하면서 살아가야 할 공간이다. 소음은 가정에서나 사회에서나 있기 마련이다. 외부에서 들려오는 소음도 있지만 삶의 과정에서도 무의식 소음의 행동을 할 수 있다. 자신이 외부나 다른 사람에게 소음을 일으키지 않는가 반성도 할 필요가 있다. 소음은 정서에 지장을 주기 때문이다. 안정된 정서에 불협화음을 주기 때문이다. 그러고 보면 사는 것이란 조심하여 서로에게 소음을 일으키지 않도록 협조해야 한다. 나 혼자만의 세상이 아니기 때문이다.

4

그리워서 가는 길

　　내가 고인이 되었을 때의 뒷모습을 상상해 본다. 아름
다운 삶으로 열매를 맺고 평안한 모습이 되어 갈 곳으로
가야 한다고 생각하면서도 어쩔 수 없는 삶의 무상함이
자꾸 느껴지는 하루다. ― 「상가(喪家)에 다녀오면서」에서

그리워서 가는 길

—

재래시장의 만화경

삶에 피곤함을 느끼는 사람은 재래시장을 구경하라고 권하고 싶다. 구경하다 보면 삶의 의욕을 느낄 것이다. 번듯한 가게도 없이 길모퉁이에 앉아서 물건들을 펼쳐놓고 삶을 향해 소리치고 있다.

내가 사는 곳에서 10여분 거리를 걸어서 가면 시장이 서는 골목이 있다. 5일마다 한차례씩 장이 선다. 4자와 9자 들은 날에는 장이 펼쳐진다. 골목길 장이라 지붕도 없고 특별한 가게도 없지만 주택이 있는 곳에는 그 집 앞에서 물건들을 진열해 놓고 팔고 있다. 그 분들은 장날이 돌아올 때 마다 꼭 지키던 자리에 앉아 있다. 채소, 생선, 과일, 화초, 잡곡, 일용품, 마른 해산물, 두부, 묵, 과자 등 없는 것 빼고는 다 있는 모습이다. 어제는 장날이었다. 장터에 들러 화분 두 그루와 감자, 파프리카 등을 사들고 왔다. 조금만 사들고 온 셈이다. 물건을 들고 다니기가 힘들어서 재래시장에 갈 때는 작은 수레를 가지고 간다. 어제는 다른 볼일을 보다가 장터를 들른 것이다.

길바닥에 물건을 펼쳐놓고 파는 떠돌이 상인들을 볼 때는 그들의 삶에 대한 애잔한 심정이 된다. 어느 분은 전체의 물건을 다 팔아도 물건값이 그리 많아 보이지 않는데도 먼지 일어나는 길에서 얼굴을 그을리며 삶을 강력하게 끌고 가는 듯하다. 노점 상인들이 다 가난한 사람들이 아니다. 큰 빌딩을 가진 재산가들도 있다. 그들은 평생 장사를 해서 부를 축적했지만 그 생활에서 벗어나지 못하고 돈 벌기에 인생을 다 채우는 사람도 있다. 어찌되었든 어떤 사람들이든 재래시장에 가면 삶이 재미있어진다. 빈부귀천이 없는 세상이 재래시장이 아닌가 한다. 그렇게 값비싼 물건들이 아니면서 사람들이 살아가는데 필요한 생산품들이 많기 때문이다.

대개 먹거리들이 많다고 본다. 깊은 학문이나 수사학적인 언어도 필요 없고 별스럽게 외모를 꾸미지 않고 평안한 옷을 입고 활보하는 곳이 재래시장이다. 시골에서 가져온 채소들은 싱싱하고 또한 꾸밈새 없는 시골 사람들의 웃음과 친절은 정감을 느낀다. 나 자신, 시골 태생으로 시골의 정기가 몸에 배여서 그런지 늘 시골의 풍경과 순박한 정서가 그립다. 물질 문화에서 삶에 지치고 마음이 어두운 사람은 시골 재래시장의 만화경을 구경하라고 권하고 싶다. 그래서 낮은 자들의 자세를 관찰하면서 새로운 삶의 활력소를 얻어 보면 좋을듯 싶은 것이다. 꼭 높은 자리만이 삶의 성공이 아니며 많은 것을 소유한 자만이 행복을 누리는 것이 아님을 깨닫게 된다. 그저 살아가기 위하여 수영을 하듯 삶을 헤엄쳐가는 모습도 보기 좋아 찬사의 박수를 쳐주고 싶은 심정이 되는 것이다.

대화

친구에게서 전화가 왔다. 이런저런 이야기를 한다. 서로 안부를 궁금해 하면서 심심풀이 대화를 하는 것이다. 가슴에 고인 정을 풀어놓고 사는 게 인간 세상의 삶인 것 같다. 귀가 당나귀처럼 큰 임금님의 이발을 하는 이발사가 임금님 귀가 당나귀처럼 생겼다고 다른 사람에게 전하면 생명의 위험을 받기 때문에 꾹꾹 눌러서 참았다. 이발사는 임금님 귀가 당나귀처럼 생겼다는 것을 가슴 속에 묻어두려니 견딜 수가 없어 병이 날 지경이었다. 그래서 생각해 낸 묘책이 깊은 산에 들어가서 나무를 붙들고 외쳐보기로 생각하였다. 바람에 흔들리는 큰 나무 밑에 가서 임금님 귀는 당나귀 귀라고 외쳐댔다. 있는 힘을 다하여 소리소리 외치면서 속을 풀어갔다. 무언가 가슴에 꽉 막힌 것들을 후련하게 풀어냈으리라 생각된다. 그런데 큰 사건이 일어났다. 바람에 나무가 흔들릴 때마다 임금님 귀는 당나귀라고 외쳐댔기 때문이다. 그래서 온 나라 사람들이 임금님 귀는 당나귀 귀인 줄 알았다는 것이다.

기독교인들은 기도를 한다. 그런데 대예배가 아닐 때, 새벽예배가 끝난 뒤든지 특별기도로 산 기도를 할 때에 큰소리로 외치면서 통곡하며 기도한다든가 이상할 정도의 모습으로 기도하는 이들이 있다. 이는 인간에게는 자신의 이야기를 다 하지 못하고 신께는 숨김없이 다 고하는 모습이다. 기독교인뿐 아니라 각종 종교가 신에 의지하여 자신을 표현하는 대화의 시간을 갖는 줄 안다.

사회생활을 하면서 자신의 비밀이나 타인의 비밀을 들추어 화젯거리로 삼으면 안 된다. 전해 내려오는 교훈적인 말이 있다. 신혼의 젊은 부부가 과거의 일을 상대에게 알려서 오히려 불쾌감을 평생 가지고 지낼 내용이면 일평생 침묵으로 감추라는 어른들의 말씀이 있다. 그것은 거짓말을 하라는 것이 아니고 예의를 지키라는 뜻으로 해석하고 싶다. 자신의 과거를 고백하지 않아 마음에 걸리는 일은 결혼 전에 이루어지는 일이다. 결혼 후는 부부가 정답게 성실하게 살아갈 내용들로 대화하고 발전적 대화가 되어야 한다. 과거를 캐면서 갈등하고 상대를 괴롭게 하면 안 되는 일이다. 오히려 가정 파탄을 이룰 수 있으니 조심하면서 생활할 필요가 있다. 그러므로 대화를 하고서 즐겁고 상쾌한 내용으로 삶의 활력소가 되는 결과를 가져오는 것이 값어치 있는 대화라 생각하고 싶다. 대화 중 다른 사람의 없는 흉을 만들어낸다든가 해로움을 줄 수 있는 대화는 하지 말아야겠다.

나는 요즈음 많은 갈등을 하고 있다. 연속극을 볼 때 시대상황의 대부분이 모략중상하여 자신의 유익을 가져오려는 그런 내용들이 많기 때문이다. 연속극이나 소설이 그렇게 꼭 모략중상, 그리고 거짓말로 포장되어야 흥미와 가치가 있는 것일까 생각되는 것이다. 대중매체인 TV가 사람들에게 큰 영향을 미칠 것인데 저래도 될까 하고 생각한다. 내 자신이 무언가 시대상황을 잘 이해하지 못해서 그런지는 모르지만 인생이란 서로 아끼고 사랑하고 도와주고 살아도 짧은데 왜 다들 그렇게 안달을 하면서 다른 사람의 불행을 원하는 것일까? 고민스러워진다. 사람들의 심리가 점점 스릴을 좋아하고 웬만한 사건은 관심이 없으며 아슬아슬한 곡예적 상태에 관심을 가진다는 생각이 든다.

소설을 써보겠다고 노력하는데 거짓말하고 모략중상하는 그런 상황들의 갈등이 꼭 필요한 것인가, 상당한 거부감과 부담감으로 난감한 심정이 된 것이다. 내가 소설을 쓴다면 어쩔 수 없이 불행한 상황이라도 서로 아끼고 도와주어 삶의 고비에서 끈질기게 맞서 승리하면서 살아가는 모습을 쓰고 싶다. 참으로 재미가 없는 발상인가 하고 자문하다 보면 소설 쓰기가 실천이 잘 안 된다.

어느 선배 교사가 있었다. 그분은 외모도 단아했고 생활에서도 허튼 소리 한번 하지 않는 분이었다. 그분과 대화를 할 때면 자신의 이야기를 하지 않고 상대의 이야기를 듣기만 하였다. 그런 대화는 별 재미가 없다. 그래도 맞장구를 치면서 자신의 망가지는 모습을 보여야 재미를 느껴 대화를 이어갈 텐데 그 선배는 절대 대화 속에서 긴장의 끈을 놓지 않았다. 그런데 얼마 뒤에 전해 들은 소식은 그분이 언어장애 치매를 앓게 돼 말을 하지 못하게 되었다는 것이다. 건강만 받쳐주었으면 참으로 다복하신 분이셨다. 그런데 몹쓸 병에 걸려서 오래 앓다가 돌아가셨다. 남의 일이라 세월의 계산이 정확한지는 모르지만 십여 년을 훨씬 넘게 불행하게 살다 가셨으니 참으로 안타까운 일이다.

사람은 대화할 상대가 없으면 외롭게 살아가는 것이다. 그래서 사람들은 대화의 상대로 친구를 찾고 신앙을 갖고 예술을 지향하는 것이다. 인간적으로 친구와 대화하면 부담감이 없고 되는 대로 망가져서 수다 떨기 마련이다. 그런데 친구라고 다 이렇게 망가져 수다를 떨 수는 없다. 한참 수다스럽게 말하다 보면 무슨 말을 했는지도 모르는데 꼭 말의 씨앗을 붙들고 전파하는 사람이 있다. 그런 사람 앞에서는 상당히 말을 가려서 하게 된다. 그러니까 말의 씨앗을 전파하여 불쾌감을 줄 수 있는 친구한테는 정답게 대화하면서 회포를 푸는 일은 못하게 된다. 나에게는 함께 망가지면서 대화하는 친구들이 있다. 체면도 없고 감출 것도 없고 되는 대로 이야기하다가 무슨 말을 했는지도 잊어버리며 대화를 할 수 있는 친구가 있다. 그 친구들이 건강하고 가정에도 좋은 일만 있어서 근심 없이 지내기를 바란다. 친구에게 근심거리가 있으면 나 자신도 재미없는 삶을 살 수밖에 없기 때문이다.

대화는 집안사람과의 대화도 정답고 진실해야 하지만 어느 상황이든 주위 사람과도 진실한 맛이 나는 대화를 해야 할 것이다. 거짓의 대화는 진실하지 못하다. 통치자가 국민과의 대화도 진실해야 할 것이고 나라와 나라 사이 외교도 진실된 대화로 이루어져야 할 것이다. 진실한 대화는 그 대화하는 인격 자체가 진실해야 제대로 이루어진다고 생각한다.

엉엉 울면서 한 기도

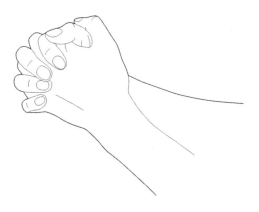

1960년대는 미국의 흑인들 인권이 비참했다. 나는 인권 지도자 킹 목사 이야기를 읽으면서 엉엉 울며 기도했다. 흑인들은 피부색이 검게 태어난 이유로 사람대접을 받지 못하는 삶을 살아갔다. 미국 사회는 그 무렵 흑인 학생은 받지 않는 학교가 많았다. 흑인은 백인이 출입하는 식당에 발만 들여도 매를 맞고 쫓겨나는 신세였다. 그 시절 흑인들은 눈 망울에 늘 슬픔을 담고 살아가야 했다.

흑인인 마틴 루터 킹 목사는 시민운동가로 보스턴대학교 대학원을 졸업한 철학박사였다. 진정한 인권의 자유를 외치면서 12년 동안 흑인의 리더가 된 사람으로 39세에 살해당했다. 마틴 루터 킹 목사는 짓밟히고 심지어는 죽임까지 당하면서 사람대접을 받지 못하는 밑바닥인생의 흑인들을 위하여 늘 연설하고 기도하였다.

"용서는 얻어맞은 사람만이 할 수 있는 행동입니다. 피해를 당한 사람은 화해의 주도권을 가지고 있습니다. 보복을 할지, 용서를 해줄지는 가해자의 권리가 아니라 피해자의 권리입니다. 우리가 싸우는 대상은 가해자가 아닙니다. 그 마음속에 있는 불신과 의심입니다. 그리고 우리는 용서를 통해서만 이 싸움을 끝낼 수 있습니다. 용서를 통해 가해자와 피해자 모두에게 진정한 자유를 주자는 것입니다."

짓밟히고도 마음이 폭력적이 않고 평화의 화해와 용서를 역설하는 그의 인격에 감동되었다. 그는 비폭력을 주장하며 수만 군중을 이끌었다. 그의 연설문은 많은 사람을 감동시켰고 학생이나 대중은 그를 따랐다. 낮고 힘없는 자가 강하고 힘센 자를 용서하면서 목표로 하는 자유와 평등을 이루어내자는 그의 말이 큰 울림을 준 것이었다.

나에게는 꿈이 있습니다.
언젠가 이 나라가 일어나 '우리는 만인이 평등하게 창조되었음을 확신한다'는 믿음의 참된 뜻대로 살아가는 꿈입니다.

나에게는 꿈이 있습니다.

언젠가 조지아의 붉은 언덕 위에 노예의 아들들과 주인의 아들들이 형제애의 식탁에 함께 앉아 있는 꿈입니다.

나에게는 꿈이 있습니다.

언젠가 부정과 억압의 열기에 허덕이는 황폐한 땅인 미시시피가 자유와 정의의 오아시스로 변화되리라는 꿈입니다.

나에게는 꿈이 있습니다.

언젠가 아이들이 피부색깔이 아니라 그들의 개성으로 평가받는 나라에 살 것이라는 꿈입니다.

나에게는 꿈이 있습니다.

모든 계곡에 기쁨이 넘쳐나고, 모든 언덕과 산이 낮아지고, 황무지가 하느님의 영광이 드러나는, 그리고 모든 사람들이 함께 이것을 목도하는 꿈입니다.

미국의 16대 대통령 에이브러햄 링컨은 흑인을 노예에서 해방시킨 역사에 길이 남는 대통령이다. 미국의 북쪽에 사는 사람들은 노예를 해방시켜 줄 것을 주장했고 남쪽의 사람들은 흑인들을 노예로 부리기를 원하였다. 결국 남북전쟁이 일어났고 링컨 대통령이 남북전쟁에서 북부의 승리를 이끌어 미국의 노예제를 폐지하는 업적을 이룩했다.

링컨 대통령이 흑인 노예제도를 철폐했다고 하지만 미국사회는 흑인들을 자유인으로 인정하지 않고 흑인들과는 삶을 공유하려 들지 않았다. 흑인들의 생활은 참으로 인종차별의 극치를 당하면서 삶의 자유를 누릴 수 없는 인간대접을 받지 못하고 살아갔다. 이에 마틴 루터 킹 목사는 생명의 위협을 느끼면서도 일어서서 민중을 이끌었다.

존슨 대통령은 킹 목사의 장례식이 있던 4월 9일 화요일을 국가적 추모일로 정했다. 학교와 관공서가 문을 닫았고 모든 관공서에서는 조기가 걸렸다. 그리고 두 마리 노새가 끄는 낡은 짐마차에 실려 애틀랜타 거리를 지나가는 킹 목사의 주검뒤를 수십만의 애도 인파가 따라갔다. 그들의 입에서 자유의 노래가 울려퍼졌다. 과거에 한 번도 만난 적이 없는 사람들, 앞으로도 전혀 만날 일이 없는 사람들이 서로 손에 손을 붙들고 있었다. 미국이 탄생한 이후로 이처럼 비통한 순간이 있었을까?

킹 목사의 사망 이후 일주일이 채 지나지 않아 의회는 민권법을 통과시켰고, 존슨 대통령은 즉각 법안에 서명했다.

"마틴 루터 킹은 이 법을 만들기 위해 생명을 바쳤습니다."

해리폰테와 스텐리 르비슨은 이런 글을 남겼다.

'마틴 루터 킹은 대중을 위해 투신한지 불과 12년 만에, 지난 100년 동안 이룬 것보다 더 높은 수준으로 흑인의 지위를 향상시켰다'

킹 목사의 외침은 지금도 많은 사람들의 심장을 뛰게 한다. 인류의 진보란 필연의 수레바퀴 위에서 저절로 굴러가는 것이 아니다. 헌신적인 개인들의 쉼 없는 노력과 행동이 있을 때 비로소 가능한 것이다.

상가(喪家)에 다녀오면서

　86세 되신 분이 이 세상의 삶을 떠나 하늘나라로 갔다. 기차를 타고 서천까지 가서 상주들에게 만감이 깃들인 인사를 드렸다. 지금은 기차를 타고 오면서 집으로 향한다. 나는 고인의 삶을 자세히 알지 못한다. 다만 오래 전부터 우리 집 그분과 고인 아들의 인연으로 알고 지내온 사이였다. 첫 인상이 쾌활하신 성격으로 느껴졌다. 그분에 대한 이야기는 주위 사람들한테서 들어온 내용이 전부다. 고인은 6.25전쟁으로 전 국토가 초토화된 때 남편을 여읜 것으로 알고 있다. 시골에서 사는 것도 넉넉하지 못하여 고생을 한 것 같다. 1남 1녀로, 아들은 신학을 하여 목사가 되었고 딸은 중등학교에 다니지 못한 것으로 알고 있다.

고인의 아들은 목사로 성공하였고 자녀도 삼남매가 있다. 고인의 손자는 공부를 잘하여 S대를 졸업하고 미국의 유학까지 가서 박사학위까지 받았고 현재는 S대 교수다. 손부도 국내에서 박사학위를 받았고 대학 강단에 선다. 두 딸들도 결혼을 잘하고 잘 지내는 것으로 안다.

고인은 한동안 서울의 딸네에서 살았다. 딸이 시집갈 때는 서로 많이 배우지도 못하고 가난한 사람끼리 만났다고 했다. 둘은 열심히 장사를 하였다. 또 집을 사고팔고 하는 중에 돈이 쌓여서 원룸을 삼십여 채 장만했다. 현재는 많은 수입이 들어오고 노후 대책이 되었다고 고인은 딸네 자랑을 종종 전화로 했다. 이제는 외손자 형제가 대학생이 되어 외할머니의 손길이 별로 필요하지 않은지 아들네 집으로 왔다.

아들네로 와서는 전화가 걸려오지 않았다. 한 삼년 된 것 같다. 며느리하고 사는 것이 불편한 게 아닐까도 생각했다. 한번 찾아뵈어 용돈이라도 드리고 맛있는 것도 사드려야겠다고 생각하고 있었다. 금년 여름방학 때는 꼭 찾아뵈어야겠다고 스스로 다짐했다. 그런데 하늘나라로 가셨다고 하니 순간적으로 깜짝 놀랐다. 한편 생각하면 늙어서 특별히 할 일과 의무가 없는 몸으로 잘 돌아가셨지 하고 생각한다. 사람은 이 세상에서 영원히 살지 못한다. 이 세상에 사는 것은 할 일이 많은 사람들이 사는 세상인 것 같다. 별 할 일이 없고 고통스런 질병에 허덕이는 노인들은 빨리 세상을 떠나는 것도 복되다 생각된다. 고인은 잠깐 병원

출입을 하였고 그렇게 오래 앓지 않고 떠나셨으니 자손들에게도 다행스런 일이다. 날씨도 따뜻하고 꽃도 피고 지고 신록이 푸르른 오월의 계절에 가셨으니 복되다 할 수 있다.

나는 죽음이란 단어를 많이 생각한다. 밤에 잠자리에 들어갈 때는 꼭 죽음이란 글자가 떠오른다. 내가 다시 내일을 살 것인가 하고 생각한다. 나는 이십대에서부터 꼭 죽음이란 글자에 자유롭지 못하다. 내가 죽은 뒤 나의 삶이 깨끗해야 한다고 생각한다. 그래서 잠자리에 들어갈 때는 대개 정리를 하는 편이다. 물건들도 둘 자리에 정리하고 설거지도 특별한 경우가 아니면 깨끗이 뒤처리를 해야 마음이 평안해서 잠을 이룰 수 있다.

사람들과의 관계도 늘 정리를 한다. 물론 물질 관계도 깨끗한 생활을 한다. 누구한테 물질로 아쉬운 소리를 하지 아니하려고 내 형편대로 살아가는 편이다. 내 생활은 세상의 호화스런 명품이니 그런 것들을 잘 모른다. 내 방식대로 단정하게만 깨끗한 생활로 이끌려고 한다. 외출복은 자주 세탁하면 옷감이 상하기 때문에 될 수 있는 한 단정하게 옷을 입으려고 하지만 집에서는 자유스런 옷이 좋아서 조금만 입어도 추한 것 같아 세탁기에 돌려댄다.

몸과 마음 생활을 늘 정리하는 편이다. 잠자리에서 일어나 새날을 맞이할 때마다 다시 살았구나 생각한다. 삶의 시간은 한정되었기 때문에 하루의 시간이 얼마나 중요한 것인가를 생각하면서 늘 시간과의 전쟁이라고 표현하고 싶다. 나에게 맡겨진 귀한 시간의 인생을 가치 있는 삶으로 이끌려고 한다.

이제는 할머니 소리를 들으면서 살다 보니 시간의 더욱 절박함을 느낀다. 대개 잠자리 시간이 12시가 넘어가는데 새벽 3시경에 깰 때가 있다. 나는 다시 잠자리에 들어서 잠을 청하는 시간이 낭비인 것 같아 일어나 찬송을 하고 성경을 읽고 기도를 하면 2시간 이상의 시간을 보낸다. 참 바쁘게 살아가는 인생이라고 생각하고 싶다. 내가 택한 삶은 이렇게 바쁘다.

고인은 교회에 다니면서 늘 기도하면서 생활한 권사님이다. 학벌도 없고 재산도 없고 그리고 남편도 없이 험한 세상을 열심히 생활하신 모습이 아닌가 생각한다. 두 남매를 위하여 열심히 사셨을 것이다. 그분의 삶의 목표가 오직 자손들이 잘 되기를 기원하였을 것이다. 나 역시 자손이 있어 늘 자손들이 잘 되기를 기원하면서 산다.

내 개인의 문제도 이 세상에 온 이상 무언가 내 이름 자가 아름다웠으면 하고 생각하면서 산다. 그래서 내 생활이 이렇게 바쁘게 살아가고 있다고 생각한다. 물론 무상한 삶이지만 자신의 이름을 아름답게 하기 위하여 노력하는 삶도 중요하다고 생각한다. 내가 고인이 되었을 때의 뒷모습을 상상해 본다. 아름다운 삶으로 열매를 맺고 평안한 모습이 되어 갈 곳으로 가야 한다고 생각하면서도 어쩔 수 없는 삶의 무상함이 자꾸 느껴지는 하루다.

생각의 차이에서

TV를 켜니 코미디 프로가 나왔다. 둥글넓적하고 작달막한 모습의 청년이 두 손바닥으로 이마를 치면서 왔다갔다하는데 군중의 웃음은 가득하였다. 나는 그 청년의 모습이 그렇게 웃기지 아니하는데 웃어대는 젊은이들은 나와 감각이 달라서 저렇게 웃음이 나오나 보다 하고 생각하였다.

둘째아들네를 갔다. 시골에 사는 나는 서울 사는 자녀들의 집을 방문하려면 큰 외출이 되는 것이다. 모처럼 어머니의 방문에 아들네는 축제 분위기처럼 반가워하면서 기쁨을 선물하려고 애쓴다. 아장아장 걷는 손녀가 음악의 리듬에 맞추어 양손으로 이마를 치면서 왔다갔다한다.

"어머니 저게요. 코미디언 프로에 나오는 이맛전 치는 거예요."

아! 나의 감격은 갑자기 넘쳐졌다. 자나깨나 예쁜 생각에 하늘을 우러러 봐도 땅을 밟아봐도 잠자리에 들려 해도 손녀의 귀여운 모습으로 마음은 넘쳐 있었다. 그 샘물 솟는 기쁨의 활력소를 안겨주던 우리 손녀가 코미디언 흉내를 낸다고 이마를 치는 모습이 얼마나 예쁘고 사랑스러운지 형언할 수 없는 감격으로 채워진 것이다. 손녀에 대한 생각은 세상의 즐거움에서 극치라고 표현하고 싶다.

"아니, 우리 아기가 코미디 흉내를 내고 있어"

기뻐하는 어머니의 모습에 아들 며느리는 으쓱 자랑스러워하고 손녀의 재롱은 더욱 돋우어져 행복이 꽃처럼 피어나는 분위기였다.

그 뒤 나는 손바닥으로 이마를 치는 그 코미디언의 모습을 시청하면서 웃음을 공유할 수 있었다. 생각의 차이로 무심했던 그 코미디언의 모습이 새롭게 동감되었다. 그 감정은 사랑스런 손녀의 모습이 겹쳐지면서 손녀를 중심하여 물론 표현되는 글과 시가 흘러나오지 않을 수 없었다. 생각의 방향이 새롭게 된 나의 감정은 코미디 프로를 보고 웃어대는 젊은이들과 웃음 문이 열려 있었다. 사람 사는 모습이란 그 생각의 차이로 스스로의 환경을 가져오는 것이었다. 아장대면서 이마 쪽으로 손이 왔다갔다하던 손녀 모습을 생각하면 그 코미디언 연기자는 웃음보따리를 선물하는 명연기자였던 것이다.

망치고개

부여군의 면소재지에서 살던 어린 시절의 회상이다. 망치고개는 어린 시절 듣던 고개의 이름이다. 그 고개는 두렵고 무서운 장소였다. 우리 고장의 면소재지에는 5일장이 있기는 했지만 큰장을 이용할 때는 이웃한 강경으로 가야 했다. 강경은 부여에서 30리 길이었다. 그 시절의 농촌에서 큰 돈을 만들기 위해서는 소를 키워 장에 내다 파는 방법이 전부였다. 그때는 강경까지 걸어서 다녔다. 버스나 승용차 같은 교통수단은 거의 찾아볼 수 없었고 기껏 편리한 교통수단은 자전거 정도였다. 마을의 어느 분이 소를 강경 장에 팔고서 망치고개를 넘어오는 길이었다. 조그만 야산에 소나무가 울창하게 우거진 외진 고개를 넘어오는 길에 강도를 만나 소 판 돈을 고스란히 빼앗기고 말았다. 그때부터 사람들은 그 고개를 망치고개라고 불렀다. 아마도 6.25 전후의 이야기 같은데 나는 어린 시절 어른들에게 이야기로 전해 들었다. 그 이후 사람들은 그 고개를 혼자 넘어가는 것을 두려워했다고 한다.

산천이 몇 번 변한 옛날의 이야기로 오늘 문득 그 망치고개가 생각난다. 망치로 얻어맞은 사람은 죽었는지 살았는지 기억이 나지 않지만 그 시절이나 오늘날이나 자신의 것이 아닌데 남의 것을 빼앗기 위하여 상대를 해치는 무섭고 두려운 사람들이 있는 것이다. 너무 두렵고 무서워서 소름이 끼치는 일이다.

명심보감에는 사람은 태어나면서 자신의 먹고 살 것은 저절로 보장되어 있다고 적혀 있다. 또한 성경에도 한 생명이 세상에 태어남을 찬사해주는 말씀이 있다. 사람의 한 생명은 천하보다도 귀하다고 하였다. 사람의 생명은 그 사람이 살아갈 수 있는 물질은 저절로 보장해 줌을 예시해 주고 있다.

"그러므로 너희에게 이르노니 목숨을 위하여 무엇을 먹을까 염려하지 말라. 목숨이 음식보다 중하지 아니하며 몸이 의복보다 중하지 아니하냐. 공중의 새를 보라. 심지도 않고 거두지도 않고 창고에 모아들이지도 아니하되 너희 하늘 아버지께서 기르시나니 너희는 이것들보다 귀하지 아니하냐. 너희 중에 누가 염려함으로 그 키를 한 자라도 더할 수 있겠느냐. 또 너희가 어찌 의복을 위하여 염려하느냐. 들의 백합화가 어떻게 자라는가 생각해 보라. 수고도 아니하고 길쌈도 아니하느니라"

위의 성경말씀은 게으르게 살아가라는 내용은 아닌 것이다. 먹고 사는 문제를 가지고 염려하지 말라는 것이다. 자연 법칙대로 순수하게 살아가라는 뜻이다. 사람은 이 세상을 살아갈 때 놀면서 먹고 살게는 안 된다는 것이다. 하나님은 아담과 하와를 에덴동산에서 쫓아내시면서 사람으로 하여금 땅을 갈게 한 것이다. 이때 땅을 간다는 뜻은 수고와 노력을 하면서 이 세상을 살아간다는 하나의 원칙인 셈이다.

수고하지 않고 남의 것을 쟁취하여 살아갈 수 없게 하는 법은 엄격함의 자연법칙으로 이루어진 것이다. 다른 이를 해치고 또한 모함하여 순간적으로 이득이 생겼다 하여도 반드시 몇 배의 심판을 받게 되어 있는 것이다. 이 자연법은 악을 저지르는 자는 멸망으로 이루어짐을 알려주고 있다. 땅을 가는 자세는 정신노동과 육체노동으로 생각할 수 있는데 삶의 필수 조건은 어떤 부류의 노동이든지 노동을 해야 세상을 살아갈 수 있다는 것이다. 그리고 그 노동의 대가로 보상을 받아 일용할 양식을 얻는 것이다. 그러므로 망치고개에서 일어난 사건들은 일어나서는 안 되는 일이며 그 어두운 사건을 만든 주인공은 반드시 심판을 받아 어두운 감옥에서 살게 되어 있다. 세상은 낮과 밤이 있어 밝음과 어두움이 있기 마련인데 삶의 자세가 악하고 어두우면 그 역시 어두운 곳에서 비참하게 살아갈 수밖에 없는 자연법칙이 있음을 알아야 한다.

현시대에서는 악한 자가 오히려 더 잘 된다는 말을 하는 사람도 있다. 그러나 죄의 값은 사망에 이르게 되는 것이다. 악한 자가 망치로 사람을 쳐서 갈취한 수입으로 임시는 풍요로울 수 있으나 그것은 잠시의 사건이 되고 반드시 죗값은 치르게 되어 있는 것이다.

죄라 함은 엄청난 큰 죄도 있고 조그만 경고도 있다. 도덕과 선의 잣대는 시대적으로 변천될 수 있고 국가적 규범형태의 사회적 관념도 있다. 그러나 인간 세상에서 가장 큰 죄는 사람의 생명을 해치는 일이다. 다른 사람의 생명도 있고 자신의 생명도 있다. 어떤 이는 자신의 생명은 자신의 마음대로 해치고 끊어버려도 되는 줄 알고 큰 죄를 짓는 사람이 있다. 내 생명도 내가 함부로 할 수 있는 것은 아니다. 내 생명은 큰 범위에서는 창조주가 계시고 인간적으로는 부모님의 혈통을 받고 태어난 몸이 되는 것이다.

세상에 태어난 생명은 살아갈 수 있게 되어 있다. 하늘이 있고 땅이 있고 자연이 있다. 하늘은 내 마음대로 바라볼 수 있다. 땅은 내 땅이 아니더라도 땅 위의 길을 갈 수 있다. 숲속에 새소리는 내가 들으면 들을 수 있다. 숲속에서 자연의 열매도 따먹을 수 있다. 삶의 고통이 와도 살면 살아간다. 망치고개의 그 강도가 남의 것을 빼앗으려고 망치를 들지 아니해도 살아가게 되어 있다. 그 사는 방법은 지혜의 삶이다. 그리고 자신의 노동력을 총동원하여 노력하다 보면 더욱 평화로운 길도 열려지게 되어 있다. 그것이 인간의 지혜로운 삶이며 노력하며 살아가는 방법이다.

잘난 자도 못난 자도 창조주의 눈에 좋은 평가를 받고 살아가야 한다. 창조주는 잘난 자와 못난 자로 나누지 아니하고 삶의 본성과 기준이 창조주의 평가 방법에 맞는가를 살핀다. 그 기준과 방법은 영원한 미래가 있는 삶, 전진해 가는 지혜로운 도전의 삶에 있다.

그리워서 가는 길

여행의 계절 10월이다. 9일에 아산 문인 일행이 여행을 떠나기로 했다. 형편상 다 함께 갈 수 있는 공휴일을 택한 것이다. 그리워서 택한 여행지는 김영랑 생가, 다산초당, 진도 울돌목과 그 일원이다. 오전 7시 아산시청 앞 출발.

설레는 기대를 안고 버스에 올라 축제의 기분으로 여행을 시작했다. 우리나라의 도로는 어디를 가나 잘 포장되어 정리가 깨끗하게 되어 있다. 차창 밖으로 보이는 푸른 산들과 들판은 풍요롭고 정겹다. 시골 풍경도 고요하고 정결한 모습이었다.

전라남도 강진군 강진읍 김영랑 생가에 들렀다. 김영랑 시인의 삶의 흔적을 관찰하며 그분의 시비에 있는 시도 감상하고 생가의 둘레를 탐방하였다. 그분의 멋진 동상 옆에서 사진을 찍었는데 동상이지만 김영랑 시인의 모습은 남자다운 늠름함이 느껴졌다.

한식 뷔페에서 점심식사를 마친 후 조선시대 후기 실학을 집대성한 대학자 정약용 선생이 유배생활을 했던 곳을 찾아갔다. 1801년 강진에 유배되어 18여년 동안 생활을 하시는 동안 『목민심서』, 『경세유포』 등 600여권의 방대한 책을 저술하면서 조선시대의 성리학의 공리공론적이며 관념론적인 학풍을 실용적인 과학사상으로 전환해 실사구시의 실학을 집대성한 곳이다.

다산박물관에서 하얀 옷, 하얀 모자, 하얀 신발을 신은 학자들의 광경을 감명 깊게 감상했다. 박물관 안에도 모두가 하얀 일색을 이룬 광경은 특이하다고 생각되었다. 전남 강진만 바다가 내려다보이는 곳에 자리잡고 있는 다산초당. 다산은 이곳에 머무르면서 수많은 저술들을 남겼다.

다산초당 산길을 올라가는 길은 참으로 힘든 산행이었다. 올라가는 길, 돌이 많아 도움 주시는 분들의 힘을 빌려 초당까지 올라갈 수 있었고 또 내려올 수 있었다. 많은 도움으로 힘을 내어 다산초당에 도착하여 그분의 흔적을 감상한 일은 잊을 수 없을 듯하다. 다산 정약용 선생께서는 유배생활을 하면서 어떻게 600여권의 책을 저술할 수 있었는지 또 수많은 어려움에도 후학을 양성하시는 덕성과 능력을 겸비하였는지 감탄사가 절로 나온다.

전남 해남군 화원반도와 진도 사이에 있는 명량해협은 울돌목이라고 하는데 임진왜란 때 이순신 장군이 왜적을 크게 쳐부순 곳이라고 한다. 왜적의 배 133척, 이순신 장군은 13척의 배로 명량해협에서 맞붙었다. 전투에서 일본 배는 거의 수장되고 이순신 장군의 배는 한 척도 상하지 않았으니 이순신 장군의 전술은 가히 놀라운 힘이다. 울돌목에서 돌돌돌거리며 물속으로 파고드는 소용돌이가 우리나라를 지켰다. 세상에 쓸모없는 것은 없다는 생각이 든다. 그 물살의 기교를 이순신 장군은 잘 이용했던 것이다.

진도대교를 건너 진도에 도착하여 전망대 건물에서 명량해협의 바다를 구경하면서 감탄사를 자아내며 사진을 찍었다. 진도하면 진돗개가 유명하다 생각했고 여인들은 모피코트를 살 때 진도 모피를 선호하는데 그 이유는 사실 자세하게 모르겠다. 나는 그저 전망대에서 진도의 지형과 도시의 모습을 천천히 살펴보았다.

저녁 식사는 김치찌개와 청국장찌개가 나왔는데 나는 절인 깻잎 하나로 식사를 하였다. 귀가하는 차의 분위기는 참으로 즐거웠다. 모두들 노래 실력도 대단하고 말씀들도 재미있어 여행의 풍요로움이 느껴졌다. 대중가요를 잘 모르는 나는 노래방 기계 앞에서도 어설펐지만 어찌되었던 노래도 한 곡 끝까지 불렀다. 그리워서 찾은 유적지, 먼 옛날 시인도 학자도 장군도 모두가 고인 되셔서 그리움만 남겨 두고 뵙지를 못했지만 그분들의 자취를 찾아서 그리운 그분들의 여러 발자취를 느낄 수 있었던 여행은 낭만의 추억이요 향수였다. 다음의 문학기행이 기다려진다.

삶의 습관

집에서 샤워하고서 벗은 채로 그냥 나온다. 하기야 안방에 딸린 화장실이니 나를 지켜보는 눈동자는 없다. 집안 전체가 고요할 뿐 누구의 눈동자도 없다. 요새는 날씨가 덥다 보니 화장을 하고 외출할 일이 있으면 알몸으로 긴장을 풀고 있다가 옷을 걸치고 화장을 할 때가 있다.

TV 화면에서 본 장면인데 지금 시대에도 정글 속에는 문명의 혜택을 받지 못하고 벗은 채로 살아가는 원주민들이 있다. 남자들은 팬티 같은 것도 입지 않고 겨우 생식기만 가리고 지낸다. 여자들도 유방조차도 완전 노출하고 생식기만 풀잎 등으로 치마를 만들어서 가린다. 먹이도 징그러운 날것들을 먹고 살아간다. 그들 나름대로의 방식이 있으니 더 할 말은 없다. 문화 혜택을 받으면서 호화찬란하게 살아가는 자들이 있는 반면 지금도 원시생활을 하는 자들의 인생살이가 있으니 어찌하면 좋을지 모르겠다.

더위에 알몸으로 실내에서 몇 분 동안 만이라도 지내다 보면 몸이 가볍고 괜찮다. 땀나고 찐득한 더위에는 멋을 내는 옷보다는 실용적인 옷이 낫다. 나는 무척 게으른 사람인지라 고가의 옷이 땀에 젖으면 곤란할 것 같아서 백화점에서 투자하여 옷을 구입하여 놓고서도 몇 해고 한 번도 입지 않은 옷들이 꽤 있다. 세탁 문제가 있어서 부담스럽기도 하다. 그 옷들을 입고 싶지 않아 장농 속에서만 패션쇼를 하는 셈이다.

우리나라에서도 해수욕장에서는 부분적인 가림새만 한 수영복을 입고 활동한다. 그런데 덥다고 수영복을 입고 거리를 활보할 수는 없는 것이다. 어느 나라든지 그 나라의 삶의 습관대로 문화 수준이 발전해온 것이다. 한동안 땀을 흘리거나 더위에 곤란해 본 적 없이 여름에도 긴 소매옷을 입어야 몸이 보호되는 것 같은 생활을 하였다. 그런데 금년에는 몸에 땀이 나는 것을 느낀다. 늘 습관적으로 사시사철 면 메리야스를 아래위로 입는다. 외출하여 돌아다니다 보면 땀이 나서 속옷이 젖는 느낌일 때가 잦아졌다. 물론 매일 속옷을 벗어놔야 한다.

내 친구 하나는 속옷을 입지 않고 겉옷만 입고 매일 겉옷을 세탁한다고 했다. 그런데 나는 겉옷을 자꾸 세탁하면 품질이 변하지 않을까 염려돼 속옷을 대신하여 모든 몸의 노폐물을 받아내도록 한다.

삶이란 각자의 생활 습관대로 살지만 그 습관도 사회 문화에 합당해야 할 줄 안다. 우리 집은 문을 열어놓으면 무척 시원하다. 사람들이 오면 선풍기 바람이 아니어도 자연 바람이 무척 시원하다고 한다. 그러나 손자손녀들이 오면 선풍기, 에어컨을 틀어놔야 한다. 에어컨 바람에 살던 아이들은 춥고 더운 것을 참아내기에 불편스럽고 조금만 더워도 펄펄 뛴다. 그것이 요즈음의 아이들 습관이다. 자손들의 생리에 맞출 수밖에 없어 선풍기와 에어컨 바람이 필요한 것 같다. 금년은 얼마나 더운지 누가 없으면 속옷바람으로 지내는 생활에 길들여진다. 이래서는 안 되는데 하면서도 속옷차림이 될 때가 있다. 에어컨 바람, 선풍기 바람도 싫어하니 더위를 느낄 때 속옷만 입고 지탱할 때가 있다.

나에게는 반성하면서 고칠 습관도 많다. 나는 늦게 자고 늦게 일어나는 습관이 있다. 저녁에 9시 경에 자고 5시 경 정도에 일어나 아침시간을 보내는 것이 생활에 좋다고 권고하는 친구가 자신은 그렇게 실천하고 있다고 말했다. 나도 그런 생활을 실천해 보려고 하였으나 나의 생활과는 잘 맞지 않았다. 또한 운동을 싫어하는 습관이 있다. 스포츠는 방송조차 보기 싫어한다. 지금은 몸짱을 만들고 S라인 만들기 위해 별별 노력을 다하는 시대이다. 그런데도 나는 다른 사람이나 할 테면 하라고 하며 시대적 요구를 외면한다. 집안일을 조금하다 보면 피곤해져 운동을 찾을 겨를도 없다.

피곤하다고, 시간이 없다고 하는 것들은 전부 변명이 아닌가 하고 생각해 본다. 아마도 길들여온 생활 습관 탓이라 생각된다. 운동에 취미가 없는 습관을 어떻게 하면 운동에 취미를 붙이는 습관이 될지 노력을 해보려고 한다. 또한 피부 가꾸기에 노력을 하지 않는 습관도 있다. 그러고 보니 전체적으로 몸 가꾸기에 소홀한 편이다. 좀 덜 노쇠하기 위하여 가꾸면 좋으련만, 생활하다 보면 피곤해서 얼굴에 팩이니 마사지니 하는 그런 것들을 실천하지 않는다.

금년 여름은 무척 더웠다. 선풍기로도 더위를 이기는 것이 해결이 안 되어 에어컨 바람을 필요로 하게 되었다. 어떻든 더불어 사는 세상에서 나만의 습관을 주장할 것이 아니라 더불어 사는 세상임을 인식하여 맞추어 사는 습관도 중요하다 생각된다.

기인

    나는 나무 위에서 식물을 괴롭히는 송충이 같은 벌레들을 보면 징그러움으로 섬뜩하여 두려워한다. 또 땅속에 숨어서 활동하는 많은 혐오스러운 생명체들도 섬뜩하고 두려운 존재들이다. 땅 위에 기어다니며 소름을 돋게 하는 뱀도 혐오스러운 존재다. 밥상을 탐내며 날아다니는 파리를 보면 더러움으로 비위를 상하게 된다. 음식에 앉아 있으면 그 음식은 먹을 수가 없다. 또한 음지에서 활동하는 바퀴벌레 같은 괴로움을 주는 증오스런 생명체들이 얼마나 많은가 생각된다.

가끔 TV 화면에는 기인들의 생활상을 보여준다. 특별하게 연구소에서 연구원 생활을 하는 자도 아니고 평범한 사람이 그 징그러운 뱀을 취미로 사육하는 등 이상한 생명체들을 돌본다. 가족은 싫어하는데 고집을 부리고 기이한 생활을 행동으로 실천하는 장면이었다. 별난 자들이다.

어떤 사람은 날 것으로 혐오스런 생명체들을 잡아먹으면서 보약이라고 생각하고 있었다. 굼벵이, 지네, 심지어는 바퀴벌레도 잡아먹는다 했다. 그것들을 익혀서 약으로 먹는 자들에게는 할 말이 없다. 어떤 기인은 땅에서 잡은 것을 순간적인 찰나에 직접 입에 넣어버린다. 그 모습이 너무 징그럽고 혐오스러워서 아이구! 아이구! 저절로 비감의 신음 소리를 뱉어버렸다. 사연인즉 어린 시절 산속에 살면서 너무 배가 고파 벌레들을 잡아먹어보니 괜찮았단다. 자신의 어머니와 지네 등을 잡아먹으면서 살았다고 한다. 다행히 독이 있는 지네 등은 독을 삼키면 안 된다고 독을 제거하는 모습을 보여주었다. 기가 막히고 딱한 이야기다.

기인이란 뜻은 성격이나 행동 따위가 보통 사람과 달리 유별난 사람이라 하였다. 기인으로 남다르게 재주가 많아 인류에 공헌한 사람들도 많이 있다. 대단한 사람들이며 평범한 사람들은 그들의 혜택을 받으며 살고 있으니 고마운 이들이다. 그러나 이상한 혐오스런 행동으로 거부감을 주는 자들은 섬뜩하다.

노인공경

우리 교회에서는 복지관을 운영해 노인들을 돕고 있다. 얼마 되지 않는 후원금을 내고 있는 나 같은 사람한테도 꼬박꼬박 그 활동 내용을 알려주고 있다. 이번 주에 삼계탕 파티가 있었다는 소식도 있었다. 또 매주 목요일 밑반찬 전달 봉사원들이 활동할 내용 등 여러 프로그램들이 소개되고 있었다.

사람은 절세가인이라도 늙지 않을 수 없으며 천하를 떨치는 힘도 온전하게 발휘하고 나면 노쇠해지는 때가 온다. 명예와 권세를 한몸에 지닌 분들도 노인이 되는 것이 자연의 섭리다. 아산시의 노인복지관에 가서 매일 탁구를 치는 몇 분이 있다. 그분들은 과거 교편생활을 하였는데 퇴직하고 복지관에 다니는 것을 낙으로 삼고 있었다. 시청에서 관여하는 온양의 복지관은 점심 값만 내면 점심식사 외에도 분야별로 많은 활동을 할 수 있다고 한다. TV에서 노인들의 여러 생활면을 가끔 소개한다. 쪽방의 독방에서 외롭게 사는 분들과 병들어 거동을 잘 못하는데 가정식구들의 도움 없이 사는 분들도 있다. 참으로 참담한 모습이다. 그런가 하면 노인들이 무리지어 즐거움을 찾으려고 남녀 어울리는 장소들을 소개하는 것도 볼 수 있다.

늙으면 기억력도 쇠퇴해지고 체력도 감소해져서 자신의 몸이면서도 자유롭지 못하다. 그러나 늙음을 과시하여 의탁 심리를 갖는 것도 바람직하지 않다고 생각한다. 어떤 목수의 이야기다. 부모가 소년시절에 일찍이 세상을 떠나서 늘 한이 되는 심정으로 살았다 한다. 그는 현재 오십대 후반으로 목수 일을 하면서 지역에 있는 노인들을 섬기고 있었다. 돈을 버는 대로 거의 매일 노인들의 점심대접을 하고 있었다. 노인들은 그 목수를 착한 사람이라고 침이 마를 정도로 칭찬하고 있었다.

그 목수의 형편을 소개하는데 부인은 돈벌이로 직장에 나가고 늦은 저녁 아들과 라면을 끓여서 먹고 있었다. 그가 사는 집은 지하 단칸 월세방이었다. 부인은 늦은 밤 돈벌이로 집에도 못 오고 한창 잘 먹어 성장해야 하는 어린 아들에게 라면이나 끓여먹이다니! 목수 일을 해서 수입되는 것은 모두가 노인들의 점심대접으로 수년 동안 사용했다고 한다.

점심을 대접받는 노인들은 그 목수를 착한 사람이라며 고마워하고 칭찬하는데 목수의 어린 아들 입장에서는 어떨까. 옛말에 한 사람이 여럿을 살리기에는 힘들어도 여럿이 한 사람을 살리기에는 쉽다고 하였다. 노인들의 힘을 합쳐서 오히려 그 목수의 가정이 지하 단칸방을 벗어나 살 수 있도록 돕는 방법은 없을까 생각해 봤다.

온양을 벗어나면 가끔 시내버스를 탄다. 외손녀 또래의 여학생이 가방을 무겁게 짊어지고 서 있다. 나는 자리에서 일어나며 내가 앉았던 자리에 앉기를 권하였다. 그가 군말 없이 앉아 있으니 내 마음이 편하였다. 버스를 탈 때 나보다도 젊은 사람들이 자리에 앉아 있는 것을 나는 그들이 노인을 공경하지 않는다고 생각하지 않는다. 오히려 마음이 편하다. 내 손자손녀 같은 아이들이요. 젊은이들은 자식 같은데 그들이 편안하여야 내 마음이 편한 것이다.

국가나 개인을 위하여 열심히 사회생활을 하면서 평화로운 가정생활로 부모에게 효도를 하는 자녀들이라고 생각한다. 덕분에 내 자신도 평안한 마음으로 글도 쓰며 취미 생활을 할 수 있으니 늘 고맙고 감사한 마음을 갖는다. 한편 매달 자녀들한테 도움을 받아야 생활할 수 있는 노인들은 얼마나 힘든 삶일까 생각해 본다. 어느 부모가 자녀에 대한 사랑스런 마음을 한시도 갖지 않는 분이 있겠는가. 자녀는 바라만 보아도 활력소인데 그 자녀한테 꼭 생활비를 받아야만 생명이 유지되는 부모의 처지라면 현 시대적으로는 고달픈 일이라고 생각한다.

요사이 여러 생각을 해보았다. 어린 자녀들을 성장시킬 때 공부도 열심히 하고 음식도 잘 먹으면서 튼튼하게 자라야 부모의 마음이 흐뭇한 것이다. 늙으면 어린애 된다는 말이 있다. 늙으면 체력이 떨어지고 기억력도 감퇴해지며 어릿어릿해져서 어린애로 되돌아가는 것이 아닌가. 어린애가 어른을 속상하게 하면 얼마나 난감한 일인가. 늙으면 자식이 어른이고 부모가 어린애가 된 것이 아닌가. 자식들 앞에 지식 있다고 아는 체하지 말아야 한다. 시대감각이 투철한 자식들의 말에 귀를 기울이며 신지식을 받아들여야 한다. 그들의 현명함을 인정하고 고분고분 귀 기울여야 한다.

늙은 부모가 자녀들에게 괴로움을 주는 일이 있어서는 안 된다. 먼저 건강관리를 잘해야 한다. 몸이 병 들면 바쁜 생활에 열심히 사는 자식들을 난감하고 고단하게 만든다. 자녀들과 잘 타협하면서 그들에게 신경 쓰는 일거리를 만들지 말아야 한다. 자녀들에게서 받는 것보다는 베푸는 자가 되어야 한다. 그러나 아직도 내가 힘과 능력이 있다고 과시해서는 안 된다. 이제는 늙은 어린애가 되었으니 어수룩해졌다. 아직도 자식을 지도할 수 있는 존재라고 어설프게 훈계를 하면 자식은 피곤함을 느낀다. 꼭 바라는 기대를 표현하려면 상황을 잘 파악하여 현명한 모습으로 조용한 대화가 있어야 할 것이다. 시대적으로 옛날의 절대적인 효도를 기대하여서는 안 된다는 것이다. 부모는 청지기로 자녀들을 보호할 시기가 끝나면 그들이 자유롭고 현명하게 살아가도록 배려하여야 한다는 것이다.

TV에서 가끔 노인문제를 다루며 노인들이 남녀 어울려서 즐거움을 가지려는 광경을 본다. 그런 모습을 보면 씁쓰름한 미소가 흐른다. 늘어서는 혼자서도 만족하게 즐겁고 기쁘며 건강하게 살 수 있는 취미가 있어야 한다고 생각한다. 부부도 먼저 가고 늦게 가며 꼭 한날한시 이 세상을 떠날 수 없는 것이 아닌가. 늘어서 남녀 어울려야 꼭 즐거운 것인가. 남녀가 한번 만나 부부로 살았으면 그것으로 만족한 것이 이 세상 삶이 아닌가. 이런 생각이 지나친 줄 알면서도 마음 한구석에서 자꾸 반감이 이는 것은 어쩔 수 없다.

상황에 따라 남녀가 즐거운 취미생활을 할 수도 있다. 서로를 인격적인 존경하며 즐거운 여가를 갖는다는 것은 아름다운 모습이다. 그러나 자꾸 노후의 즐거움이니 하면서 복잡한 상황을 만들기보다는 노후를 한가로운 사색에서 나 자신을 돌아보는 기회로 만드는 것도 노년의 향기가 아닌가 생각하는 것이다.

공짜라고 밥을 얻어먹으면서 고맙다고 인사하는 노인들의 모습이 가슴을 저리게 한다. 젊음의 힘을 노인 공경으로 소비하라고 하는 것보다는 국가를 부강하게 만들어 복지 정책에 도움이 되어 젊은이들의 노후가 튼튼하면 좋겠다는 심정이다. 사람은 누구나 늘은이가 된다. 노후에 원망할 마음 없이 기쁘고 즐겁게 살 수 있도록 복지 국가가 되어서 보장받는 국민이 되어야 한다.

나는 기독교인이기 때문에 이 세상에서 못다 누림을 한탄하고 싶지 않다. 더욱 보상해 줄 곳은 이 세상을 떠나서도 영원한 곳이 있다고 지향한다. 한걸음 다가올 그곳이 가깝게 온다는 사실을 시인하며 노인 된 스스로를 공경하고자 한다. 받기보다는 늘, 베풀고 싶은 심정으로 벅차 올라 내일의 태양을 기다리는 노후의 삶이 아름답지 않은가.

눈물의 의미

    밤 한 시가 넘었는데 나는 눈물을 흘리고 있었다. 잠자리에 들려고 하다가 잠깐 텔레비전을 본 것이 문제가 되었다. 255명의 불쌍한 어린이들을 자식으로 삼아 돌봐주는 부부를 본 것이다. 그것도 자신들은 자식을 낳지 않고 일생을 남의 자식을 위하여 봉사하고 산다는 것이 그들 부부의 약속이란다. 아주 가난하고 비참한 나라 네팔에 가서 봉사하고 있는 모습은 참으로 감동적이었다. 내가 낳은 자식도 고아원에 맡기거나 심지어 길에 버리는 사람도 있는데 저 사람들은 머나먼 나라에 가서 이름 없이 봉사하고 있다는 사실은 평범한 일이 아니다.

주로 농사로 생활하는 원주민들은 농사를 짓다가 호랑이한테 물려 죽고 인간으로서 일어나지 않아야 하는 상황을 맞아서 자녀들은 고아가 되고 길거리 어린이들이 되는 모양이다. 홀로된 어미나 아비의 자식들이 길거리에 버려져서 이들 부부의 도움을 받는 것이다. 자신들의 자손 이상으로 진실하게 도와주고 교육을 시키는 모습이었다. 경제적 사정이 형편없어 세계무대에 호소하며 의식주의 도움을 받고 있었다. 생명을 다하는 생활 태도에 감동되어 나의 눈에서는 눈물이 흘러내렸다.

십 년 전에 세상을 떠난 시누이를 생각했다. 시누이는 아이가 없었기 때문에 강보에 쌓인 머슴아이를 데려다가 키웠다. 그러나 그 아들은 애물단지처럼 괴로운 존재였다. 시누이는 사람도 씨종자따라 사람 됨됨이가 나타나서 뜻대로 성취되는 것이 아니라고 말했다.

중학교 2학년 때 체육선생이 어떻게 알았는지 저 자식은 주워다 키운 자식이라고 하면서 꾸중을 했다는 것이다. 그 뒤로 이 녀석은 학교도 가지 않고 내가 주워온 자식이냐고 부모를 괴롭히고 집을 뛰쳐나가 많은 사건을 만들었다. 시누이는 사건처리의 고심으로 병을 자꾸 얻게 되어 장수하지 못하고 세상을 떠났다. 늘 기도하면서 기독교인으로 생활하였던 시누이인데도 자녀 교육에 어떤 문제점이 있었는지 그 아들은 늘 탈선하고 있었다.

우리나라도 양자를 삼아 남의 자식도 내 자식처럼 생각하면서 사랑을 실천하는 사람들이 있다. 참으로 쉬운 생활은 아니다. 내 자신이 실천하지 않고 다른 사람에게 권할 수는 없다. 전쟁고아나 불가사의한 일로 외국에 입양되었던 어린 생명들이 잘 성장해 고국에 돌아온 모습을 본다. 문명국의 수준 높은 인권과 그들의 생활철학에 사의를 표하고 싶다.

내가 낳은 자식이나 다른 사람의 피를 받은 자식들도 애절하고 끈질긴 정 때문에 안타까운 심정이 되는 것은 평범한 부모들의 심정이 아닌가 한다. 나도 사남매를 낳았다. 첫째가 딸이고 아들 삼형제다. 우리 부부는 얼마나 감격하고 감사한 심정으로 청지기의 직분을 감당하기 위하여 할 수만 있다면 하늘의 별이라도 따주고 싶은 심정으로 돌봐주었다. 이제는 사남매가 결혼하여 가정을 이루었고 열심히 노력하면서 안정적인 사회생활을 하면서 효도하는 모습이다. 손자손녀도 6명 있어 모두 다 재능 있게 공부하는 과정이다. 자녀들과 전화하면서 늘 고맙다 하고 끝인사를 한다. 요사이는 전화보다는 자주 휴대폰의 카톡으로 대화를 한다.

나는 친가 어머니를 생각해 본다. 열여섯 살에 시집오셔서 어려움을 극복하시고 부자 소리 듣도록 가정을 일으키셨다. 46세까지 열 명이나 낳으셨고 84세까지 건강하게 사시다 가신 어머니다. 내가 교편생활을 하였기 때문에 돌봐주는 사람도 함께 살았지만 가끔 오셔서 집안을 여러모로 살펴주었다. 잘 지내고 있는 딸인데도 잘 먹고 평안하며 건강한가를 늘 염려하셨다.

대부분의 사람들이 내 어머니와 나처럼 자신들이 낳은 자식들에 집착하여 그 끈에 매어 살아가는 것이다. 그 끈을 놓을 수 없는 것이 평범한 사람들의 생활이다. 자신의 자식만 자식이 아니다. 다른 사람의 자식들도 내 자식처럼 키우고 돌봐주면 이 얼마나 희망이요 보람된 일인가.

나는 어린이를 무척 좋아한다. 지금도 아기들 앞에서는 내 혼이 어떻게 된 것처럼 사랑스럽고 예뻐서 쩔쩔 맨다. 아이들이 좋아 초등학교에서 37년 간이나 교편생활을 한 것이다. 유치원 교사 자격도 있어서 오후 유치원어린이들을 가르치는 겸직 교사도 3년 간 했다. 유치원 아이들과 지낼 때는 나에게 가장 맞는 적성이라고 생각되었고 아이들이 너무 귀여웠다.

나는 아이들을 가르치면서 그 어린 생명들의 자존심과 인격을 존중해줘야 한다는 생각을 잊지 않았다. 아이들이 자라면 어른이 되는 것인데 그들이 어린이라고 어른한테 어느 구석에서도 상처를 받으면 안 된다고 생각했다. 어른이 되어 생활할 때 태산 같은 고난이 다가와도 이겨낼 수 있는 기질을 길러야 한다고 생각했다. 어린 시절에 자신에 대한 존중과 자신감을 길러줘야 어른이 되어서 좌절하지 않는 긍지가 생긴다. 집을 지을 때 기초가 튼튼해야 하듯 초등학교 교육은 참으로 중요하다고 생각한다. 현시대의 불량 청소년 문제의 원인을 찾아 근본을 해결해야 하는데 참으로 안타까운 일이다.

사실 한 생명이 이 세상에 태어나는 일은 한 세대의 역사를 이루는 일이다. 성경말씀에는 사람의 한 생명이 우주보다 귀하다며 생명의 소중함을 말한다. 결혼 전 고향의 친구와 대화중에 자신은 수녀가 되어서 우리나라의 어린이를 위하여 일생을 바치겠다고 하더니 실제 수녀가 되어 현재 헌신하고 있다. 나는 시집가서 자녀를 많이 낳고 싶다고 친구와 이야기하였었다. 나에게 귀한 자녀들을 선물로 주신 하나님께 너무도 감격한다. 성장한 자녀들을 보며 늘 감사한 심정으로 살아간다. 그들의 어린 시절에는 때때로 가슴에 안고 기도를 하면서 엄마의 생각을 알려 주었다. 지금은 품을 떠난 자녀들에게 전화로 짧은 몇 마디의 기도를 한다. 가끔 이메일에 '사남에게!', '아들 삼형제!' 제목을 달고 다른 사람의 글이나 엄마의 글을 띄워본다. 험난한 세상을 이기며 열심히 살아가는 자녀들이 고마워서 늘 박수를 쳐주는 어머니의 자세다.

　내 자식이나 남의 자식이라도 연약하고 능력 없는 어린 세대들을 어른들이 돌봐줘야 한다. 그들의 인격을 존중하여 믿어주고 격려하면서 성장을 기다리며 꿈을 키워야 한다. 여러 형편으로 고아가 된 그들 앞에 절절한 눈물을 흘리며 사색하게 된다. 힘없는 고아들을 위하여 사랑의 행동은 어느 정도 실천했나 반성해 본다. 다른 이가 낳은 자녀들을 돌봐주며 삶의 보람으로 사는 친구 수녀가 오늘따라 더욱 그립다. 또한 네팔까지 가서 어린 생명을 일으켜 세우는 부부에게 경의를 표한다. 아니 이 순간도 구석구석에서 어린 생명들을 거두어 돌보는 빛의 선량한 이들을 위하여 저절로 기도하게 되는데 눈물이 볼을 타고 내리며 밤이 깊어간다.

5

육체는 흙속에 묻힌다

죽음은 깨끗한 죽음이 돼야 할 것이다. 이 세상에 와
서 깨끗하게 살다가 죽는 날까지 깨끗하고 평화로운 죽
음을 맞아야 할 것이다. 그 깨끗한 죽음은 영웅 소리를
듣지 아니해도, 대단한 부자와 유명한 사람이 아니라도,
하느님 보시기에 아름답다고 하면 될 것으로 알고 나는
그렇게 준비된 죽음의 목표를 향해 가고 있는 중이다. ─
「삶과 죽음」에서

육체는 흙속에 묻힌다

—

아브라함 자손들의 싸움

담력이 모자라서인지 싸움하는 장면은 무섭다. 아무리 좋은 영화라도 싸움하는 화면은 눈이 감겨진다. '태극기 휘날리며'라는 영화가 인기가 많다고 하여 일부러 영화를 보는데 고개를 숙이고 대충 볼 수밖에 없었다. '이순신', '주몽' 같은 연속극도 유명세를 타는 작품인데 칼을 휘두르는 장면이 많았다. 나에게는 두려워서 흥미로울 수가 없다.

그런데 싸움판의 중동전쟁은 고통스럽고 심각하게 느껴진다. 언제저 땅에 평화가 찾아올 것인가 짐작이 안 된다. 나는 기독교인으로 중동

전쟁에 관심이 가지 않을 수 없다. 성경에 따르면 중동전쟁은 아브라함 자손들의 싸움이라 했다. 기독교인으로서 느꼈던 것들을, 때로는 여행 하면서 경험했던 내용들을 덧붙이면서 두서없는 글을 펼쳐보려고 한다.

아브라함의 여러 내력, 특히 아브라함 조카 롯에 대하여는 구약성경 의 창세기에 있는 성경구절을 있는 그대로 쓴다. 성서 외의 종교 이야기 와 아브라함의 자손들에 대하여는 내가 습득한 지식에서 두서없이 쓰 려고 한다.

성경 속 인물 아브라함이 있다. 믿음의 조상이 되었으며 그의 자손들 은 하늘의 뭇별처럼 번성하고 있다. 믿음이 특별하게 좋아서 여호와로 부터 택함 받은 분이다. 그분의 처음 이름은 아브람이었고 99세에 아 들을 주시기로 약속하시면서 아브라함이라고 고쳐주셨는데 실제 100 세 때 아들 이삭이 태어났다. 외모가 몹시 아리따운 여인인 아내 사래 가 자식을 생산하지 못하다가 89세 때 이름을 사라로 고침 받고 90때 아들 이삭을 낳은 것이다.

여호와께서 아브람에게 이르시되 "너희 본토 친척 아비 집을 떠나 내 가 네게 지시할 땅으로 가라. 내가 너로 큰 민족을 이루고 네게 복을 주 어 네 이름을 창대케 하리니. 너는 복의 근원이 될지라 너를 축복하는 자에게는 내가 복을 내리고 너를 저주하는 자에게는 내가 저주를 내리 니 땅의 모든 족이 너를 인하여 복을 얻을 것이니라." 하고 약속을 하셨 다. 이때가 아브람이 75세였다.

아브람은 아내 사래와 부모 없는 조카 롯과 하란에서 모든 재산과 사람들을 이끌고 여호와가 지시한 가나안 땅으로 들어갔다. 살아가면서 번창하는데 아브람 가축의 목자와 조카 롯 가축의 목자가 땅을 가지고 다투었다. 아브람은 조카 롯에게 "우리는 한 골육이라 내 목자와 네 목자가 다투게 하지 말자. 네 앞에 땅이 있지 아니하냐. 나를 떠나라. 네가 좌하면 내가 우하고 네가 우하면 나는 좌하리라." 하고는 좋은 땅은 조카 롯이 만족하게 차지하도록 하였다.

아브람의 아내 사래는 자식을 생산하지 못하여 그의 여종 애굽 사람 하갈을 아브람의 첩으로 삼아서 아들을 낳았다. 여호와의 사자가 이스마엘이라고 이름을 지어주면서 장래를 예언해 주었다. 이스마엘은 사람 중에 나귀같이 되겠고 그 손이 모든 사람을 치겠으며 모든 사람의 손이 그를 칠 것이며 그가 모든 형제의 동방에서 살리라고 여호와의 사자가 예언했다. 이스마엘을 낳았을 때에 아브람은 86세였다.

조카 롯은 작은아버지를 떠나 기름진 땅으로 갔었다. 그런데 그곳은 사람들이 태평성대로 살아가면서 하나님의 뜻을 저버리고 타락하여 죄악이 심히 중하였다. 결국 여호와께서 유황과 불을 비같이 내려 멸망시킨 소돔과 고모라의 재앙을 빠져나올 때에 뒤를 돌아본 롯의 아내는 소금기둥이 되었다. 롯과 두 딸만 소알 땅으로 피난 와서 살았다. 다시 소알에서 나와 산에 올라가 거하되 굴에서 생활하였다.

롯의 큰딸이 작은딸에게 이르되 우리 아버지는 늙으셨고 이 땅에는 세상의 도리를 좇아 우리의 배필될 사람이 없다. 우리가 아버지에게 술을 마시게 하고 동침하여 우리 아버지로 말미암아 인종을 전하자 하고 그 밤에 그들이 아비에게 술을 마시게 하고 큰딸이 들어가서 그 아비와 동침하였다. 이튿날에도 아버지에게 술을 마시게 하고 작은딸이 동침하였다.

롯의 큰딸이 아들을 낳아 '모압'이라 하였으니 오늘날의 모압 족이 된다. 둘째딸도 아들을 낳아 이름을 '벤암미'라 하였으니 오늘날 암몬 족의 조상이 되었다. 모압과 암몬 족의 자손들은 여전히 아브라함의 정통 이스라엘 자손들과 싸움을 하고 있다.

아브라함이 100세, 아내 사라는 90세 때 아들 이삭을 낳았다. 아이가 자라매 젖을 떼고 이삭의 젖을 떼는 날에 아브라함이 대연을 배설하였다. 사라가 본즉 첩 하갈의 소생 이스마엘이 이삭을 희롱하는 것을 보았다. 사라가 아브라함에게 첩 하갈의 소생 이스마엘을 내쫓으라고 하였다. 아브라함이 깊이 근심할 때에 하나님이 "네 아이나 첩을 위하여 근심하지 말고 아내 사라가 하라는 대로 하라"고 하였다. 또 "이삭에게서 출생하는 자라야 네 씨라 칭할 것이다. 그러나 여종의 아들도 네 씨니 내가 그로 한 민족을 이루게 한다"고 약속하셨다.

하나님이 아브라함을 시험하시려고 불러서 독자 아들 이삭을 모아라 땅 한 산에 가서 번제를 드리라고 지시하셨다. 아침에 아브라함이 일찍 일어나서 두 사환과 그 아들 이삭을 데리고 번제에 쓸 나무를 쪼개어 가지고 떠나 하나님이 자기에게 지시하시는 곳으로 갔다. 제3일에 아브라함이 눈을 들어 그곳을 멀리 바라보았다. 이에 아브라함이 "저기

가서 경배하고 너에게로 돌아올 것이다." 하고 아들 이삭에게 짐을 지우고 자신은 불과 칼을 손에 들고 함께 길을 갔다.

"내 아버지여" 하니 그가 가로되 "내 아들아 내가 여기 있노라. 불과 나무는 있거니와 번제할 어린 양은 어디 있느냐"고 하였다. 번제할 어린 양은 하나님이 친히 준비하였다. 그리고 두 사람은 지시한 곳에 이르러 단을 쌓고 나무를 벌여놓고 그 아들 이삭을 단 나무 위에 놓았다. 손을 내밀어 칼을 잡고 아들을 잡으려는 그 찰라 하늘에서 "아브라함아! 아브라함아! 그 아이에게 네 손을 대지 말라. 아무 일도 그에게 하지 말라." 하셨다. "네 독자 아들도 내게 아끼지 아니하였으니 네가 하나님을 경외하는 줄을 안다." 아브라함이 눈을 들어 살펴본즉 한 숫양의 뿔이 수풀에 걸려서 그 숫양을 아들 대신 번제로 드렸다.

여호와께서 맹세하시기를 "내가 네게로 큰 복을 주고 네 씨로 크게 성(盛)하여 하늘의 별과 같고 바닷가의 모래와 같게 하리니, 네 씨가 그 대적의 문을 얻으리라. 또 네 씨로 말미암아 천하 만민이 복을 얻으리니 이는 네가 나의 말을 준행(遵行)하였음이니라." 하셨다. 그리하여 아브라함과 사라의 아들 자손들이 대대로 축복받는 아브라함의 정통 자손이 된 것이다.

아브람의 조강지처인 사라의 후손 이삭의 후예들이 곧 유대인이다. 바로 현재의 이스라엘 사람들이다. 아브라함의 아들이 이삭이고 이삭의 아들 둘째가 야곱인데 이 야곱이 하나님으로부터 받은 이름이 이스라엘이다. 히브리 민족의 장자 권은 축복의 상징이었는데 둘째인 야곱이 형에게 팥죽 한 그릇을 대접하고 장자 권을 탈취하여 아버지로부터 장자의 축복을 받은 결과를 가져왔다.

이스라엘은 기원전 722년 사마리아와 신 아시리아 제국에 의해 멸망하고 그 민족이 2000년이 넘도록 나라 없이 세계 각지에서 흩어져 지냈다. 1939년 히틀러가 폴란드를 침입함으로써 제2차 세계대전이 발발했다. 히틀러는 인종주의적 발상으로 범 게르만주의를 부르짖으며 유대인 대학살이라는 엄청난 비극을 일으키기도 하였다. 600만 명 이상 학살됐다고 한다. 그러나 유대인들은 탈무드의 법전을 자손들에게 교육하면서 민족의 뿌리를 캐고 나라를 찾고자 투혼을 다하였다.

1948년 이스라엘은 팔레스타인전쟁에서 승리하여 나라를 건국하였다. 1967년 아랍 국가들과도 싸워서 승리한 6일전쟁은 큰 교훈으로 남아 있다. 우리나라가 일본 제국주의로부터 36년 동안 나라를 빼앗기고 박해를 받은 것과는 이스라엘 사정은 다르다. 우리나라는 고통 가운데서도 자신의 나라 고장에서 대부분 국민들이 살고 있었다. 그런데 이스라엘은 2000여년을 나라 없이 자신의 나라를 떠나서 방황하다가 1948년 나라를 세운 것이다. 지금도 이스라엘은 나라를 지키기 위하여 여자도 남자도 국방의 의무를 다하고 있다. 국경의 팔레스타인과 전쟁이 끝이지 않는다.

중동의 이슬람교도들인 이집트, 터키, 이라크, 아랍, 팔레스타인 국가들의 자손은 누구일까 생각해 본다. 그들은 아브라함의 첩 하갈의 아들 이스마엘의 자손들이다. 또한 롯의 두 딸이 낳은 모압과 벤암미 자손도 섞여 있다. 이슬람 교도들은 법전을 읽고 아브라함을 경외하는 자손들이다.

이슬람교는 7세기 아랍의 예언자 마호메트가 창시한 교이다. 이슬람의 기본 가르침은 코란에 있다. 마호메트는 일찍이 부모를 여의었다. 그런 연유로 고독했고 어려서부터 명상을 즐겼다. 환상 중에 만난 신을 유일신 알라(Allah)라고 했다. 그가 본격적으로 포교 활동을 시작한 것은 40세가 넘어서였다. 처음엔 고향인 메카에서 포교했으나 실패하자 메다나로 옮긴 후 이때부터 본격적으로 선교 활동을 시작하였다. 이때가 주후 622년으로 이슬람교에서는 이 해를 그들의 기원 원년으로 삼는다. 유대인들과 기독교인들이 자기를 따르지 않는다 하여 무자비한 학살을 감행하였다. 기독교인을 본 따서 카바(검은 돌)를 메카에 놓고 이곳만이 유일한 제단이라고 선포하며 어느 곳에 있든지 카바에 안치되어 있는 수도 메카를 향하여 기도하게 하였으며 기독교인의 금식처럼 라마단(ramadan)을 제정하여 의무적으로 금식을 하게 했다.

특히 마호메트는 구약의 족장처럼 종교적으로나 정치적으로 지배권을 확고히 하고 국가를 종교적 법률에 근거하여 통치하였다. 그러나 마호메트가 죽자 후계자의 전통성을 둘러싸고 갈등이 일어나 많은 갈등을 겪으며 수니파, 시아파, 수아파 등 여러 갈래로 나뉘어졌다. 남자는 할례가 필수적이고 여인들은 남자의 소유물로 얼굴에 차도르(얼굴 가리개)를 하고 다닌다. 돼지고기를 금지하고 술과 도박 등을 절제시키고 있다. 각 종파의 특징을 간략히 정리하면 다음과 같다.

(1) 수니파는 정통파 회교로서 선지자의 도를 따르는 무리들이라고 볼 수 있다.

(2) 시아파는 오늘날 이란을 중심으로 한 종파로 주로 활동을 강조하는 집단이다. 이라크의 통치자였던 후세인도 시아파의 한 이단 종파이다.

(3) 수아파는 이슬람교 내 신비주의자들로 정통파 회교도들에 대항하는 철저한 율법주의자들이다.

이슬람교는 한마디로 유대교를 모방한 이방종교이다. 그들은 신개념에 있어서 삼위일체(하나님, 하나님의 아들, 성령)를 인정하지 않으며 그리스도 자체를 매우 격하시켜 이를 부인하고 있다. 예수의 부활도 인정하지 않는다. 그들은 구약성서에 없는 것들을 주장하고 코란을 경전으로 내세워 성경의 권위를 무시한다. 마호메트 출생지인 메카는 이슬람의 최고 성지로, 순례의 달 12월에는 약 100만 명의 순례자가 모여든다.

라마단은 이슬람교 음력 달력 아홉 번째 달이다. 한 달 동안을 하루 종일 금식하고 오후 6시 이후 새벽 3시까지 3회의 음식을 먹어야 한다. 내가 지중해 지방을 여행할 때 마침 이슬람 교도들의 라마단 기간이었다. 그들 특유의 긴 옷을 치렁치렁 입고 차도르를 쓰고 식사를 하기 위하여 음식점 앞에서 줄서 있는 모습이 장관이었다. 밤에만 음식을 먹도록 한 행사와 그들의 풍습 때문인지 대부분의 사람들이 아주 뚱뚱해 보였다. 설탕 육류 소비량이 많고 결혼하면 여자는 뚱뚱해지고 당뇨병이 많으며 55세 정도면 대개 사망한다고 한다. 이집트, 터키 등에는 웅장하고 아름다운 이슬람 성전들이 있다. 이슬람교도들은 성전에 가서 기도하기 위해서는 공무원이라도 하루 근무시간에 5번 정도 성전에 가서 기도한다고 한다. 오후 2시면 공무원 근무 시간이 끝난다.

유대교는 예수를 메시아로 믿지 않는다. 그들은 지금도 메시아를 기다린다. 그들은 탈무드 등 철저한 법전을 가지고 규례를 지키며 구약성경을 믿는다. 내 친구가 워싱턴 근처 메릴랜드 주에서 유대인 남편과 살고 있어 미국 갔을 때 방문하여 며칠 머물면서 지낸 적이 있다. 친구의 남편은 철저한 씨족 관념을 가지고 있었다. 그의 서재에는 조상의 모든 족보 계열을 사진과 함께 서재의 큰 벽면에 전시하였는데 이모의 계열도 있었다. 그리고 자신이 태어났을 때부터 매년 독사진을 찍어서 자신의 지나온 모든 과정을 설명해 주었다. 그리고 눈이 오는 겨울이었는데 저녁 식사 후 긴 털외투를 입고 한 시간 정도 걸어서 매일 저녁 어디를 돌고 오는 것 같았다.

자신이 입은 털외투는 고조할아버지의 것이라고 말하였다. 그 털외투를 입고 조상을 생각한다고 했다. 그의 직업은 A급 변호사로 큰 부자였다. 미국에는 변호사의 급수가 있다고 하였다. 배를 여러 척 가진 부자로서 별장이 네 군데나 있고 별장이 있는 곳마다 배도 있다고 했다. 나에게 플로리다에 있는 호수의 별장을 가자고 권유하기도 하였다.

대개 유대인들은 결혼을 히브리 민족끼리 하는데 코리아 부인을 맞은 남편은 'happiness'하다 말한다고 했다. 미국의 유대인들은 거의

다 부자로 미국의 경제를 좌지우지할 수 있다. 그들은 철저한 경제관념을 가지고 있어서 집에 일하는 사람을 쓰지 아니하고 청소와 밥을 남편인 변호사가 하고 친구는 설거지만 하였다. 손님 대접으로 저녁 메뉴는 무엇을 만들 것인가 남편은 저녁식사 때를 위하여 자신의 직장에서 전화를 하고 있었다. 퇴직하고 집에서 놀고 있는 친구인데 민망스런 모습이었다.

주택은 2층집인데 1층에는 거실도 여럿이고(이유는 파티 문화 때문) 편리한 시설의 방이 많았다. 2층에는 여러 개의 손님방과 응접실이 있고, 그들의 침실은 한국의 교실 한 칸으로 생각되었다. 그렇게 커다란 집을 남편은 청소기로 혼자서 청소한다고 했다. 나는 친구 집에서 유대인들의 철저한 씨족 관념과 생활 습관, 경제철학을 살필 수 있었다. 유대인들은 동족끼리 만나면 자석처럼 집결하여 뭉쳐지는 생활을 한다고 했다. 그들의 노후복지는 참으로 체계가 잘 되어 있다고 하였다.

불교와 유교가 오랫동안 전해 내려왔던 우리나라에도 기독교가 선교되어 온 지가 100년이 넘었다. 천주교는 신부도 수녀도 결혼하지 않고 독신으로 살아가면서 하나님의 뜻을 따라 헌신의 신앙생활을 하고 있다. 신부나 수녀가 되기 위해서는 천주교단이 경영하는 신학대학교의 과정과 천주교단 교리의 여러 훈련을 통과해야 한다.

갈대 해우소의 추억

'갈대 해우소의 추억' 제목을 써놓고 보니 낭만적이다. 우리나라 트롯 '갈대의 순정'이란 노래가 생각난다.

　　사나이 우는 마음을 그 누가 알랴

　　바람에 흔들리는 갈대의 순정

　　사랑에 약한 것이 사나이 마음

　　울지를 말어라

아아 갈대의 순정

2013년 1월, 한국문예창작학회의 뉴델리 국제문학심포지움 행사에 회원으로 동참하여 네팔과 인도의 몇 곳을 관광할 수 있었다. 네팔에서는 네팔인 가이드가 한국말로 탐방하는 곳의 설명을 해주었고 인도에서는 인도인 가이드가 한국어로 안내를 했다. 그러나 때로는 가이드들의 숙달되지 못한 한국말은 알아듣기에 불분명한 점도 있었다. 특히 탐방 중에 유적들의 안내는 빠른 설명으로 인하여 전체적 내용이 머릿속에 다 입력되지 않았다. 네팔 사람들과 인도 사람들은 대부분 왜소했다. 피부 색은 아주 까맣지는 않은 검은 빛이고 코는 오뚝하고 눈은 쌍꺼풀 있는 커다란 눈이다. 그곳 소들은 몸집이 작고 검었다. 도로변 집들은 오두막집에 사람이 살 수 있을까 하는 정도로 무질서했고 쓰레기 더미로 쌓여 있었다.

고속도로 속도가 60킬로미터가 최상이라니 우리나라의 시골길 수준이었다. 도로 주변에는 상가를 이루고 있었는데 옛날 우리나라의 판잣집 가게와 비슷했다. 길가의 나무들은 먼지를 가득하게 뒤집어쓰고 있었다. 사람들이 고속도로를 마음대로 건너서 자유롭게 다니는데도 그렇게 위험하게 느껴지지 않았다. 어느 곳이나 할 것 없이 구걸하는 걸인이 너무 많았다. 아이들도 청년들도 조그만 공예품들을 들고 다니면서 사달라고 끈질기게 쫓아다녔다. 특히 사찰이나 옛 궁들을 탐방할 때면 즐비하게 구걸하는 자들로 아이 어른 할 것 없이 많았다. 도와달라고 피곤할 정도로 애걸하여서 불편하고 안타까웠다. 그 수많은 걸인들은 여행객 한 개인으로 해결하기에는 너무 벅찬 문제였다.

인도의 천민들이 산아제한이 없는 것은 의료혜택을 받지 못하기 때문이 아닌가도 생각해 본다. 결혼제도도 여자가 시집갈 때 가져가야 하는 결혼지참금으로 사회적인 큰 문제가 되고 있다고 한다. 결혼지참금 문제로 딸을 낳으면 죽이는 자도 있고 자살자도 많이 생긴다 했다. 천민들이 비참한 생활을 하는 반면, 부유한 자들은 집안을 금으로도 장식하고 사는 모양이다. 우리나라 TV에서 방영한 인도의 국제학교에 관한 내용에 따르면 그 크기가 여의도 다섯 배라 한다. 시설도 뛰어나 우리나라의 유학생들도 다수 공부하고 있단다.

우리나라에도 육이오 전후에는 먹거리 문제로 먹을 것을 구걸하는 걸인이 많았다. 어린 시절 농촌에 살았던 나는 하루에도 많은 걸인들이 식량과 밥을 얻으러 다니는 모습을 보았다. 나환자를 그때는 문둥이라고 하였는데 그런 사람도 많았다. 어린이들을 잡아다 간을 먹으면 된다 해서 희생당하는 아이들이 많다는 소문이 나돌기도 했다. 친가의 우리 집에는 걸인에게 줄 양식이 따로 마련되어 있었고, 때로는 밥상을 차려 주기도 했다.

버스를 타고 가는 동안 해우소를 찾기가 힘들었다. "여자는 갈대 화장실로 가고 남자는 개방된 화장실을 이용하셔야 합니다" 하고 가이드는 안내하고 있었다. 갈대화장실이란 말, 아! 낭만적이다. 갈대란 말은 이상하게도 가슴을 설레게 한다. 그러나 그곳에 가슴 설레는 갈대숲은 없었다. 남자들은 허허벌판에서, 여자들은 겨우 가림막 구실만 되는 갈대 몇 그루 뒤에서 용변을 보았다.

화장실은 그 나라의 문화 수준을 대변(代辯)하는 것 같다. 2004년도 겨울, 미국여행을 갔을 때 일행의 차는 미국의 넓은 땅을 지루하게 달리고 있었다. 그런데 도로변에 깨끗한 공중화장실이 있어 불편을 느끼는 일은 없었다. 눈이 많이 쌓인 겨울철이었는데 더운 물도 넉넉하게 나왔다. 워싱턴백화점 화장실에는 출입구 쪽에 소파가 놓인 휴게 공간도 있었다.

우리나라도 요즘 같은 세계적인 수준의 화장실 문화를 이룬 게 오래지 않다. 아파트 시대 이전에는 시골에서 부자소리를 듣고 사는 집도 재래식 화장실이었다. 그때에는 화장실이란 말도 안 쓰고 뒷간 또는 변소라 했다. 어릴 적 친정의 화장실은 시멘트로 제조된 거대한 통 위에 송판으로 만든 널판지들을 덮고 가운데 직사각형의 구멍을 뚫어놓았다. 거기에 덮개를 덮었는데 볼일을 보고 덮개를 여닫을 때마다 그 구멍 아래 거대한 공간이 공포로 다가오곤 했다. 그 뒷간은 방과 떨어져서 집안 뒤뜰 울안 터의 구석진 곳에 있었다. 따라서 방에는 요강을 두고 썼다. 결혼할 때에도 여자는 요강을 혼수의 필수품으로 가지고 시집을 갔다. 이제는 친정집은 옛 가옥을 옆에 빈집으로 놔두고 현대식 건물에 수세식 화장실을 사용한다.

1972년 겨울 대천해수욕장에 사는 어느 교장댁을 방문해서다. 해수욕장의 집들은 실내에 화장실이 없고 바닷가 재래식 공중화장실을 이용했다. 몇 칸으로 이루어진 공중화장실은 오물로 넘쳐서 바닥이 변으로 쌓여 구역질나도록 더러운 오물장이 되어 있었다. 참으로 표현하기에도 난감한 장면이었다. 그런데 현시대는 등산을 하러 산에 올라갈 때도 산 아래에는 현대식 건물로 깨끗한 수세식 화장실이 있다. 공원 등 공공장소에는 손 씻을 세면장과 겨울철에도 깨끗한 수세식 화장실이 단정하게 정리되어 있다.

카트만두는 네팔의 수도인데 먼지가 많아서 입마개를 할 정도다. 거리의 곳곳에 쓰레기 정리가 제대로 되지 않았다. 이틀 밤을 네팔의 호텔에서 취침하였는데 호텔방은 파카를 입고 잘 정도로 추웠고 화장실은 샤워할 수 있는 물이 제대로 나오지 않아서 불편하였다. 네팔, 인도는 신이 많아서 다양한 신들이 섬겨진다. 쿠마리 신을 섬기는 쿠마리사원을 방문했다. 명문가의 어린 소녀들 중에 가장 순수한 소녀가 쿠마리로 선출된단다. 그 쿠마리 소녀가 모습을 드러내는 장면을 볼 수 있었다. 그 쿠마리는 초경을 시작하면서 여신의 지위를 상실한다고 한다.

네팔의 포카라에서 새벽잠을 깨워 아침 해가 떠올라 안나푸르나 산을 비추는 광경을 본 것은 큰 추억이다. 장엄한 산이 장관을 이루는 장면이었다. 엄홍길 산악인이 그렇게 히말라야 산의 산악인으로 큰 성과를 이루는 만족감을 이해할 듯하다. 엄홍길 산악인은 네팔에 학교를 세우고 좋은 일을 하고 있었는데 앞으로도 16곳에 학교를 더 세울 예정이라고 들었다.

인도의 부처님 열반한 쿠쉬나가르와 세계최초의 공화국이었던 바이살리 공화국 유적 등 불교 유적을 탐방했다. 빠트나, 나란다, 라즈기르 등을 차례로 방문하면서 힌두교가 인도를 점령하면서 불교사원을 쳐부수고 학교의 건물을 망가뜨린 역사도 알게 되었다. 부처님의 무상정각을 이루셨던 성불지 보드가야도 탐방했다. 바라나시의 강가 강변에서 이어져온 아침 태양 숭배 의식, 강변의 화장터, 석양에 강변에서 진행되는 불의식 등도 보았다. 힌두교인들은 자신들이 가장 성스럽게 여겨지는 갠지스 강에서 성스러운 자신의 몸을 만들기 위하여 목욕하고 그 강물을 먹기도 했다. 그곳에서 빨래도 한다. 그 속에 시체가 많다고도 한다. 가수 현인이 '인디안 처녀' '갠지스 강 푸른 물' 하고 노래 불렀는데 푸른빛은 찾을 수 없고 오염의 농도를 측정하고 싶을 정도였다.

석가모니 부처께서 처음 설법한 장소인 초전 법륜지, 불교 4대 성지 중 샤르나트 등을 지나면서 많은 생각을 했다. 저녁에 뉴델리행 야간 특급열차 침대칸에 탑승해야 했다. 내 생각은 열 시간 정도 기다렸나 생각되었는데 시간을 측정한 분들은 세 시간 정도라고 했다. 인도사람들은 시간관념이 철저하지 않다. 기차도 제시간에 오는 일이 거의 없다. 초라한 역전의 광장 주변은 오줌물인 듯한 오물이 질질 흐르고 있었다. 역 대합실 화장실이 유료라 그런 현상이 나타난 것이다. 그런 더러운 공간에서 기차를 무한정 기다리며 잠을 자는 사람들도 많다.

인도의 무책임한 시간관념 때문에 일정의 계획이 어긋나고 말았다. 옛 무굴제국의 수도 아그라에서 사랑이 빚은 불후의 명작 뭄타즈 마할

왕비의 묘 타지마할을 탐방했다. 그러나 탐방 순서에 들어 있던 아그라 성은 시간 관계로 방문하지 못하고 숙소로 이동할 수밖에 없었다.

다음날 뉴델리 국제문학심포지움의 문학토론 행사로 하루를 보내고 뉴델리 공항에 도착하여 출국 수속을 밟아야 했다. 갈대해우소의 추억은 오래 갈 것이다. 천민들의 삶, 다신을 섬기며 사는 나라, 걸인들이 산재한 나라, 종교싸움으로 파괴된 사찰과 학교, 인도인들의 생활상이 떠오른다.

지구촌 사람들은 다양하게 살고 있다. 지면상 탐방장소의 자세한 유래 설명과 심포지움의 문학토론에 대한 감격은 생략한다. 인도 천민들의 생활상이 가슴에 엉겨 있어 무게를 좀 덜어내고 싶다는 생각으로 이 글을 쓴다. 세월 따라 현상도 변하기 때문에 각 나라의 생활상도 변하게 된다. 지구촌에 가난함과 전쟁 없는 인류의 평화를 꿈꾸며 이 글을 마무리한다.

거대한 자연 앞에서

성경의 내용 중에 소돔과 고모라가 멸망된 내용이 있다.

  하늘 곧 여호와께로부터 유황과 불을 소돔과 고모라에 비같
이 내리사 그 성들과 땅에 난 것들이 다 엎어 멸하였더라.(창세기
19:24-25)

  롯의 아내는 뒤를 돌아보아 소금 기둥이 되었고 롯과 롯의 두

딸만 생존한 내용이다.(창세기19:26-30)

　홍수가 온 땅을 덮었고 여호와의 명령대로 큰 방주를 만든 노아
와 노아의 가족들만 방주 안에서 살아남았다. 또한 선택받은 정결
한 동식물들의 생물들만 방주 안으로 끌어들여 살아남았다.(창세
기 7장- 8장)

　내가 구름으로 땅을 덮을 때에 무지개가 구름 속에 나타나면
내가 너와 너희와 및 육체를 가진 모든 생물 사이의 내 언약을 기
억하리니 다시는 물이 모든 육체를 멸하는 홍수가 되지 아니할지
라.(창세기 9:14-15)

　사람들의 죄악이 팽창할 대로 팽창하여 땅에 죄악이 가득하니
여호와의 진노가 임해서 소돔과 고모라는 유황과 불로 땅을 덮어
멸하셨다 했다. 또한 여호와가 창조한 땅위에 사람들의 죄악이 세
상에 가득하고 그의 마음으로 생각하는 모든 계획이 악함을 보시
고 땅위에 사람 지으셨음을 한탄하사 마음에 근심하시고 이르시
되 내가 창조한 사람을 내가 지면에서 쓸어버리되 사람으로부터
가축과 기는 것과 공중의 새까지 그리하리니 이는 내가 그것들을
지었음을 한탄함이니라 하시니라. 그러나 노아는 여호와께 은혜를
입었더라.(창세기 6: 5-8)

나는 TV를 켜다가 깜짝 놀랐다. 시커먼 바닷물이 도시로 밀려오고 있었다. 나는 "저게 뭐야" 하며 공포감이 화면을 닫아버리고 아마도 과거의 어떤 내용을 재연하는 것이다 생각하고 있었다. 그런데 뉴스시간에 또 그 화면이 반복되었다. 일본 열도는 대재앙으로 휩싸이고 있었다. 가옥과 시설이 파괴되고 인명이 죽어가고 있었다. 이제는 원자력발전소 붕괴로 방사능 방출의 재앙이 일본 열도를 덮치는 듯 불안한 현실이 방송되고 있었다. 국가의 시설이 파괴되어 생필품도 떨어져가고 먹는 식수마저 방사능을 염려해야 하는 불안이 겹쳐지는 현실이 된 것이다. 다시 국가 재건이 되려면 20년 혹은 30년의 시간이 필요하다니 참으로 안타까운 일이다.

그러나 불행을 당한 국민들은 침착하게도 질서를 지키며 생명이 살아 있음을 감사하는 모습이었다. 조용하게 질서와 양보의 모습을 보여주었다. 선진국민의 태도로 타국의 모범이 되었다. 일본 사람들이 독도를 자기들의 땅이라고 떼를 쓰면서 한국을 무시하는 태도에 일본에 대해 증오스런 마음을 가졌던 때가 있었다. 독립기념관에 가면 우리 한국 사람이라면 누구나 흥분하도록 하는 일본의 만행이 전시되어 있다. 우리 민족의 치욕스러운 과거다. 그들은 조선 우리나라 땅을 강제 탈취하여 사람을 살상하고 옥고를 치르게 하고 조선의 역사를 없애 식민지화하려 했다. 우리 대한민국 국민들은 36년 동안이나 일본의 식민지화의 종이 되어 갖은 학대를 받으며 굴욕적으로 살았다.

그런 자들이 지난 과거를 반성하기는커녕 자꾸 독도를 자기네 땅이라고 우겨대니 나의 가슴은 불이 붙어 분노를 느끼고 있었다. 그 분노에 들끓고 있을 때 일본은 망할 거야 하는 생각이 가슴에서 솟아났다. 망했으면 좋겠다는 생각을 하고 있었던 것이다. 지금 생각하면 악한 생각인 것이다. 나도 악한 생각을 할 때가 있다. 악한 놈들에 대한 생각이다. 겉으로 표출은 하지 않았지만 마음속에는 용서가 안 되는 것이다. 성경에는 일곱 번씩 일흔 번까지라도 용서할지니라 하였다.(마태18:22) 그러나 현세에서 악한 놈들을 자꾸 용서하다 보면 세상이 제대로 돌아갈 것인가 생각된다. 현재의 악한 놈들은 자신의 개인을 위하여 이웃을 해쳐서 자신의 만족을 취하는 놈들인 것이다. 착한 사람들이 악한 놈들한테 당하는데도 자꾸 용서하면서 착한 사람은 그 억울함을 어찌하란 말인가.

나는 기독교인인데 악을 접하면서도 힘이 없어서 해결을 못한다. 겉은 선량한 탈을 쓰고서 내용적으로는 타인을 등쳐먹는 인간들이다. 인간과의 삶은 항상 진실함과 도덕과 참 질서가 있어야 한다. 그런데 눈뜨고 선한 자들을 등쳐서 배불리는 자들이 있는 것이다. 그런 위선자들을 보면서도 멍하니 바라만 보는 신세인 것이다. 권력과 힘이 없어서 그런 것이다. 내가 세상을 향해 외쳐본들 개미소리만 한 외침으로 무슨 힘을 나타낼 것인가. 그래서 권력도 힘도 없는 처지로 그런 악한 놈들은 현세에서 개과천선하기를 바라고 있을 뿐이다.

일곱 번씩 일흔 번을 용서하라는 하나님의 말씀을 마음에 새기면서 그 악한 놈들이 개선되기를 바라는 것이다. 탈취해서라도 본인의 배만 채워보겠다는 심보를 회개하기를 바라는 것이다. 내가 용서하고 아니하고 할 수 있는 어떤 힘도 없는 사람이 아닌가. 세상의 구석구석에 삶의 질서를 망가뜨리고 있는 악한 자들을 내 힘의 무엇으로도 어떻게 할 수가 없다.

글을 써서 힘을 보충해 보겠다고 글공부를 하면서 오히려 그 글들이 세상을 어둡게 하면 무슨 유익함이 되리오. 빛이 되는 글을 써보겠다고 다짐하다 보니 더욱 나를 긴장시키고 어렵게만 느껴진다. 아무리 유명세를 타는 사람이라 하더라도 다른 사람의 가슴에 상처를 주면서 피눈물을 흘리게 했다면 그 사람의 인품이 됐다 하리오. 아무리 달콤한 대화로 겉포장을 하고 가식적이라면 진실이 없는 것이요, 삶이란 내면에 진실함을 가지고 다른 이들을 축복해 주면서 자신도 열심히 살아가는 것이라야 삶다운 삶이라 생각한다.

물론 형제의 잘못을 일곱 번을 일흔 번이라도 용서하는 마음을 가져야 하겠다. 악한 역사의 과거 조상들을 가진 일본 재앙도 빨리 복구가 되어 일본인들이 평안한 삶을 살아갔으면 싶다. 일본을 위하여 많은 성금을 기탁하는 한국 사람들에게 그 자애심을 칭찬해 주어야 하겠다. 일본에 친가가 있어서 이번 재앙에 친정 식구들이 생명은 건졌는데 모든 집과 터전이 붕괴되었다고 했다. 어서 삶의 터전도 복구되고 방사선 노출의 불안함도 안정되기를 바란다.

아! 오늘 하루의 시간도 빨리 가는 듯하다. 고통과 어려움의 시련도 지나가면 약이 된다고 한다. 시간은 멈추지 않고 빠르게 가는 것이니 어려움도 해결될 것이 아닌가. 화단에 목련꽃이 몽우리 지어 있었다. 목련꽃이 활짝 핀 어느 화사한 봄날의 꽃그늘이 그립다. 만발한 목련꽃을 바라보면서 가슴을 활짝 열고 싶다. 어수선한 불안을 털면서.

생각의 결정(決定)

　어떤 사람이 아들 결혼문제를 앞두고 점쟁이를 찾았다. 답이 신통치 않게 느껴져 다른 점집을 찾았다. 가는 곳마다 판단과 운세가 달랐다. 점을 치러 간 사람은 어떤 점쟁이의 말을 들어야 할지 몰라 당황스러웠다. 과연 이 점쟁이들이 인생의 앞날을 정확하게 알 수 있는 사람일까?

　역학을 어설프게 배워서 다른 사람의 앞길을 안내하는 사람도 그렇다. 어떤 여인이 자신의 생활이 너무나 고단하여 사주팔자로 자신의 운명을 돌리다가 역학 공부를 하게 되었다. 역학이란 그렇게 간단한 공부가 아니다. 그런데 그 여인은 사람을 만날 때 마다 아는 체를 하였다.

사람들은 자신의 삶을 살아가면서 앞날에 대하여 궁금해 하고 답답함을 금치 못한다. 그래서 자신의 앞날을 이야기해 주면 그것에 매여서 자꾸 신경을 쓰곤 한다. 역학 공부를 한 그 여인에게 어떤 사람이 돌아오는 월요일에 돈을 받기로 하였는데 잘 받을 수 있는지 알려달라는 전화를 했다. 월요일에 돈줄 사람이 돈을 주면 받을 것이고 안 주면 못 받는 것이다. 그런데 못 받으면 어떻게 될까 하는 염려로 미리 알고 싶은 것이다. 돈 줄 사람도 어쩌면 그때까지 결정하지 못했을 수 있는 일을 그 여인이 어떻게 안단 말인가.

앞날을 정확하게 아는 사람은 아무도 없다. 우리는 일기예보에 의존하며 일상의 날씨를 대비하고 사는데 그건 점이 아니라 과학이다. 사람의 앞날도 그런 과학적 근거로 예측할 수는 있다. 인품이 인격적이고 지식이 풍부하며 환경이 좋으면 대개 좋은 직장에서 잘 지내는 모습을 본다. 공부를 많이 하여 실력이 좋고 갖추어진 자격증이 있으면 어디서나 필요한 사람이 될 확률이 높은 것이다.

점집에 찾아가는 사람은 과연 무엇을 예측 받을 것인가 알아야 한다. 귀신이 들렸다는 점쟁이들의 대부분이 이쪽 점집과 저쪽 점집이 틀린 예측을 해준다는 것이다. 이유는 점을 쳐주는 귀신이 각각 다르기 때문이다. 개성이 강한 귀신들은 각자 의견을 점괘(占卦)로 나타내고 있다고 한다.

역학으로 앞날을 예측해준 다는 사람의 이야기를 들으면 나도 상당한 호기심이 간다. 그러나 기독교으로서도 앞날이 미리 궁금하여 무엇을 보러 다니는 일을 삼가고 있다. 이십여 년 전에 친정 조카딸이 시집을 가지 않으려고 하여 하도 답답한 심정에 예언을 받으러 간 적이 있다. 그분은 군인 장성의 아내요 기독교인으로 믿음이 투철하여 예언의 은사를 받아서 사람들의 앞날을 예측하여 준다고 하였다. 어느 부흥목사님의 부인과는 잘 아는 분이라고 하면서 그 부인이 나를 안내하여 주었다.

그분의 예언이 조카딸은 훌륭한 결혼 상대자가 나타나서 결혼을 잘할 것이라고 하였다. 그분 말씀대로 조카딸은 외적으로나 내적으로나 모든 면이 갖추어진 교회 장로 집안의 다섯째 자제분과 결혼하게 되었다. 세월이 흘러 슬하 남매를 두었는데 벌써 아들은 대학생이며 큰 사업을 하면서 시집 집안이나 친가의 대소사에 큰손 노릇을 하고 있다. 그분의 예언이 맞은 것이다. 또한 그분이 나를 보더니 대통령될 아들을 두었다고 하였다.

역학하는 사람들은 사람의 태어난 연·월·일·시로 사주팔자를 예견한다. 그런데 태어난 때가 똑같아도 사는 삶이 다른 것은 왜일까? 또 작명하는 사람들은 어떤 이름을 갖느냐에 따라 인생의 행불행을 좌우한다는 주장을 펼치기도 한다. 이름은 인상과 같은 것으로 부르기 무난하고 좀 멋스러우면 되는 것이다.

기독교 신앙인 중에 예언을 하는 사람들이 있다. 성경 내용에도 예언을 외치는 선지자들이 있었으니 예언의 은사를 맡은 사람이 실제로도 있을 수는 있다. 그러나 그것은 점쟁이와는 다르다.

자신의 무능함과 어리석음으로 주눅 들어서 앞날의 미래가 답답할 때가 왜 없겠는가. 참으로 답답하고 숨이 허덕이는 일을 가지고 갈팡질팡할 때가 있다는 것이다. 하늘을 우러러보고 땅을 내려다보아도 도움 없는 안타까움이 인간 삶에는 있는 것이다. 그렇다고 점집에 찾아가서 해결할 수 없음을 깨달아야 한다. 날 때부터 정하여 있다는 사주팔자를 역학자가 제시하여 준들 어찌할 수 없는 팔자인 것이다. 안 들었을 때나 들었을 때에도 답답함은 뻔한 것이다. 또한 기독교 신앙인도 예언을 받았다는 예언자들의 예언이 모두 맞느냐 생각해 본다. 사회를 혼동시키는 예언자들이 많이 있어서 문제가 되기도 한다.

나는 말하고 싶다. 인간의 운명이란 마음먹기에 따라 얼마든지 바뀔 수 있는 것이라고 생각한다. 나는 기독교인으로 모든 면에 있어서 생각의 결정을 기도를 하며 결정해야 한다고 믿는다. 그러나 그 기도의 내용이 돌이 금이 되어 달라고 하는 기도는 미신인 것이다. 돌이 금이 될 수는 없기 때문에 틀린 기도이다. 기도하는 내용도 자연의 순리에 맞아야 한다. 때가 되어야 봄이 오고 사시사철 계절이 바뀌는 것이다. 신앙인도 생각의 결정을 하기에는 어려운 문제 중 하나다. 신앙양심이란 것을 말하고 싶다. 가슴속 깊은 곳에 신앙양심이 반짝거리고 있다. 신앙인이 아니라도 어떤 사람이든지 가슴속 깊은 샘 같은 곳에는 다이아몬드 같은 양심의 보석이 있다. 그 보석이 반짝반짝 무언가 제시해주는 무언의 대화가 있다.

변치 아니하는 참 진리인 다이아몬드 같은 양심을 두드려 울림을 받는 것이다. 그 울림을 깨닫기에는 많은 여건이 있다. 신앙인은 신앙의 여러 법으로 두드려본다. 도덕군자는 자신이 살아온 모든 신념과 도덕 윤리 등으로 양심의 소리를 듣는 것이다. 분명코 양심은 무엇인가 제시하여 가장 바른 결정을 해주는 지침이 될 것이다. 그렇게 고심하며 안타까워하던 문제를 해결 받으면서 엉클어진 실마디를 풀어가는 것이다.

깊은 생각의 결정을 하고 나서야 세상을 바라보는 눈이 환하여진다. 한송이 꽃을 바라보면서도 충만함과 환희를 선물 받는 것이다. 작심하고 나서 평안한 마음이 되어 희망의 빛을 보면 옳은 판단이다. 그것이 잘된 생각의 결정인 것이다!

J에게

J야!

너에게 먼저 위로를 한다. 많이도 피곤한 모양이다. 나는 너에게 얼마나 성실하였는지 반성해 본다. 참으로 너를 위하여 산다고 살면서 그게 제대로 살아진 것인지 생각한다. 요새는 네가 무척 바쁘고 피곤한 것 같다. 일찍이 너를 행복하게 못해준 것이 안쓰럽다. 뒤늦게 공부한다고 젊은이들 대열에 끼어서 깊은 학문을 논하는 네가 그렇게 몰라서 피곤하고, 해내야 해서 피곤한 네 입장을 이해하면서 너에게 잘해야 되는데 하고 다짐도 해본다. 너를 무척 고달프게 하는 것 같아서 미안한 마음뿐이다.

요새는 정보화 시대인 줄 안다. 재빠르지 못한 나는 스마트 폰도 사용하지 않고 정보화시대의 시대 감각도 뒤떨어져서 너를 신속하고 원활하게 보조를 하지 못한다. 내가 세상을 바라볼 때는 도깨비 세상처럼 모르는 것이 너무 많다. 뉴스에서 주가가 폭락했다느니 상승했느니 하는 아나운서의 말을 이해하지 못한다. 그래서 그런 방향에서 수입이 없는 나는 물질로 풍요롭게 너에게 해주지 못한다. 빚 없이 먹고 살 만한 경제적 힘으로 가계부를 꼼꼼하게 적고 있는 나는 너를 호화롭게도 못한다. 백화점에서 화려한 옷이 있고 가방이 있는 것을 보고 눈으로는 보았지만 감히 너에게 그런 것을 소유시키겠다는 생각을 못한다.

공부란 젊은 시절에 했어야 했다. 그 좋은 시절에 깊은 학문을 하도록 너를 도와줬어야 되는데 그렇게 하지를 못했다. 사정과 변명은 많지만 그런 것을 가지고 사람들은 뒤늦게 후회한들 무슨 소용 있느냐고 한다. 그 시절에 깊은 학문을 하도록 환경을 만들지 못하고 너의 노년에 지독하게 혹사시키는구나 생각한다.

나는 신뢰를 가장 으뜸으로 생각하는 사람이다. J! 너에게 신뢰를 제대로 지키지 못하고 있다. 엊그제 주문해 온 운동기구도 또 그대로 방치하고 있다. 너를 아름답게 꾸며줄 의무가 있는 내 자신이 네가 뚱보 되도록 방치하고 있다. 물론 일정이 많이 바쁘기도 하지만 그렇게도 운동하는 것을 싫어하니 너에게 약속을 못 지키게 된다. 현실은 취미와 사는 방향이 맞아야 함께 재미있게 동행할 수 있는 것인데 우리는 왜 이리 각각인지 모르겠다. 나는 신뢰를 지키지 아니하는 사람을 멸시하는 사람이면서 너와 나, 밀착해서 살아야 되는 관계가 이렇게 엉성하게 살아야 되는지 다시 한 번 반성한다. 내 시선으로 다른 사람에 대하여는 평가가 잘 되어서 불신의 모습이 보일 때는 마음속으로 섭섭한 감정과 단절이 된다. 물론 외적으로는 나타내어 표현하지 아니하는 성격이지만 내면으로는 불신의 감정이 생겼을 때는 회복이 잘 안 된다.

J!

너도 그렇지? 나에게 불평은 하지 않지만 내적으로 상당한 불만이 있을 것 같다. 세월은 유수와 같다는데 금년도 마지막 달을 맞이했다. 저무는 해를 보고 마음이 조마조마한 것은 사실이다. 해마다 다짐하는 것들이 큰 성과를 이루지 못해서다. 너를 좀 더 성공적으로 아름답게 보조해주지 못했다.

나는 너를 머리에서 발끝까지 관찰하면서 생각을 많이 한다. 내가 매일 너의 위장에 넣어주는 음식물들은 참으로 안정되고 적당하게 만족할 수 있는 음식물인지 생각을 많이 한다. 너의 위장에 들어간 음식물들이 각 처소에 적당한 영양가로 잘 전달되도록 내 역할의 음식물 공급이 잘되었는지도 생각한다. 위장이 영양소를 잘 관리하는 역할에는 피곤함이 없는지 생각 한다. 그러나 늘 바빠서 허덕이는 형편에 그렇게 생각만 하고 만 것 같다.

J야!

우리는 함께하는 운명이 아니더냐. 내 입장도 이해가 되어 철저하지 못하고 이상적이 되지 못하더라도 잘 견뎌서 병은 만들지 말거라. 간절하게 부탁한다. 우리가 앞으로 할 일이 많이 있다. 몸이 아프면 아무것도 못하고 세상을 헛되게 살아가는 것이다. 내가 일일이 머리에서 발끝까지 잘 살펴지지 못하는 점 너 스스로 자발하여 면역성을 길러서 부실한 점 없이 건강해야 한다. 노년에 공부한다고 그토록 감내하는데 그 노력이 헛되게 돌아가도록 건강이 약하면 안 된다.

J야!

오늘은 이만 글을 줄인다. 늘 건강하여 약해지지 말고 힘차게 노력하면서 감사하게 살아가기 바란다.

칼이 뛰는 역사

나는 역사극을 보다가 힘에 부쳐 화면을 꺼버릴 때가 많다. 역사극
으로 꾸민 드라마지만 왕권 탈취를 위해 칼을 휘두르며 피를 흘리는 광
경은 나의 정서에 맞지 않다. 아니 칼을 휘두르지 않더라도 다른 이들
을 중상 모략하는 내용들은 괴롭기 그지없다. 치렁치렁한 옷차림새도
어쩐지 거북스러운데 사람의 생명을 살생하면서 참새 한 마리를 죽이
듯이 정의로 치장하다니!

역사극이 아닌 일반적인 드라마도 다른 사람을 모략하여 자신에게

유익을 가져오려는 인물이 많이 등장한다. 그런 내용들을 접할 때는 내속이 뒤틀리고 불편해지는 것이다. 이런 이유 때문에 내가 소설을 잘못 쓰는 게 아닌가 하고 생각도 해본다.

　나는 소설 공부를 하면서 소설의 내용을 평범한 이야기처럼 스토리가 전개되면 소설이 아닌 이야기 정도라는 것을 알았다. 대학원 공부에 소설을 몇 편 써서 발표하는 과정에 '이야기를 쓰셨군요'라는 평가를 받기도 했다. 소설은 스토리 전개를 하면서 절박함과 맛이 나는 구상을 하여 큰숨을 들이쉬며 울고 웃게 하는 패배와 승부의 심판이 있는 명장면으로 하여금 독자에게 큰 감명을 주어야 한다. 불속에 올려놓은 냄비 안의 찌개가 발광을 하고 끓어대어 결말에는 맛을 내듯 소설도 발광하고 치고받고 하다가 맛을 내는 결말이 있어야 독자가 흥미를 갖게 되는 것이다.

　우주의 법칙이 해와 달 그리고 밤과 낮으로 되어 있듯이 세상의 삶에는 밝은 곳과 어두운 곳이 있다. 선과 악이 존재하여 선이 악을 이기고 때로는 악이 우세하여 울분을 터트리게 하는 억울한 이들이 있다. 그 괴롭을 당하는 사람들이 땅을 치고 하늘에 소리쳐도 도움을 받지 못하고 있을 수도 있다는 것이다. 이런 세상에서 연속극과 소설은 사람 사는 이야기를 통쾌하게 잘 정리해 줘야 참맛이 나는 결과를 가져올 것이다. 그런데 늘 평범한 울타리 안에 갇혀 사는 내 자신의 삶의 습관은 그 발광하는 무자비한 내용들에 대하여 동참하지 못하고 있다. 글쓰기라고 하지만 타인을 중상모략하는 어투의 표현과 악에 대한 구체적인 장르를 구성하기 어렵다.

　나도 소설 한편을 잘 써서 신춘문예라도 당선하고 싶은 희망이 요즈음에는 있다. 그런데 그 파란만장한 삶의 구성이 잘 이루어지지 않는다. 감정들이 난무하는 스토리 전개를 펼칠 자신이 없다. 독한 마음과 실천이 병행하여 결과를 이루어야 하는데 그게 실천이 잘 안 된다.

　나는 기독교인으로 내 이웃을 내 몸처럼 사랑해야 한다는 신앙심의 도(道)로 인생관이 굳어졌다. 마음속에 막힘이 있으면 꼭 선함으로 풀어내야 되는 습관도 있다. 글쓰기라고 하지만 생명을 경시한 피 흘리는 장면이나 다른 사람에게 모략중상하는 스토리 전개 등이 낯설다. 아니, 삶의 음지와 양지가 있듯이 음지와 양지의 대립세계를 잘 풀이하면서 글쓰기를 하면 될 것 같은데 실천을 못하고 있는 상태다.

짐을 내려놓고 배운다

　토끼와 거북이가 경주를 하였다. 누가 목표물까지 빨리 갈 수 있느냐는 경주다. 토끼는 재빠르고 거북이는 느리다. 그런데 결과는 거북이가 이긴다. 초등학교 교과서에 있는 내용이다. 토끼는 자신의 재주를 믿고 목표물을 향하여 가다가 잠깐 쉬어간다고 하다가 잠이 들었다. 토끼가 잠들어 있을 동안 거북이는 꾸준하게 기어가서 먼저 목표에 도달해 승리했다.

　거북이와 토끼의 경주 내용의 가르침은 꾸준하게 노력하는 자가 재주 많다고 게으르게 행동하는 자보다 승리자가 될 수 있다는 교훈을 주는 글이라고 생각된다. 나 자신을 생각해 볼 때는 거북이 편이 되는 것이다. 나는 그렇게 타고난 재주가 많은 자가 아니라고 생각하니 거북이 편에 설 수밖에 없다. 나의 학창시절에 내가 재주 없는 자라고 생각한 적은 없다. 그리고 사범학교를 졸업하고 교사생활을 할 때도 두려운 것이 없었다. 스스로 잘난 사람이 되어 있었던 것으로 생각된다.

지금 상태는 보통 겸손한 상태가 아니다. 아니 겸손하기보다는 모든 면에 먼저 겁에 질려서 포기하고 싶은 열등자가 되었다고 생각된다. 시대가 얼마나 복잡한지 나로서는 그 기술에 근접할 수도 없다. 그래서 컴퓨터에 대한 여러 기술이 필요할 때는 자녀의 힘을 빌리는 것이다.

그러나 세상의 어렵게 생각되는 많은 짐을 내려놓고 가벼운 몸이 되어 배우려 한다. 시대의 발달을 따라서 배워보려고 한다. 늙었다고 열등의식을 가질 필요가 있는가 생각한다. 둔하다고 좌절할 모습인가? 그냥 헤치면서 배워서 그래도 젊은 세대와 자녀들 앞에서 삶의 생기를 가지려면 등짐을 내려놓고서 배워보려 한다. 기계가 쉼 없이 전진하며 발전하고 있다. 기능을 모르면 아쉬울 때 답답하다. 70년대 컴퓨터가 등장했을 때 학원에서 초등생들 틈에서 열심히 자판 두드리는 것을 배우고 기능을 익혔다. 노력은 결국 열매 맺는 길이 되는 것이다.

그 결과 나는 노트북 자판의 글자를 잘 치는 사람이 되어서 글을 쓰고 있다. 컴퓨터 기계 기능도 열심히 배우려 한다. 모르는 것 있으면 멀리 떨어진 막내아들에게 전화해서 알아내고 한다. 핸드폰의 기능도 등

짐을 내려놓고 배우려고 힘쓴다. 그래서 핸드폰 구입한 가게에서는 모르는 것은 오셔서 배우라고 한다. 삶을 살아가는 길은 곧 배움의 길이다. 체력을 보강하면서 열등의식 같은 모든 등짐을 내려놓고서 배우는 용사가 되려 한다.

노트북과 친구 되어서

나는 매일 노트북과 지낸다. 하루에 몇 차례씩 노트북을 켜서 여러 상황을 살펴보고 이메일도 읽어보고 뉴스도 본다. 그렇게 세상 모습을 본다. 그런데 어제부터 노트북에 이상이 생겨서 잘 되지 않는다. 큰아들에게 연락하니 추석에 가서 봐드린다는 것이다. 답답하기 그지없다.

사람 삶이란 습관인 것 같다. 노트북이 있든지 없든지 아무 상관없이 편안하게 지내는 분들이 많이 있다. 나와 사범학교 동기동창생이고 서울에서 교편생활하다 은퇴하여 현재 서울에서 사는 친구가 있다. 그 친구는 내가 컴퓨터 얘기를 하자 '내가 왜 쇠덩어리를 만지느냐' 했다. 또한 영어공부에 대하여도 '내게 왜 그런 일로 머리 아프게 하느냐'고 한다. 대신 자신의 건강에만 관심이 크다. 그 친구는 50대 초반에 죽어서 입고 가는 삼베옷을 남편과 자기 것을 장만해 보관 중이다. 늘 자신의 몸만을 위하여 노력하는 친구는 금년 겨울철에는 응급실에 실려가서 입원 생활을 오래 하였다. 나는 죽어서 내 육체를 의대생들에게 맡겨 실험용으로 이용하면 좋겠다. 그렇지 아니하면 배고픈 까마귀라도 배불리 먹게 하는 육체가 된다면 괜찮을 터인데 나 역시 천안 공원묘지에 내 묏자리를 장만해 놓은 상태다. 자손들이 내 육체를 실험용으로 사용하도록 제공하지 않을 듯싶다. 자손들은 많이 울면서 죽어버린 어머니를 지극히도 장례를 잘 치를 것이란 생각이 든다. 언제인가 감기 기운인지 몸이 아프다고 하였더니 아픈 어머니를 생각하니 눈물을 많이 흘렸다는 큰아들의 고백을 들었다.

나는 늦은 세월에 공부를 하니 글을 읽고 쓰고 하는 생활이 한시도 노트북이 없으면 살아갈 수 없는 신세가 되었다. 노트북이라는 기계가 친구가 되어줌을 부인할 수 없다. 이메일로 개인적인 사연의 전달도 되고 공적인 뉴스도 받아들이며 세상을 살아가는 존재감을 느끼기 때문이다. 물론 학위 문제로 노력하는 공부에 심한 고통을 느끼기도 한다. 그러나 인생의 고개는 많고 많다고 생각한다. 등산하는 자가 숨을 헐떡거리면서 고개를 넘는 고통이 있어야 정상에 오르는 기쁨을 맞이하듯 인생도 그러한 진리가 있을 듯싶다.

시대는 급속도로 변하고 전진하는 시대다. 죽음이 눈앞에 있다고 죽음 뒤 입을 삼베옷은 장만하지 못하더라도 정보화시대에 대한 삶은 준비하면서 살아가야 하는 듯싶다. 나의 수명이 얼마나 될지 장담할 수 없으나 남은 생애를 노력하면서 살아가야겠다.

자꾸 뇌를 개발시키고 손을 움직이고 발을 재빠르게 움직이고 몸뚱이를 단련시켜야 시대에 적응될 것이다. 시대에 따라 낱말 외우기도 힘들다. 아파트 이름, 호텔 이름, 가게 이름 등등 힘들다. 이번 추석에 홍천에 있는 리조트에 가서 지냈는데 그 이름이 '소노펠리체'이다. 소노는 소리의 어떤 의미가 있다고 생각되는데 펠리체의 단어가 정확한 어떤 낱말이 아니라 외우기에 상당히 힘들었다. 며칠을 지낸다 해도 자신이 지낸 건물의 이름은 외어야 할 것 같아 리조트 이름을 외우려는데 자꾸 잊어버리고 했다. 둘째아들이 11월에 이사간다는 주상복합 아파트는 '더샵스타시티'이다. 영어로 뜻이 정확하게 나타나니 외우기가 쉬웠다. 시대가 글로벌하니 많은 영어들이 범람해 어리둥절할 때가 많다.

노트북에 침범한 바이러스는 기술자나 해결할 수 있단다. 사립고 컴퓨터 교사인 조카가 기술자를 소개해 해결해 주었다. 컴퓨터를 다시 만나니 숨통이 트인다. 정보화 시대와 글로벌 시대에 부지런하게 노력하며 살 수밖에 없는 숙명이다. 참으로 바쁘고 고단해서 아프거나 죽음은 멀리 달아날 것 같다.

집착의 끈을 끊어버리려

마음이 상하면 나는 혼자의 불쾌감을 나타내는 언어를 사용한다. 난
처하도록 아주 심한 표현을 하는 것이다. 그 언어를 듣는 것은 하나님
뿐이다. 그러나 상대에게 직접적인 표현은 잘하지 않는다. 불쾌감을 갖
는 것도 집착이다. 불쾌감을 갖게 하는 상대를 생각하는 것도 집착이
다. 다 끊어버리고 홀가분하도록 털어버려야 한다.

심령이 가난한 자는 복이 있나니 천국이 그들의 것임이요, 애통

하는 자는 복이 있나니 그들이 위로를 받을 것임이요, 온유한 자는 복이 있나니 그들이 땅을 기업으로 받을 것임이요.(마태복음 5장 3절-5절)

나는 마음 상하는 것들을 날려보내 나를 평안한 길로 이끈다. 사람 사는 것이란 간단하지는 않다. 나에게 청소년기부터 지금까지 늘 돈독한 우정으로 지내오는 친구가 있다. 친구에 대하여는 좀 불쾌감이 있더라도 소화하면서 잘 지낸다. 사람이란 개인적으로 쌓아올린 인격의 됨됨이를 타인이 시정할 수는 없기 때문이다. 그냥 쌓아진 우정으로 이해하는 것이다.

예를 들면 친구에 대하여 몇 가지 감정의 찌꺼기가 가슴에 남아 있다. 그 친구와는 사범학교 다닐 때 추운 겨울이면 이불을 겹쳐서 한 이불 속에서 잠을 잤다. 각각 고향에서 교편생활도 하였고 친구는 출가 후 대전에서 잠깐 지내다 줄곧 서울에서 교편생활을 하다가 퇴직했다. 하루는 친구가 찾아와 우리집에 자고 가면서 신신 당부를 하였다. 도둑이 들어오면 도둑에게 줄 돈을 오십만 원씩을 준비해 놓으라고 하였다. 나는 가끔 그 친구의 말을 새겨본다. 평상시 도둑에게 오십만 원을 주려고 준비하기는커녕 내가 쓸 용돈도 오십만 원을 준비 못하고 있는 나다. 친구는 어느 날 나에게 동유럽을 가자고 하였다. 그래서 지금은 여러 가지로 갈 수 없는 형편임을 밝혔다. 친구 왈, '너는 돈 가지고 천당 갈래' 하였다. 왜 자꾸 물질의 덮개를 덮어 말하는지 이상하게 여겨졌다. 내가 깨달은 점은 아무리 친한 사이라도 자신의 물질 이야기는 하지 않는 것이 좋겠다고 생각했다.

북유럽을 갈 때 이야기다. 먼저 다녀온 그 친구에게 준비물 등을 문의하면서 큰아들이 오백만 원을 입금하면서 여행하시라고 권해서 몸도 좀 안 좋은데 용기를 냈다고 하였다. 그러자 친구는 대뜸, 아들에게 해준 것이 얼마인데 하였다. 어이없는 감정이 생겨졌다. 혼자 중얼중얼하였다. 누가 자식에게 준 것을 따지고 살아가나 새삼스럽게 친구가 이상하게 생각되었다. 친한 친구 사이라도 자식 이야기는 하지 않는 것이 좋겠다고 판단했다. 현재까지 그 친구와 평화롭고 정답게 잘 지내고 있다. 그러나 마음속에 느껴졌던 덩어리는 없어지지 않았지만 친구가 즐겨하는 말로만 우정을 유지하고 지낸다.

말로나 행동으로 다른 사람을 얼마나 배려하면서 살았나 나를 되돌아본다. 청년 시절에는 눈에 거리낌이 있으면 매섭게 벌처럼 쏘면서 냉담을 표현하곤 했다. 이제 긴 여정의 세월을 살면서 마음의 상처를 홀로 많이 부비고 치료하면서 집착의 선線을 끊는다. 그렇게 집착의 선을 끊어버리면서 상대에게 모질게 표현하지 않고 평화롭게 산다. 가정에서나 사회에서 그렇게 온순한 사람이 되어 살아간다. 세월의 강풍은 호된 바람인가 한다. 그 바람은 주위사람을 대하면서 집착의 끈을 끊으면서 스스로 평화로운 습관으로 생활해 간다. 세상은 혼자 살 수 없는 곳이기 때문에 함께 어울려 살아야 한다. 되도록 나에게 피로감을 주고 불쾌감을 주는 것들이 달라붙지 못하게 세월을 맞이한다. 엄마 뱃속에서 홀로 세상에 태어나게 되었다. 또한 이 세상에서 영원히 머무는 것도 아니고 누구에게나 시한부 인생으로 혼자 갈 수밖에 없는 죽음이 있다. 스스로 자유의지의 삶을 감당해야 하는 의무가 있다.

생각해 보면 많은 것들의 집착을 끊으면서 세월을 맞이했다. 자녀들이 어렸을 때는 음악 가족을 만들려고 노력한 때가 있었다. 내가 결혼할 시기에는 전축이 흔하지 않았고, 겨우 라디오를 들고 시집갔다. 그 시기 신랑은 큰 전축을 장만할 정도로 음악을 좋아하는 사람이었다. 대학시절에는 성가대를 지휘한 사람이며 목소리도 좋고 노래도 잘하는 사람이었다. 자연적으로 딸도 음대에 들어갔다. 그 아버지의 아들들도 음악적 감정이 우수했다. 그래서 음악 가족이 되기 위하여 피아노를 가르치고 서울에서 선생을 초대하여 바이올린 레슨을 시켰다. 성탄 축하 행사에 아들들이 바이올린 연주를 하였다. 그러나 아들들에게 음악적 실력을 키우기에는 여러 가지 한계가 있었다. 피아노를 배우기 싫어하는 아들도 있었고, 아들들에게 음악적 교양으로 실력을 키우기에는 시대적 환경이 어려움을 주었다. 고등학교 때부터 집을 떠나 공부하는 아들들에게 악기를 잘 다루는 음악 가족을 만드는 욕망의 집착은 버려야 했다.

딸은 어렸을 때부터 각별한 관심으로 피아노를 가르친 결과로 음대를 가게 되었다. 큰아들은 부모의 욕망을 알아차린 것인지 의대생이 되었다. 그리고 둘째아들, 셋째아들이 공부를 잘하여 그들의 아버지는 참으로 큰 기대를 가졌다. 둘째가 연세대에 합격하였을 때 당장 종로학원에 들어가 재수하여 서울대에 들어가라고 화를 내었던 아버지였다. 겉으로 나타내지는 아니했지만 아마도 서울대 법과쯤 합격하여 판검사 정도 될 아들로 기대를 했던 것 같다. 그러나 그 아들은 그런 직업은 적성이 맞지 않는다고 하였다. 생각해 보면 판검사가 되려면 그 고시공부 때문에 힘들기도 하다. 또한 힘은 있지만 범죄를 다루는 직업이 행복하다고는 볼 수 없다. 부모의 욕망이 이루어질 수 있으면 좋지만 안 되는 일은 어쩔 수 없다고 생각한다.

아버지는 영재 소리를 듣던 셋째아들을 무척이나 사랑스러워하면서 기대했다. 셋째아들이 대학원을 졸업하였을 때 외국에 나가서 박사학위 정도는 받아서 대학 강단에 서기를 기대하였다. 그러나 기대와는 달리 외국에 나가서 일년 어학연수만 하고 돌아왔다.

자녀들 사남매가 자신들의 원하는 삶을 살아가고 있다. 내 뱃속에서 튀어나온 자녀들이지만 그들 삶의 운전대를 운전할 수는 없다. 체념하면서 집착으로 가는 선을 끊을 수밖에 없었다. 어찌하랴, 자신들이 끌고 전진해야 되는 삶이요. 부모가 살아주는 삶은 아니다. 자식들에 대한 모든 것들을 그들에게 맡길 수밖에 없다. 그리고 각자의 자신들의 능력의 한계도 있으리라 생각한다. 자녀들에 대한 집착을 끊는다. 지나친 관심과 사랑을 주려고 하는 것도 집착이다. 자녀들을 위해서 기원해 주는 어머니가 될 뿐이다. 아니, 어느 누구에게도 넘치는 관심은 집착이다. 다만, 열심히 살아가는 자신의 모습으로 비춰주는 것도 덕이 되는 삶이다.

삶은 무정한 아픔이 많다. 나에게 덤비는 고통의 종류가 무엇이든 내 것은 아니다. 모자라고 궁핍한 모든 것들이 나와는 상관없는 것들이다. 똑딱똑딱하는 시간의 초침을 뒤로 하고 살아가야 할 존재다. 한순간도 내가 사는 것이다. 한순간이 행복하지 아니하면 미련하고 불행한 삶이다. 오늘, 이 한순간이 이어지는 것이 삶이다. 오늘도 내일도 죽음이 올 그때까지 감격의 삶을 맞이하는 것이다. 괴로운 것들에 매달리는 것은 삶을 괴롭히는 집착이다. 머리에서 발끝까지 나를 괴롭히려 덤비는 것이 있으면 집착하지 말고 끊어버리는 습관으로 살아가야 한다.

삶과 죽음

이 세상 모든 생물은 살다가 죽는다. 식물에게도 동물들에게도 삶과 죽음이 있다. 특별하게 사람의 삶은 인생이라고 한다. 사람도 생물학적으로는 동물에 속하지만 동물이라고 하지 않고 인간이란 칭호를 붙인다. 그런데 그 인간이 동물처럼 살면 동물만도 못한 인간이라고 한다.

요새 며칠 동안 매스컴을 타고 흐르는 전파는 북한 김정일의 사망 소식이다. 그는 한국 나이로 70세이다. 그 죽음이 그리 억울한 나이는 아니다. 그는 아버지 덕에 호화로운 삶을 누렸다. 그의 아버지 김일성은 방부제 처리를 하여 시체를 모셔놨다. 김정일도 방부제 처리를 하여 그 시체를 그대로 놔둔다니 참으로 별일도 다 있다는 생각이 든다. 동물은 박제를 한다. 박제는 짐승의 가죽만 남기고 그 몸 안에는 솜이나 톱밥 등을 넣어 만든다고 한다. 그런데 사람은 박제하려면 어떻게 하는지 궁금하다.

이집트를 여행하면서 미라를 봤지만 어떤 형상만 이루었을 뿐 완전한 모습도 아니고 변색된 흙 색깔 비슷한 통으로 이루어진 미라였다. 미라라고 하니 그런가 보다 할 뿐으로 인간의 모습, 그 원형은 아니었다. 보기에 놀라움과 감동을 주지 아니했다. 미라는 고대 이집트나 잉카 등에서 동물의 시체가 내세에 영혼이 잠들 육체가 있어야 한다는 신앙에서 성행했다고 한다. 사하라 지방 등 건조지역에서는 자연적으로 만들어진 것들도 있다고 한다.

김일성은 83세까지 살다가 세상을 떠났다. 그의 시체는 금수산 기념 궁전에 보관되어 있다 한다. 그 미라를 잘 보관하기 위한 비용이 일년에 십 억이란다. 김정일까지 미라로 만들어 그의 아버지가 있는 금수산 기념궁전에 보관한다니 이제 일년에 이십 억 정도가 들게 된다. 죽은 자가 산 자를 죽인다는 경제적 관념이 현실화되는 것이다.

시체 보존 작업에 있어 최고의 기술을 보유한 곳은 '러시아 생물구조 연구소'라고 한다. 사체에 화장을 하고 방부제 처리를 하여 생존 그대로 보존하는 기술을 '엠바밍'(embalming)이라 한다. 사체를 세척해서 살균 소독한 후 피를 빼서 착색된 포름알데히드를 죽은 자의 혈관에 주입하는 일이다. 김일성의 사체 보존 방법은 먼저 4~5명의 숙련된 전문가가 사체를 발삼향의 액체가 담긴 수조에 넣고 그 향액을 삼투압을 이용하여 피부에 삼투시킨다. 뇌와 안구, 내장 등은 빼고 젤 상태의 발삼액을 사체 내에 채워 넣는다. 생체의 수분량과 같은 80%의 발삼향액을 사체에 넣고 피부가 건조되도록 몇 시간 동안 공기에 노출시킨다. 발삼향액이 새어나오지 않도록 노출 부분을 미라처럼 가죽포대로 감는다. 얼굴에는 화장을 하고 몸에 새옷을 입히면 보존처리가 완성된다.

김일성은 통상 9번째로 영구 보존된 공산주의 지도자라고 한다. 죽은 순서로 보면 레닌(1924), 불가리아의 디미트로프(1949), 스탈린(1953), 구 체코슬로바키아의 고트발트(1953), 베트남의 호치민(1969), 앙골라의 네트(1979), 가이아나의 바냠(1985), 중국의 마오쩌둥(1976) 그리고 김일성(1994)이다.

나는 내가 죽은 뒤 내 육체가 요즈음처럼만 싱싱하다면 의대생들이 실험으로 쓸 수 있도록 기증을 하고 싶다. 그런데 현재는 천안 공원묘지에 내 묏자리를 마련해 놓았다. 아마도 자손들이 내 육체를 의대생의 실험도구로 내주지 않을 것 같다. 나는 내가 죽은 뒤 화장하여 바다에 뿌리든지 산에 뿌리든지 관심이 없다. 자손들은 통곡하고 울면서 천안 고원묘지에 장사 지낼 것이 당연한 일인데 누가 슬퍼하든지 웃든지 그런 관심도 없다. 서울에 사는 친구는 50대 중반에 죽으면 입고 가는 삼베로 된 수의를 부부간 장만하여 놓고 부고 보낼 사람도 써놓았다고 한다.

결국 삶이란 어떻게 살고 어떻게 죽느냐가 문제이다. 삶은 살아가는 동안 이웃에게 도움이 되도록 살아야 한다. 다른 사람을 괴롭히는 삶은 악인의 삶이다. 죽음은 깨끗한 죽음이 돼야 할 것이다. 이 세상에 와서 깨끗하게 살다가 죽는 날까지 깨끗하고 평화로운 죽음을 맞아야 할 것이다. 그 깨끗한 죽음은 영웅 소리를 듣지 아니해도, 대단한 부자와 유명한 사람이 아니라도, 하느님 보시기에 아름답다고 하면 될 것으로 알고 나는 그렇게 준비된 죽음의 목표를 향해 가고 있는 중이다.

인생의 탑을 쌓으며

나는 아산문학회의 회원으로 활동한다. 참으로 영광스럽다. 내가 살고 있는 지역에서 문학 동지들과 글을 써서 책에 싣고 문학으로 함께 인생 탑을 쌓는다고 생각한다. 보람되고 희망에 넘치는 일이다. 벌써 20년이 넘었다.

그런데 안타깝게 느껴지는 상황이 있다. 유능하고 함께 하여야 할 회원들이 아산문학에 소홀하다. 앞에서 열심히 일했던 회원들이 행사 때 나타나지 않아 안타깝다. 그때 그 자리에서 힘써 일했으면 뒤를 이어가며 수고하는 분들에게 힘이 돼줘야 성실한 모습이고 아름다운 삶의 모습이라고 생각된다. 그런데 뒤안길로 사라져 보이지 않는 건 무슨 사연인지 답답하다. 스스로를 우월하다고 여겨서 나오지 않는 회원도 있는 모양이다.

회원이면 협조하여 장점을 찾아가야 한다. 내 뜻에 맞지 않다고 걷어차고 불평으로 끝나서는 아름다운 문학인이라고 할 수 없다. 우리는 누구든지 인생의 탑을 쌓고 살아간다. 특히 문학하는 이들은 문학으로 인생의 탑을 쌓아가야 한다. 삶에는 불편도 있고 불평하는 내면의 소리도 있다. 그러나 인생의 길에서 뻥 뚫린 길도 막힐 때도 있듯이 좀 어려움이 있다고 내가 가야 할 길을 이탈해서는 안 된다.

다른 이의 사정과 형편을 완전히 이해하고 알기에는 어렵다 생각된다. 그러나 아산문학회의 회원의 한 사람으로 그런 부정적인 모든 것들을 이기고 노력하는 모습을 기대한다. 사실 내 처지를 생각할 때면 잘난 것도 없고 우수한 것도 없다. 젊음의 패기도 없다. 그러나 꿈은 있어 외쳐본다. 아산문학회의 회원은 친목이 잘 이루어지고 글쓰기에 노력하면서 지역사회에 불빛 역할을 했으면 한다. 이 나라 이 민족 위해 문학인으로 이바지했으면 한다. 나 한 사람이 얼마나 중요한가도 자각하면서 모두 함께 인생의 탑을 쌓아갔으면 한다.

육체는 흙속에 묻힌다

아무리 오래 산다고 해도 백 살이 넘어 사는 사람은 흔하지 않다. 내 주위 사람들은 60~70대에 세상을 많이 떠났다. 엊그제 김영삼 전 대통령이 88세에 서거해서 사람들이 애도의 눈물을 흘렸다. 이런 상황들을 이용하여 이단교회에서는 말세가 가깝다고 강조한다. 죽으면 천당에 가야 한다느니 현재의 삶은 허무하다느니 하면서 감정을 북돋아 사람들을 허황한 심리에 빠져들게 인도한다. 그러나 지구가 멸망하더라도 이 순간 사과나무를 심겠다는 명언을 존중한다. 천당도 지옥도 내 마음대로 할 수 있는 것이 아니다. 해와 달을 마음대로 조종할 수 없듯이 천당 가고 지옥 가는 것이 내 맘대로 되는 것이 아니다.

죽고 사는 것은 자연의 섭리니 그렇게 공포스럽게 생각할 필요는 없다. 물론 죽음을 생각하지 않는 것은 아니다. 나는 내일 다시 일어나지 못하고 죽을 수도 있으니 죽음 뒤에 추한 환경을 만들지 말자고 생각하면서 잠자리에 든다. 아침이 되어 일어날 때마다 다시 살아 있구나 생각한다. 이단교회의 열성파 한 사람이 내게 지옥 천당 이야기를 귀찮게 해서 나도 열심히 살고 있으니 공포를 조성하지 말라고 만류했다.

한 순간인들 죽음 뒤에 천당 갈 생각으로 살려고 노력하며 지내지만 늘 바쁘고 고단한 생활은 같은 굴레에서 살기 마련이다. 이 세상에 살아갈 동안 허탄하게 허송세월 보내지 말고 무언가 남은 이생에서 인간다운 삶을 살아서 명품 하나 남기고 육체는 흙속에 묻히고 영혼은 천당에 가야 한다는 믿음과 소망으로 목표의 길을 간다.

일국의 대통령이었던 분도 흙속으로 들어갔다. 참으로 고이 흙속에 묻혔다. 죽음 뒤에 고요한 모습이 보기에 좋았다. 누가 그분을 우상으로 섬기려고 하지도 않고 흙속으로 들어가시는 그 분의 모습에 눈물을 흘렸을 뿐이다. 이 세상에 있는 생물들은 죽음 뒤에 육체는 흙속으로 가는 것이다. 육체는 흙속으로 가고 영혼은 하늘나라에서 심판을 받게 되는 것이다. 그런데 자연의 순리를 역으로 시행하여 스스로 하느님 되어 죽은 자의 시신을 거창하게 우상화시키는 것은 자연의 불법이다. 그들의 끝이 어떻게 될지 안타깝다.

죽음 뒤의 일

어느 분의 죽음 뒤가 너무 시끄럽다. 그 죽음은 하늘에서 정한 생명의 기한을 자신의 마음대로 단축해 버린 스스로 자신의 목숨을 해한 죽음이다. 그 분은 나라에 무슨 큰 잘못이 있어 수사를 받던 중 괴로움을 견디지 못하고 스스로 생명을 끊어버린 듯하다. 나라일은 전문적인 사람이나 아는 일이므로 그저 뉴스를 통해서 저분이 무슨 잘못을 했는지 생각하는 정도다.

인생은 이 세상에서 영원히 살 수 없는 죽음의 문이 있다. 그 죽음의 문을 잘 통과하기 위하여 신앙생활도 하고 여러 가지로 노력을 한다. 그런데 그 죽음을 맞이하는 방법은 여러 가지다. 병들어서 더 이상 육신의 삶을 해 나갈 수 없을 때 육신이 죽어지는 죽음이 있다. 삶의 법대로 이 세상에서 살아갈 수 있는 수명을 다했기 때문에 죽음을 맞는 운명도 있다. 그런데 가장 안타까운 것은 이 세상에서 더 이상 살 수 없다고 스스로 생명을 끊는 부류다. 더욱 흉악한 죽음은 잔인한 인간의 사고로 피해를 보는 죽음이다. 제 마음대로 다른 사람을 해치는 인간 말종도 있다. 나는 열심히 살아가는데 이런 인간 말종한테 해를 당하면 이 얼마나 억울하고 원통한 일인가 생각한다.

필자는 20대부터 죽음을 생각하는 습관이 있다. 저녁에 잠자리 들기 전에는 밤에 혹시 죽음을 맞이하여 내일 사람들이 내 죽음 앞에 서 있을지도 모른다는 생각을 한다. 과연 죽음 뒤에 평안한 곳으로 내 영혼이 갈 수 있는 자격이 있는가 생각을 한다. 얼마나 깨끗하고 정결하게 남은 인생을 살다가 죽음의 문을 잘 통과할 수 있을까. 얼마나 타인의 축복을 진심으로 바라고 기원하였는가도 생각한다. 다른 사람이 잘 살고 행복해야 나도 평화롭고 즐거운 것이다. 나는 기독교 신자이기 때문에 하나님의 진리대로 합당하게 잘 살았는가를 많이 생각하고 반성도 한다. 하나님 말씀대로 살기 위하여 순간순간 노력도 하면서 산다. 그러나 참으로 부족함을 많이 느끼고 하나님의 손에 들려 살기 위하여 기원을 많이 한다.

인생은 자신이 살아온 세상에 보람된 발자취를 남기고 세상을 떠나는 것이 아름다운 삶이라 할 수 있겠다. 늙었으니 대우 받는다는 심리는 바람직하지 않다. 세상에 업적을 남기고 세상을 떠나면 훌륭한 모습이지만 평시민은 대개 평범하게 살다가 세상을 떠난다. 다만 죽음 뒤 자녀들이 부모 때문에 힘이 들지 않도록 죽음의 준비도 잘 해야 한다. 병치레로 빚을 많이 짊어지게 하는 것도 못할 일이다. 그게 무슨 소리냐고 할 테지만 늙으면 아프고 죽는 것은 삶의 순리이니 병 치료로 너무 재산 탕진은 하지 말자는 얘기다. 웬만큼 늙어서 죽게 생겼으면 자꾸 병치레보다는 그저 죽음을 고요히 기다리는 모습도 아름다운 노후의 풍경이 될 듯하다. 빚보증으로 경제적 어려움을 준다든가 인간관계로 복잡한 엉킴이 있어도 안 되는 일이다.

죽음 뒤가 깨끗하고 명예롭게 되어져야 한다. 이 세상에 한 번 와서 살다가 죽음을 맞이하는 것인데 참으로 깨끗한 죽음이 되어야 한다. 살아가면서 한 순간도 늘 죽음의 뒷모습이 깨끗하도록 노력하면서 살아가는 것은 인생의 길이요 의무다.

선한 삶을 사는 방법에 관한 편안한 잠언

조정화의 수필집 『존재의 날숨』(곰곰나루, 2020)에는 오래 전부터 차곡차곡 빚어서 모아 놓은 수많은 사실들이 '선함'이라는 축을 중심으로 천천히 돌고 있다. 작가가 만든 축은 편안하고 안전하게 이야기의 속도를 조율한다. 그래서 우리는 『존재의 날숨』을 마치 성경 속 〈잠언〉을 읽는 기분으로 읽어나갈 수 있다.

선한 삶을 사는 방법에 관한 편안한 잠언
-조정화 수필집 『존재의 날숨』에 부쳐

김동혁
(문학평론가, 울산과학대 외래교수)

1. 序

　수필을 쓰는 행위는 사실에 기인한 삶과 자신을 둘러싼 세계에 대한 깨달음을 짧은 산문 형식으로 풀어내는 것이다. 그래서 수필은 소소한 '나'의 일상에만 머물러서도 안 되고, 세간에 고여 있는 망망한 이야기를 함부로 옮겨서도 곤란하다. 그런 의미에서 수필가들은 자신의 삶과 시대의 양상에 대해 고민하려고 발 벗고 나선 이들이다. 문학에는 흔히 장르라고 이름붙인 이러저러한 경계가 있다. 수필과 같은 서사장르의 반경 안에 있는 소설은 작가가 진실을 이야기 하고자 하는 욕망에서 발현된다. 진실의 객관성은 한 인간의 담론을 통해 확보될 수 있는 것이 아니다. 도리어 그 담론은 가치관을 달리하는 사회의 다른 구성원으로부터 공격을 받을 수도 있다. 한 시대의 사회적 통념과 이데올로기를 향한 소설가의 정신은 독자의 사유에 따라 올곧게 보일 수도 있고 삐딱하게 읽힐 수도 있다.

그렇다면 수필의 경우는 어떠한가. 수필과 소설의 형성 과정에서 맞물리는 지점은 '이야기'라는 포괄적인 범주를 넘어서지 못한다. '이야기'를 다루는 방식에 극명한 차이가 있기 때문이다. 또한 이야기 속에서 추구하고자 하는 가치도 다르다. 소설이 진실에 관한 탐구를 제일의 가치로 지향한다면 수필의 최고 가치는 '사실'의 미학이다. 사실을 매만지는 과정에서 빚어지는 미학이야말로 수필을 쓰고 읽는 절대적 가치일 것이다. 사실을 글 속으로 옮기기 위해서는 작가가 만들어 놓은 분명한 축이 존재해야 한다. 극단적으로 말해서 소설은 그 어떤 세상사를 담아 놓아도 상관없다. 소설이라는 장르는 작가가 하고자 하는 모든 이야기를 방어하기에 충분한 울타리를 가지고 있다. 하지만 수필은 안 된다. 수필 속 작가의 일상과 사유는 '사실'이기 때문이다. 작가가 만든 축의 자장 주변에 작가의 일상을 공전하도록 해야 한다.

조정화의 수필집 『존재의 날숨』(곰곰나루, 2020)에는 오래 전부터 차곡차곡 빚어서 모아 놓은 수많은 사실들이 '선함'이라는 축을 중심으로 천천히 돌고 있다. 작가가 만든 축은 편안하고 안전하게 이야기의 속도를 조율한다. 그래서 우리는 『존재의 날숨』을 마치 성경 속 〈잠언〉을 읽는 기분으로 읽어나갈 수 있다.

2. 선한 삶을 위한 기억

사람이라면 누구나 기억의 수필집 한 권을 가슴에 품고 산다. 하지만 가슴에 공기처럼 고인 기억의 개개한 사연을 표현으로 형상화시키는 일은 누구나 하는 일이 아니다. 대부분의 경우 기억은 설명의 범주를 넘어서지 못한 채 한숨처럼 흩어진다. 결국 동어의 반복에 불과한 설명이 표현으로 화(化)하기 위해서는 반드시 매개가 필요하다. 이를테면 '먹의 향기'가 아버지와 큰오빠의 삶에 자연스럽게 스며드는 우아한 역동성 같은 것 말이다.

인생을 살아가면서 무엇을 가장 중요하게 목표하면서 아끼고 살았는가 하고 지난날을 회상해 본다. 신앙이 절대적인 기독교 집안으로 시집와서 남편과 자녀들을 위해서는 온 힘을 다했고, 선의 눈금을 성경말씀에 맞추고 열심히 산다고 살았다. 하지만 다시 한 번 생각해 본다. 나의 모습은 어떠한가. 인생의 연륜이 쌓이면서 늘 되풀이되는 자신의 생활을 돌아보게 된다.

[……]

아버지에게 효도를 하면서 사는 것이 큰오빠의 인생관으로 대

(大) 농가에서 일꾼과 농사를 지으며 아버지 곁을 떠나지 않고 살았다. 글도 읽고 시도 짓고 먹을 갈아 글씨도 쓰면서 때때로 아버지와 장기를 두었다. 지금 세대가 그 모습을 본다면 어떻게 받아들일까. 큰오빠는 장자가 아버지 곁을 떠나서 살면 안 된다는 생각을 가진 것 같았다. 큰오빠 부부는 부모에 효도하는 것을 인생의 낙으로 여기고 살면서 객지에서 공부하는 여러 동생들까지 뒷바라지했다.

　이런 회상 속에 먹물은 점점 진액이 되어 더욱 까만색으로 변한다. ─「먹을 갈며」에서

　작가는 먹을 갈면서 기억을 만든다. 갈아 놓은 먹물로 엄중한 붓글을 쓰지 않았다. 값비싼 한지를 이야기의 바탕으로 삼지도 않았고 서예의 격조로 서사를 풀지도 않았다. 다만 작가가 정성껏 먹을 간 벼루에는 아버지와 오빠에 대한 기억 고여 있을 뿐이다. 아마 작가가 수필 속에서 먹을 간 이유는 그것이 전부였지 않나 싶다.

　「먹을 갈며」는 조정화의 수필 쓰는 방식을 잘 보여주는 작품이다. '의미 있는 현재의 행위'가 기억을 불러오는 매개체가 된다. 어떤 작품의 경우는 그 의미 있는 행위가 꽤나 멀리 있고 소박해서 작가의 사유 속을 한참 걸어야 한다. 하지만 그 산책이 그리 지루하지는 않다. 왜냐하면 앞서 언급했지만 작가가 만든 축이 편안한 속도로 독자의 발걸음을 유도하기 때문이다. 요즘 생산되는 많은 수필들이 성찰의 결과를 빠르

게 보여주는 경향이 짙다. 우연히 만난 한 가지 일상의 단면으로 이끌어낸 삶의 이치는 가볍고 아쉽다. 하지만 조정화의 수필은 다르다. 자신이 만난 일상의 여러 측면을 되도록 오래 이야기하고 그것으로 끌어낸 성찰의 결과에 관해서는 서둘러 글을 닫는 겸손함을 유지하고 있다. 그것이 조정화 수필의 매력이며 그의 글을 읽는 즐거움이다.

「개구리 울음소리」를 읽어보자.

> 시집 와서도 한동안 북적거려 살아온 적 있다. 자손을 4남매 낳고 키우고 타인과도 합세하여 시끌시끌한 삶이 있었다. 그렇게 복잡한 시절에는 개구리 울음소리를 잊어버렸다. 그런데 이제 황혼기에 들어선 인생의 홀로서기에서 엊그제 개구리 울음소리를 듣고 새로운 감정이 일렁였다. 무언가 그리움이 밀려왔다. 현재 내가 사는 아파트는 벼농사하던 논에 터를 가꾸어 지은 아파트 단지이다. 그래서 논이 가까이 있고 먼 산도 바라볼 수 있는 풍경이다. 저녁에 개구리 울음소리를 듣고 새삼 과거의 회상과 그리움이 넘쳐흘렀다. 개구리 울음소리도 정겹지만 모든 자연의 소리는 그리움의 대상이다. 흘러가는 세월 속에 많은 변화가 있지만 언제나 자연의 소리는 정겹고 그리운 존재다. 개구리 울음소리를 듣다가 문득 그렇게도 많은 향수에 빠져든다. ─「개구리 울음소리」에서

작가는 유년 시절부터 무척이나 명랑 쾌활하고 건강하게 자라는 아

이였다. 그러나 청년시절 이르러 병약해져 생각이 많은 깊은 밤 개구리 울음소리에 귀를 기울이곤 했다. 그리고……, 참으로 길고 긴 시간이 흘렀다. 고되고 아픈 시간도 있었고, 보람되고 행복한 시절도 있었다. 그리고서 평소와 다름없는 오늘 밤에 작가는 개구리 소리를 듣게 된다. 그때 작가는 우리에게 청년의 들었던 개구리 소리와 그 소리에 싸여 있던 한 한옥집의 정경과 아름다운 속사연을 들려주기로 결심한다.

작가에게 개구리 소리는 그리움을 부르는 매개다. 오랜 세월의 흐름 속에 작가의 유년기와 청년기를 함께 했던 고향집의 흔적은 거의 소실되었다. 작가가 사랑했던 사람들은 시대의 흐름에 밀려 도시로 떠나거나, 시간의 망망함 앞에 세상을 떠났다. 그런데 유년시절 철야로 계속되어 밤잠을 설치게 만들었던 개구리 울음 소리는 여전하다. 그것이 작가의 기억을 오늘 불러왔다.

사실상 수필은 기억 없이 존재할 수 없다. 혹자는 수필을 '기억의 글쓰기'라고 부른다. 기억을 불러오지 않으면 사실을 글로 펼쳐 놓을 수가 없다. 그런데 조금이라도 수필을 써 본 이라면 알겠지만, 기억을 끄집어내 글로 바꾼다는 공정이 결코 쉬운 일이 아니다. 대뜸 시작하면 아무도 그 의미에 관해 깊이 생각해주지 않기 때문이다. 반드시 기억을 부를 만한 이유가 있어야 하고 그 이유가 독자의 충분한 공감을 이끌어 내야 한다. 작가의 수필은 그 공감이 매우 충만하다. 독자는 작가가 '그래서 이런 이야기를 하고 있구나' 하고 느낄 때 비로소 글 속으로 들어가 주는 매우 야박한 사람들이다.

장터에서 고가(高價)에 오동나무 쌀통을 샀다. 오동나무 쌀통은 벌레가 생기지 않는다고 한다. 우리나라에는 그렇게 큰 오동나무가 흔하지 않아 재료는 외국산이라고 하였다. 모양은 항아리 같지만 예쁘고 귀해 보여서 흡족한 모습으로 쌀통을 바라보곤 한다. 초복이 며칠 지난 한여름에는 매미가 울어대고 쏴아 하고 바람이 불 때마다 친가의 그 오동나무는 잎사귀를 떨어댈 것이다. 아, 친구여. 아, 오동나무여! 그리운 지난 추억이여! 삶은 자꾸 흘러간다. 추억은 아쉽고 그리운 것이 아니던가. ― 「오동나무」에서

수필은 소설에 비해 같은 서사를 다루고 있다고 하더라도 그 반경을 멀리 담아 놓을 수가 없다. 수필가의 시야 혹은 사유에 포착된 그 순간을 해석하면서 시작하기 때문이다. 그 해석에 진실과 진리를 담는 것은 무리다. 왜냐하면 어디까지나 수필은 사실의 재편 속에서 이루어지기 때문이다. 그러므로 작가가 경험해 내면에 남은 만큼의 의미만 담아야 한다. 기억이라는 같은 맥락에서 「오동나무」를 읽어보자. 작가는 어린시절 친가에 서 있던 오동나무에 매달려 함께 놀던 친구가 세상을 떠났다는 소식을 들었다. 그 비통한 소식 앞에서 작가가 떠올린 것은 죽음의 무거운 행보가 아니라 어린시절 친가의 바깥마당에 서서 튼실한 가지를 내어주던 오동나무였다. 그리고 작가는 그 오랜 기억과 친구의 추억을 새기는 마음으로 오동나무로 된 쌀독 하나를 장만한다.

이러한 수필의 구조는 삶의 지극히 일부분을 포획해 자연스럽게 연결했다는 점에서 가치가 있다. 혹자들은 수필이 무계획적인 구성에서 쓰여진다고 말하지만 사실 그 말은 문제가 있다. 그들은 수필에서 시간과 공간의 이동이 무질서하다는 증거를 내세우지만 그 무질서함 속에 드러나는 기억의 이동이 바로 수필의 구성인 것이다. 조정화의 수필은 그런 점에서 기억의 이동이 매우 입체적이며 계산적이다. 어찌보면 이러한 서사의 방식은 수필의 널리 알려진 공식이지만 실상 이것이 매끈하게 발화되기는 쉽지 않다. 작가의 수필 쓰기는 속도를 극단적으로 지양한다. 얼마든지 길어져도 좋고 얼마든지 늘어져도 좋다는 것이 작가의 글쓰기 철학이다.

3. 가족, 그리고 '함께'

작품집 속에서 기억만큼이나 작가가 천착한 이야기는 바로 가족이다. 이제는 세상을 떠난 부모님과 각자의 삶 속에서 훌륭한 제 역할을 하고 있는 자식들, 그리고 건강하고 건전하게 자라고 있는 손자, 소녀들. 그런데 주목할 점은 작가의 수필 속에는 가족을 다복한 모습을 소개하는 것으로 끝나는 작품이 없다는 것이다. 작가는 우리 시대의 수많은 가족들에게 필요한 어머니로서의 잠언을 아끼지 않는다. 그것은 '어른'이 들려주는 삶의 무겁지만 따뜻한 규율로 읽힌다.

그 뒤 나는 손바닥으로 이마를 치는 그 코미디언의 모습을 시청하면서 웃음을 공유할 수 있었다. 생각의 차이로 무심했던 그 코미디언의 모습이 새롭게 동감되었다. 그 감정은 사랑스런 손녀의 모습이 겹쳐지면서 손녀를 중심하여 물론 표현되는 글과 시가 흘러나오지 않을 수 없었다. 생각의 방향이 새롭게 된 나의 감정은 코미디 프로를 보고 웃어대는 젊은이들과 웃음 문이 열려 있었다. 사람 사는 모습이란 그 생각의 차이로 스스로의 환경을 가져오는 것이었다. 아장대면서 이마 쪽으로 손이 왔다갔다하던 손녀 모습을 생각하면 그 코미디언 연기자는 웃음보따리를 선물하는 명연기자였던 것이다. ─「생각의 차이에서」에서

개인의 가치관이 얼마나 쉽게 바뀔 수 있는 것이며 경우에 따라 그 변화는 우리가 사는 세상을 화합으로 이끌 수 있는 원천이 된다고 작가는 말하고 있다. 다들 제각각의 시각과 사고를 가지고 산다. 사람들은 그것이 진리라고 믿고 세상의 현상과 타인을 판단한다. 하지만 그런 제각각이 가지고 있는 삶의 틀이 부조화를 만든다. 그러므로 작가는 반드시 그 제각각인 삶이 유기적으로 뭉쳐 '하모니'를 이룰 수 있는 일정한 규율이 필요하다고 강조한다. 작가는 그 사회적 하모니를 위한 글에 가족의 이야기를 가져와 인간이 사회적으로 살아가는데 필요한 아름다운 충고를 들려준다.

작가는 '값싼 옷이지만 자주 세탁을 해야 하는 이유' 같은 소소한 삶의 일상을 이야기하면서(「상가(喪家)에 다녀오면서」) 혹은 '태어나자마자 어미소의 젖을 찾아내는 송아지'의 일상적인 생명 현상을 바라보면서(「생명의 신비」) 함께 사는 삶에 대한 고민을 아끼지 않는다.

그렇다면 왜 작가는 '함께'에 그토록 많은 지면을 할애했던 것일까? 필자는 그 이유를 작가의 천성(天性)에서 찾아야 한다고 생각한다. 작가는 '선한 삶'을 제일의 가치로 추구한다. 현 시대에서 삶의 가장 큰 동기인 성공이나 발전 역시 착한 정신이 깃들지 않으면 불필요한 것으로 인식한다. 작가의 수필 속에서 선함은 타인을 위한 인간의 가장 현명한 정신 상태이다.

어떤 사람은 날 것으로 혐오스런 생명체들을 잡아먹으면서 보약이라고 생각하고 있었다. 굼벵이, 지네, 심지어는 바퀴벌레도 잡아먹는다 했다. 그것들을 익혀서 약으로 먹는 자들에게는 할 말이 없다. 어떤 기인은 땅에서 잡은 것을 순간적인 찰나에 직접 입에 넣어버린다. 그 모습이 너무 징그럽고 혐오스러워서 아이구! 아이구! 저절로 비감의 신음 소리를 뱉어버렸다. – 「기인」에서

기인(奇人)은 자의적으로 남과 다른 삶을 선택한 사람이다. 자신만의 개성이나 사고가 너무 강해 어쩔 수 없이 혼자만의 세상으로 들어간 이들이다. 물론 그 중에는 인간의 존엄이나 정체성을 찾아 행복한 삶을

영위하는 이들도 많다. 작가는 '함께의 의미'를 훼손하는 다시 말해 공동체적 삶의 질서를 저해하는 이들을 꼬집는다. 업적에 앞서 '함께'하는 삶에 실패한 사람은 위대할 수 없다고 작가는 말한다. '혼자' 가려는 사람이 많은 세상은 피곤하다. 아마도 작가가 이토록 '함께'하는 삶을 강조한 이유는 지금 우리가 살고 있는 세상이 그만큼 상처나 있다는 말을 하고 싶어서였는지도 모르겠다. 작가는 우리 시대의 많은 슬픔과 상처의 현장을 그대로 목도했다. 그래서 선하지 못한 삶이 야기하는 불행을 더욱 걱정하고 있는 것이다. 길고 많은 글을 쓰기 위해 보냈던 시간, 작가는 그 정제의 세월 동안 '선한 삶 하나면 충분히 잘 살 수 있다'는 삶의 진리를 몸소 터득한 듯하다.

좋은 농부는 나무의 가지나 과수에 신경 쓰기보다 흙속에 묻혀 어느 방향으로 어디까지 뻗어 있는지 모르는 뿌리를 잘 돌보아야 한다. 뿌리만 살릴 수 있으면 나무는 죽지 않는다. 당장 줄기와 가지가 살아나지 않는다하더라도 나무는 살아 언젠가 값진 열매를 매달게 될 것이다. 작가는 자신의 수필을 통해 그런 이야기를 전하고자 한 것은 아니었을까?

지인이 보내오는 수필집을 읽거나 잡지에 실린 수필을 읽다가 필자는 스스로에게 묻는다. 왜 수필을 읽는가? 수필을 읽는 이유는 무엇일까? 적어도 지식이나 정보를 얻기 위해 수필을 읽는 경우는 없다. 수필을 읽는 일은 작품에서 풍겨 나오는 사유의 결과를 긁어모아 보거나 행간에 감추어둔 작가의 정서 따위를 파악하는 일일 것이다. 작가의 의도와 목적을 여과 없이 그대로 그러낸 수필이나 독자들에게 자신이 주장하는 이념에 동조하라고 선동하는 수필을 읽고 있으면 힘들다. 그런 수필은 격문과 다를 바가 없다. 왜냐하면 수단과 방법을 가리지 않고 자신의 의도를 명확하게 전달하고자 하는 목적만 충실하게 수행하고 있기 때문이다. 요컨대 예술적이지 않은 작가의 수필은 그야말로 공허하다.

자식은 울타리라는 옛말이 전해 내려온다. 노년에 외롭지 아니하고 자식의 보호를 받는다는 것이다. 자식은 부모의 면류관이요 자랑이 됨을 부인할 수는 없다. 노년에 보호와 효도를 받는다는 사실이다. 나의 경험으로도 자녀의 웅장한 모습이 그렇게 좋을 수가 없고 늘 감사하다. 손자손녀는 세상에서 어느 모습과도 비교할 수 없이 아름답고 예쁘다. 그러나 전해 내려오는 말에 가지 많은 나무 바람 잘날 없다 하였다. 80세인 아버지가 60세인 아들에게 찻길 조심하라고 했다는 말이 있다. 자식은 어느 한순간도 부모의 가슴에 늘 사랑스러움과 아른아른한 안쓰러움으로 가득 채워져서 긴장된 심리를 안겨준다. ─「인간이 대를 잇는 욕망」에서

불편한 소설은 있을 수 있다. 어쩌면 그런 소설은 독자에게 특별하게 읽힐지도 모른다. 하지만 수필이 불편해서는 곤란하다. 불편한 사실도 편안하게 전달되도록 사유와 글을 다듬어야 한다. 사실에 기인한 글을 써서 특별한 정체성을 만들어내기란 그만큼 어려운 일이다. 수필이 흔히들 쉽다고 하지만 실상 제대로 된 사실의 글을 '남들에게 들려주기'

가 결코 수월한 것은 아니다. 「인간이 대를 잇는 욕망」에서 작가는 이전 시대 우리 사회가 겪은 아픈 역사를 이야기한다. 가부장에서 비롯된 여러 폐단이 여전히 우리 사회 노년의 의식 속에 남아 있다는 사실을 점잖게 꼬집고 있다.

노인봉양, 제사 문제, 남아선호 등등의 번거로운 사고가 미래의 세대들의 발목을 잡을 수 있다고 충고한다. 작가는 이러한 주장을 말하기 위해 참으로 많은 이야기를 우리에게 들려준다. 유년시절 자신이 직접 목격한 폭력적인 남자들의 모습은 보기에 따라 불편한 사례일 수도 있다. 하지만 작가는 그 기억이 전하는 사유를 많이 에둘러 전달한다. 그러면서 우리 시대 수필의 소명, 말하자면 어른이 들려줘야 할 삶의 방향성 같은 것을 아름답고 선한 목소리로 들려주고 있다.

4. 結

모든 문학은 결국 소재에 관한 작가의 오랜 관심에서 만들어진다. 작가의 시선이 지목한 한 대상을 소재라고 할 때 그것을 천천히 오래도록 살피는 과정에서 문학은 시작된다. 천천히 오래도록 살피고 싶은 욕망을 소재에 대한 사랑이라 말할 수도 있을 것이다. 표면과 이면을 모두 알아가는 과정에서 작가는 소재에 더욱 매료되기도 하고 점차 실망하기도 한다. 어쩌면 우리는 문학 속에서 작가의 이 매료와 실망의 과정을 읽고 있는 것일지도 모른다. 창작의 과정에서 관조는 서사에 선행한다. 서사 없이도 문학은 존재할 수 있지만 관조 없이 문학이 시작될 수는 없다. 장르를 불문하고 작가의 첫 과제는 소재를 오래 보는 것이다. 여기서 말하는 '오래'는 단순히 시간을 말하는 것이 아니라 '깊이'를 의미한다. 깊이 있는 시선 끝에 일상의 소재는 결국 '낯선 존재'로 만들어진다. 말하자면 이 문학적 변용은 관조에서 만들어지는 셈이다.

　잘 쓰인 수필이 다 그렇듯 조정화의 수필 역시 관조적이었다. 굳이 수식을 하나 더 붙이자면 '선한 관조'였다. 오래 그리고 깊이 생각한 흔적이 또 길고 아름다운 이야기 속에 잘 스며 있었다. 이런 표현을 붙이기 미안하지만, 우리 사회는 곧 실버시대로 접어들게 된다. 아무리 생각해 봐도 한 인간의 족적을 남기는 일은 글을 쓰는 것 말고 무엇이 있을까 의문스럽기만 하다. 글은 책이라는 매체 속에서 사실상 무한하게 남겨진다. 인간은 떠나야 하지만 책은 떠나고 싶어도 떠날 수가 없다. 오랜 세월 생산한 60여 편의 작품이 작가 조정화의 또 다른 자식이 되어 세상의 빛을 보는 것에 박수와 축하를 보내는 바이다. 그리고 더 많은 작가의 작품이 생산되기를 두 손 모아 간절히 기도한다. 마지막으로 작가의 수필 중 자신에게 바치는 편지의 마지막 구절을 소개하며 이 글을 마치고자 한다.

　J야!
　우리는 함께하는 운명이 아니더냐. 내 입장도 이해가 되어 철저하지 못하고 이상적이 되지 못하더라도 잘 견뎌서 병은 만들지 말 거라. 간절하게 부탁한다. 우리가 앞으로 할 일이 많이 있다. 몸이 아프면 아무것도 못하고 세상을 헛되게 살아가는 것이다. 내가 일일이 머리에서 발끝까지 잘 살펴지지 못 하는 점 너 스스로 자발하여 면역성을 길러서 부실한 점 없이 건강해야 한다. 노년에 공부한다고 그토록 감내하는데 그 노력이 헛되게 돌아가도록 건강이 약하면 안 된다.

J야!

오늘은 이만 글을 줄인다. 늘 건강하여 약해지지 말고 힘차게 노력하면서 감사하게 살아가기 바란다. ─「J에게」에서

조정화

시인, 수필가. 충남 부여 출생.
『시사문단』으로 등단.
초등학교 교사로 근무했고
단국대 대학원 문예창작과에서 박사학위를 받음.
'빈여백 동인문학상' 수필 부문 수상.
저서 『황순원 단편 소설의 여성인물 형상화 연구』.
한국문인협회·단국문인회·아산문학회 회원.

조정화 수필집
존재의 날숨

초판 1쇄 인쇄 2020년 3월 1일
초판 1쇄 발행 2020년 3월 10일

지은이 조정화　　　**펴낸이** 임현경
책임편집 홍민석　　　**편집디자인** 육선민　　　**유튜브 편집** 김선민
삽화 Getty Images Bank

펴낸곳 곰곰나루
출판등록 제2019-000052호 (2019년 9월 24일)
주소 서울특별시 양천구 목동서로 221 굿모닝탑 201동 605호 (목동)
전화 02-2649-0609
팩스 02-798-1131
전자우편 merdian6304@naver.com

ISBN 979-11-968502-4-1

책값 15,000원

• 이 도서의 국립중앙도서관 출판예정도서목록(CIP)은 서지정보유통지원시스템(http://seoji.
  nl.go.kr)과 국가자료종합목록구축시스템(http://kolis-net.nl.go.kr)에서 이용하실 수 있습니다.
  (CIP제어번호 : 2020008681)